HAFFMANS' HÄUSLICHES HANDBUCH

Komm.
Zieh dich aus.

HANDBUCH

DER LYRISCHEN HOCHEROTIK

DEUTSCHER ZUNGE

HERAUSGEGEBEN UND MIT EINEM VORSPIEL VON

HEINZ LUDWIG ARNOLD

ILLUSTRATIONEN VON

VOLKER KRIEGEL

HAFFMANS VERLAG

»KOMM. ZIEH DICH AUS«
ERSCHIEN 1970 UNTER DEM TITEL
»DEIN LEIB IST MEIN GEDICHT«
BEIM SCHERZ VERLAG FÜR RÜTTEN + LOENING
BERN MÜNCHEN WIEN
UND WURDE FÜR DIE VORLIEGENDE NEUAUSGABE
REVIDIERT UND WESENTLICH ERWEITERT.
NACHWEISE-REDAKTION
VON MONICA ISELI.
REGISTER VON
ANDREA KÜHNE UND
ANIA KLEINBICHLER.

NACH- UND HINWEISE AM SCHLUSS
DES BANDES

1.–15. TAUSEND, FRÜHLING 1991

GESAMTHERSTELLUNG: EBNER ULM
ISBN 3 251 00169 8

INHALTSVERZEICHNIS

III. DEM DEGEN VIEL SEGEN! DER SCHEIDE VIEL FREUDE!

(18.–19. Jahrhundert, 1. Teil)

V. DES WEIBES LEIB IST EIN GEDICHT
(19. Jahrhundert)

VI. JA, DA MUSS MAN SICH DOCH EINFACH HINLEGEN
(20. Jahrhundert, 1. Teil)

ANHANG

VORSPIEL

Als dieses Buch 1970 erstmals erschien, wollte ich ihm den Titel geben, den es nun trägt. Ich hatte ihn in der letzten Zeile des »März«-Gedichts von Günter Grass gefunden, und er hatte mir gefallen, weil er unumwunden und grade heraus war. Doch hatte der Verleger damals gemeint, der Titel sei »zu horizontal«, was immer auch er darunter verstanden haben mag, und so bastelte er aus dem schönen Vers Heinrich Heines »Des Weibes Leib ist ein Gedicht« den etwas schwiemelig-schwülstigen Titel »Dein Leib ist mein Gedicht«. Offensichtlich durfte auf der Verpackung nicht im Klartext stehen, was sie enthielt, obgleich doch verkauft werden sollte, was da so gewunden benannt wurde. Heute betreiben die Taristen allenthalben eher Hochstapelei und versprechen nach außen oft mehr, als sie mit dem Produkt tatsächlich einlösen. Die Zögerlichkeit des Verlegers von 1970 hatte freilich ihren Grund in einer nachlaufenden Prüderie, die vom frischeren Wind der spätsechziger Jahre noch nicht ganz verweht worden war. Zehn Jahre früher hätte ein solches Buch wohl gar nur unter Ausschluß der Öffentlichkeit, also unter dem Ladentisch, verkauft werden können. Oder es wäre den Schund-und-Schmutz-kampagnen der verklemmten Überwacher öffentlicher Moral zum Opfer gefallen, die damals in Deutschland ihr Unwesen trieben.

Zweimal in diesem Jahrhundert mußte sich die Gesellschaft in Deutschland von ihrem paternalistischen Ungeist wenigstens in Kunst und Literatur befreien: am Ende des wilhelminischen »Viktorianismus«, gegen dessen Heuchelei die Expressionisten revoltierten; und nach 1945, nachdem die moderne Bewußtheit, die sich in den zwanziger Jahren durchgesetzt hatte, der gewalttätigen und verlogenen Primitivität der Nazis zum Opfer gefallen war – aufs neue und zäh mußte in den fünfziger und sechziger Jahren das freiheitliche Recht auf allerlei Lust gegen deren staatliche Verwalter erkämpft werden. Daß damit leider auch ihrer pornographischen Vermarktung das Feld bereitet wurde, spricht nicht gegen die Verwirklichung dieses Rechts; eine solche Vermarktung folgt lediglich den Gesetzen der freien Marktwirtschaft – aber immer noch verfolgt die Bundesprüfstelle für derlei Lust-Produkte ihre Aufgabe energischer als die staatlichen Aufsichtsbehörden der Wirtschaft den aus sittlichen Gründen verbotenen Handel mit U-Boot-Plänen, Nukleartechnologie, Mitteln zur Giftgasherstellung und ähnlich obszönem Waffenkram. Irgend etwas muß doch da mit den Hormonen der Staatsverwalter nicht ganz in Ordnung sein.

Erotische Dichtung, so scheint es, hatte im Vergnügungshaushalt der Deutschen kein wichtiges öffentlich ausgewiesenes Ressort. Im Gegenteil. Die Deutschen hatten eher Probleme mit ihr als Freude an ihr. Fast immer war die Zensur davor, ob als staatlich initiierte oder als sogenannte freiwillige (Selbst-)Kontrolle. Statt frei reagierte man willig, und am Umgang mit dem Erotischen und allem, was damit zusammenhängt und dahintersteckt, erwiesen sich Freiheit und Selbstsicherheit, erwies sich die geistige Souveränität der Deutschen – oder eben ihr Gegenteil. Aber die Zeiten haben sich cum grano salis geändert. Vor über zwanzig Jahren, als ich an dieser Anthologie arbeitete, war es weniger verwunderlich, als es heute wäre, daß mich jemand mit ungläubiger Miene fragte, ob es eindeutig erotische Lyrik in deutscher Sprache denn schon zu Zeiten der Klassiker und gar noch früher überhaupt gegeben habe und, wenn dies so sei, ob es die alten Gedichte mit der erotischen Unverblümtheit gegenwärtiger Literatur aufnehmen könnten. In dieser Frage schien ein vom steif-sterilen Bildungserlebnis des späten 19. Jahrhunderts herrührender Eindruck auf, daß Dichtung und Erotik einander ausschlössen. Diesem Eindruck, versetzt noch mit etwas Moralinsäure, muß auch jener Leser angehangen haben, der nach Erscheinen dieser Anthologie in einer öffentlichen Lesung Karl Krolow eben dieses Buch vor die Füße schmiß und davonlief mit den Worten, wer so schweinische Gedichte schreibe, könne nie und nimmer ein echter Dichter sein. Daß viele Autoren zu allen Zeiten – mit Ausnahme vielleicht gerade der Mitte des vorigen Jahrhunderts – anders darüber dachten, beweist diese Sammlung, die deutsche erotische Gedichte aus fünf Jahrhunderten vorstellt.

Dreierlei immerhin läßt sie auf Anhieb erkennen: zum ersten, daß erotisches Dichten nicht allein eine Vorliebe und gewiß kein Privileg der Lyriker des 20. Jahrhunderts ist und schon gar nicht ihre Errungenschaft in seiner zweiten Hälfte; zum anderen, daß die ›klassischen‹ Gedichte meist weitaus stärkere erotische Intensität und größeren Freimut in der Verwendung des einschlägigen Wortschatzes aufweisen als entsprechende moderne Texte; und schließlich, wie sehr über die Zeiten hinweg das erotische Vokabular der Dichter, ihre Symbol- und Vulgärsprache, sich gewandelt hat – und wie sehr es konstant geblieben ist. Die Tradition der erotischen Dichtung von der Antike bis zur Gegenwart kennt keine Unterbrechungen, keine Grenzen, kaum ein Tabu.

Am Anfang der deutschen erotischen Lyrik stehen, nach einigen mittelhochdeutschen Texten, vor allem Übersetzungen aus dem Lateinischen und den romanischen Sprachen der südlichen und westlichen Nachbarn, schließlich Aufzeichnungen von erotischer Volksdichtung, von anonymen Schwänken und Szenen des spätmittelalterlichen Theaters. Um eine Vorstellung von diesen Anfängen zu geben, habe ich zwei solcher erotischer, aber nicht eigentlich lyrischer Dichtungen aufgenommen, die zwar auch im 16. Jahrhundert überliefert sind, doch in der hier vorliegenden und einer anderen Fassung auch schon früher existiert haben: das kleine Versepos *Das weiße Rosendorn*, das auf eine sehr viel ältere französische Vorlage zurückgeht, und das Alttiroler Fastnachtsspiel *Eine Ehescheidung*, das ebenfalls nicht genau datierbar und kein Gedicht, sondern ein Spiel in Versen ist. Beide Stücke sind in ihrer naiven Derbheit typisch für die erotische deutsche Literatur dieser Zeit. Auch der Text von Hans Sachs gehört zu diesem Typus volksnaher Dichtung. Auf das Jahrhundert der derb und lapidar, dabei eher unsinnlich vorgetragenen erotischen Literatur folgte eines, dem, vor allem in seiner zweiten Hälfte, der Ruch anhängt, die Sinnenlust ein wenig zu schamlos besungen zu haben – ein Ruch, den ihm vermutlich die in sexuellen Dingen gar nicht so aufgeklärte frühe Aufklärung mitgegeben hat. Und tatsächlich schwelgt die Lyrik Hofmannswaldaus, Flemings, v. Bessers, Riederers, Celanders, um nur die Produktivsten zu nennen, in Allegorien und anzüglichen Metaphern, die keine Stelle des weiblichen Körpers und keine Phase der Liebesvereinigung unbenannt lassen. Dieses Jahrhundert ist, was die erotische Lyrik angeht, eine Fundgrube; keines danach war daran reicher – kein Wunder also, daß seine erotischen Gedichte in zahllosen Anthologien überdauerten: von Benjamin Neukirchs siebenteiliger Sammlung (1695–1727) über den *Schlesischen Helicon* (1700), Celanders *Verliebten Studente* (1709), die *Deliciae Poeticae* (1728) und Le Pansifs *Poetische Grillen* (1729) bis hin zu Franz Bleis *Lustwäldchen* (1907) und diversen *Venuswagen*- und *Venusgärtlein*-Brevieren.

Was an diese Blütezeit erotischer Lyrik anschließt, gibt sich zwar frivol und zum Teil deftig (etwa bei Wieland, Lessing und Goethe in gewissen Epigrammen und Histörchen), oder richtet sich nach der Französischen Mode (wie z. B. Scheffner mit seinen immer wieder aufgelegten Gedichten in der Manier des Grécourt); im Grunde aber dichtete das Rokoko schamhaft: Die Sinnenfreude wird vertändelt und die Grenze von der Liebespoesie zum erotischen Gedicht nur mit größter Vorsicht überschritten. Sind deshalb Uzens *Traum* und gar Klopstocks *Liebeslied* vielleicht als dichterische Dokumente einer zu dieser Zeit weit verbreiteten Frustration zu werten? Auch diese typische unerotische Variante erotischer oder besser: Liebes-Lyrik sollte in diesem Band vertreten sein. Denn auch das Fehlen erotischer Reizwörter im vermutlich erotisch gemeinten Gedicht gibt Auskunft über das Verhältnis der Dichter zum Eros.

Dies gilt mehr noch für die Autoren des nächsten Jahrhunderts, für Rückert und die Doppeldeutigkeit in seinem Besenbinder-Gedicht, für Grillparzer und Platen und sogar für Anastasius Grüns Gedicht *Die Brücke*, dessen Kitsch vielleicht gar nicht so schwül gemeint ist, wie er verstanden werden könnte:

Süßes Mädchen, möchtest gerne
Meine Wunderbrücke schaun?
Nun es sei, doch mußt du treulich
Helfen mir, sie aufzubaun.

Fort die Wölkchen von der Stirne!
Freundlich mir ins Aug' geschaut!
Deine Lippen leg an meine:
Und die Brücke ist erbaut.

Spürbar ist in solchen Zeilen, denen eindeutiges erotisches Vokabular fehlt, gleichwohl ein untergründiger, weil verdrängter Sexus am Werke? Symptomatisch für das dem 19. Jahrhundert eigentümliche Verhältnis der Dichter zum Thema Erotik ist auch eines der Motti zu diesem fünften Teil der Sammlung: immerhin der Vers aus einem evangelischen Gesangbuch.

Die Verdrängung der Dichter ins Unbewußte oder bloß in die Schublade setzte aber schon früher ein als um die Mitte des 19. Jahrhunderts. Ein buchstäblich klassisches Beispiel sind jene »Praktischen Oden«, die hartnäckig immer wieder Bürger, Voß und Stolberg zugeschrieben werden und die zu deren Lebzeiten unter ihren Namen handschriftlich und danach in Privatdrucken kursierten. Nur einer von den dreien, und zwar Bürger, hat sich später von dem ihm zugeschriebenen Gedicht distanziert. Aber warum gerade er? Inzwischen kennt man den frivolen Briefwechsel mit seinem Göttinger Verleger Dieterich, und daß Bürgers Autorschaft auch an dem hier gedruckten Text nicht so ganz undenkbar ist, beweist sein Billett an den anderen Göttinger Freund, an Lichtenberg, mit den immer gewagteren Übersetzungsvarianten zweier Zeilen des Ovid.

Ungeklärt ist auch, ob tatsächlich Friedrich Schlegel der Verfasser jener obszönen, aber immerhin kunstvoll gebauten und geistreichen *Zehn Sonette* ist, die seit Anfang unseres Jahrhunderts in mehreren Privatdrucken verbreitet worden sind. Angeblich hat Schlegel sie im Frühjahr 1799 gedichtet. Jedenfalls weist ein späterer Herausgeber darauf hin, die zehn Sonette seien »in Schlegels charakteristischer Handschrift geschrieben«, und zwar auf Bögen des gleichen Papiers, auf dem handschriftliche Stücke zu seinem lange Zeit als anstößig empfundenen Romanfragment *Lucinde* erhalten sind. Der definitive Nachweis auch dieser Zuschreibung wird sich wahrscheinlich nie erbringen lassen. Auf gereimte Pornographie vieler unbekannt gebliebener Verfasser aus dem 19. Jahrhundert wurde für diese Sammlung verzichtet. Diese typischerweise fast nur in Privatdrucken kursierenden Stammtisch-Schweinigeleien haben in ihrer miefigen Konventionalität nur sehr entfernt etwas mit hocherotischer Lyrik zu tun; wie Formmängel und fehlender Sprachwitz erkennen lassen, stammen sie in den meisten Fällen von literarischen Dilettanten, deren Ehrgeiz schon vom schallenden Gelächter bei »Herrenabenden« befriedigt wird. Die Masse solcher pornographischen Privatdrucke nahm ab zu einer Zeit, da sich Erotik als Thema der Literatur, zweihundert Jahre nach seiner spätbarocken Blüte, wieder zu emanzipieren begann. Noch zwar vermitteln viele dieser erotischen Gedichte die schwüle Atmosphäre des nach außen hin zimperlichen, sich panerotisch und platonisch tarnenden 19. Jahrhunderts – nicht zuletzt Rilkes *Sieben Gedichte*, aber auch Verse von Ricarda Huch, Dauthendey, Stefan George und Rudolf Alexander Schröder; doch fast gleichzeitig kommen mit Arno Holz, Wedekind, Stramm, Lautensack, Ringelnatz,

Benn, Tucholsky, Brecht und Kästner neue Töne auf: witzige, ironische, programmatisch-revolutionäre, konkrete. Der Fächer sinnlicher Lyrik wird breiter aufgefaltet. Diese Lyrik ist unzweifelhaft von beachtlichem Niveau. Sie trägt entschieden zur Enttabuisierung des Sexuellen und zu den notwendigen Bewußtseinserhellungen, zur Selbstbefreiung der Leser von staatlicher Vormundschaft in Sachen Moral und persönlicher Lebensweise bei.
In einer ähnlich fruchtbaren Ausgangsposition sind die Autoren nicht, deren Gedichte in der vergleichsweise liberalen und offenherzigen Zeit seit 1945 entstanden. Sie haben es leichter – und dadurch schwerer, den gängigen verbalen Sexklischees auszuweichen. Horst Bienek hat diese Gefahr in seinem ironisch-kritischen Briefgedicht treffend formuliert. Die hier abgedruckten modernen Gedichte sind nur ein geringer Bruchteil dessen, was mir damals an bereits veröffentlichten und vor allem an noch unveröffentlichten Arbeiten vorgelegen hat. Einige haben sich überlebt, ich habe sie gestrichen, andere, neuere, sind hinzugekommen. Daß die Texte aber auch von ihrer Absicht her verschieden einzustufen sind, brachte Karl Krolow zum Ausdruck, der sein Gedicht *Die Liebe* grundsätzlich von den anderen seiner hier abgedruckten Texte unterschieden wissen wollte. Aber auch mit ihren eindeutig obszönen Gedichten stehen Krolow, Okopenko und einige andere, wie dieser Band zeigt, in einer Tradition, die sich durchaus sehen lassen kann. Man kann aber nicht umhin festzustellen, daß die lyrische Qualität in vielen erotischen Gedichten, die nach 1960 entstanden sind, gemessen an allem, was ihnen vorausgeht, geringer ist, und das gilt nicht nur für die Zeit vor zwanzig Jahren, sondern auch für die siebziger Jahre. Hängt das mit einem allgemeinen Verflachen der lyrischen Aussagekraft zusammen, oder verschwand mit dem Abbau gesellschaftlicher Tabus ein spezifisches, der Lyrik eigentümliches Formbewußtsein? Anfang der achtziger Jahre war der Höhepunkt banaler Überdeutlichkeit und formaler Unbekümmertheit erreicht. Jedenfalls hat die Verwendung traditioneller poetischer Formen seither wieder erkennbar zugenommen.

Diese Sammlung bietet eine repräsentative Auswahl aus der erotischen Lyrik deutscher Sprache. Wie andere Anthologien gleicher Art hat sie keinen kritischen oder gar wissenschaftlichen Ehrgeiz, sondern überläßt das Urteil über den literarischen Rang und den sinnlichen Reiz der einzelnen Texte dem Leser. Für die Darbietungsform, vor allem der Gedichte aus dem 17. und frühen 18. Jahrhundert, war allein ihre Lesbarkeit entscheidend: Orthographie und Interpunktion wurden meist modernisiert, der Lautstand aber möglichst beibehalten. Da die Texte des 16. Jahrhunderts durch einschneidendere Bearbeitungen indessen viel von ihrer eigentümlichen Derbheit verloren hätten, erscheinen sie hier weitgehend in der originalen Form. Auf Worterklärungen oder gar Kommentare habe ich bewußt verzichtet; des Lesers Phantasie sei keine Grenze gesetzt. Wo freilich, wie im Fall des *Weißen Rosendorns*, bereits eine spätere Bearbeitung vorlag, habe ich diese benutzt.

Göttingen, im Mai 1991 Heinz Ludwig Arnold

I

Ich trau kein'm alten Stechzeug mer

AUS DEM »LIEDERBUCH DES ARNT VON AICH«

Heinrich Wittenweiler

Die Mädchen waren also rüg
Und sprungen her so gar gefüg,
Daß man ihn'n oft, ich weiß nit wie,
Hinaus gesah bis an die Knie.
Hildens Hauptloch war zu weit,
Darum ihr zu derselben Zeit
Das Tüttel aus dem Busen sprang;
Tanzens gyr sie dazu zwang.
Hüddelein, der ward so heiß,
Daß sie den Kittel vorn aufreiß,
Da sah man ihr di ihren do
Und macht viel Männerherzen froh.

Unbekannter Verfasser

DER WEISSE ROSENDORN

Es geschieht seltsamer Ding' gar viel,
Der man doch nicht glauben will;
Deren sag ich eins, das geschah,
Das ich hörte und auch sah.

Es hatt' eine Jungfrau erkorn,
Einen weißen Rosendorn,
Der war breit und auch dick,
Daß er für der Sonne Blick
Zwölf Rittern hätte Schatten gegeben,
Er war um und um eben,
In einen Reif gebogen,
Doch höher als ein Mann gezogen.
Unter demselben Dorne war
Edles Kraut und schönes Gras,
Daß die Jungfraue,
Durch schöne Äuglein schaue,
Wonniglich gepflanzet hätt'.
Wegen der Hübschheit sie das tät,
Was sie als gute Kräuter erkannte,
Daraus sie Wasser brannte,
Auch aus den Rosen, als man sagt.
Auch hatt' die minnigliche Magd
Eine Sitte, die sie allzeit pflag:
Von der Kammer, da sie lag
Und schlief, in den Wurzelgarten sie ging,
Was die Jungfrau nicht unterließ,
Alle Morgen ging sie darin
Eh' die lichte Sonne schien,
In den Wurzgarten nackt und blos,
Mit Rosenwasser sie sich begoß,
Das tät sie darnach in ein Glas,
Unter dem Dorn auf das Gras.

Nun war ich kommen gar verhohlen
Und wollt der Rosen hân gestohlen:
Das mochte leider nicht geschehen;
Durch ein Löchlein mußt ich sehen,
Wer in dem Garten wäre.
Da erhört ich fremde Märe.
Nun sag ich mir so zur Hand:
Es ist den Leuten wohl bekannt,
Daß einige Wurz ist gut,
Die man einem Stummen in den Mund tut.
Der redet und spricht auch wohl,
Was ein Mann reden soll.

Das ward an der Jungfrauen Schein:
Da sie in das Wurzgärtelein
Aus ihrer Kammer wollte gahn,
Als sie vor Dicke hatt' getan,
Und trug ihr Wasser, womit
Sie sich begießen wollt' nach ihrer Sitt',
Unter dem Dorn sie gesaß,
Von einer Würze fügt sich das,
Daß die Fut zu der Frauen sprach:
»Ihr schaffet ein gar gut Gemach
Überall an Eurem Leibe,
Daß ich da beleibe
Da Ihr mir weder Ehr' noch Gut
Mit Eurem Willen selten tut.«
Die Frau sah vornen nieder
Und sprach zu der Fut hernieder:
»Deine Stimm' habe ich selten vernommen,
Sag mir, wie ist es dazu gekommen,
Daß du so redest gegen mich?«
Da sprach die Fut: »Da hab ich
Eine Wurz in meinem Munde,
Davon ich jetzt zur Stunde,
Zu euch rede, was ich will.
Mich dünket es gar zu viel,
Daß ihr euch habet also wohl

Und ich des nicht genießen soll,
Daß man euch an aller Statt
Lieb durch meinen Willen hat:
Wenn ihr mein entbehret,
Ihr desto unwerter wäret.«
Die Frau sprach: »Wie mag das sein?
Daß man mir durch den Willen dein
Diene, das glaub ich nicht,
Dieweil man mich so schöne sicht:
Ich hör' doch oft sprechen die Mann,
Daß sie mich gerne sehen an,
Und daß sie gerne dienen mir.
Nun, wenn du meinst, es sei von dir:
Ich hân es dafür, wenn man dich säh,
Daß man dir doch nicht Lobes gäb,
Denn du bist braun und dazu rauh,
Breit geflezet an dem Bauch,
Daß ich Scham darüber hân,
Sollte dich man schauen an.
Du bist zwar dem ungleich,
Daß man mir diene durch dich.«

Nun sollt ihr mir geloben,
Vor Zorn begann zu strouben,
Die Fut, die hatte reides Haar
In dem Schopfe, das ist wahr,
Und sprach zu der Frauen:
»Man mag Euch gerne schauen,
Weil Euer Schönheit viel Lobes hat:
Meine Bräune mir auch nicht übel staht.
Ein jeglich Ding man loben soll,
Nach seiner Farbe, steht sie ihm wohl.
Ich soll sein braun und dazu rauh,
Wohl geflezet an dem Bauch,
Breit, zu dem nellen dick und hoch;
Das soll meine Gestalt weisen also:
So sollt Ihr haben, Fraue mein,
Röselothen, lichten Schein,

Minniglich und wohlgestalt'.
Des Lobes wird ihm zugezahlt:
Und das allesamt ist von mir.
Viel liebe Fraue, wähnet Ihr,
Wem Eure Schönheit wisset dank?
Und wäre auch der Dienest krank,
Den man wegen Eurer Schönheit tät:
Ich wähn, daß man Euch selten bät
Durch Euer Schönheit und Euern Leib:
Es ward noch nie ein schönes Weib,
Und hätte sie der Fut nicht,
Ihr' Schönheit wäre gar entweiht.«
Die Fraue vorne nieder sah,
Zur Fut sie zorniglichen sprach:
»Pfui doch! laß dein Klaffen sein.
Sollt ich dir die Kleinet mein
Heben, wie geziemt' mir das?
Fahr hin von mir, Gotteshaß,
Du verteiltes schwarzes Kunder,
Rauh wie ein Meerwunder!
Du bist greulich beschaffen.
Laß gehn mir dein Klaffen!
Zwar, ich will immer dein
Baß entbehren, wie du mein.«
Mit Mengen Zähren schied sie sich,
Die Fut und die Fraue:
Nach einer grünen Aue
Hub sich die Fut, ward wild,
Das minnigliche Bild,
Ich mein die minnigliche Magd,
Von der ich vorhin hab gesagt,

Die ging zu den Leuten.
Sie wollt ein Schüler treiten,
Der ihr viel gedienet hätt'.
Die Jungfrau des Schülers gebet
Leistet, in dem Sinne,
Daß sie wollt werden inne,

Ob er ihr diente ob ihrer Jugend,
Oder ob er wär
Durch die Fut ihr Diener;
Also bewag sie sich dar.
Der Schüler ward schier gewahr,
Daß die Frau der Fut nicht hätt',
Kläglich da der Schüler tät,
Der ihr zu Dienste pflag
Lange Zeit und viele Tag;
Und wurde öffentlich gesagt,
Daß nicht die Fut habe die Magd.
Da wurde sie Futlos genannt
Die Futlos über alle Land,
Und ward ein Fingerzeigen auf sie:
»Sehet, die Futlose ist hie!«
Und wo sie ging unter die Mann',
So kehrten sie die Augen dann,
Recht als ob er sie nicht sehe.
Also erleidet sie viel Schmähe
Von Armen und von Reichen,
Sie lebte als Untröstliche,
Daß ihr das Leben begann zu verleiden.

Nun will ich es bescheiden,
Wie der Fut es inzwischen erging:
Wo sie sich auch sehen ließ,
Da ward es ihr mißboten;
Man hält sie für eine Kroten,
Da ging sie viel dicke
Den Mannen zu Blicke
Und erwartete ihr Grüßen:
Doch wurd sie mit den Füßen
Gestoßen viel sehre;
Ihre Trauer sich begann zu mehren,
Und zu sich selber sie sprach:
»Weh, was Leides mir geschah!
Da mein dummer Mut mir riet,
Daß ich von meiner Frauen schied:

Man hätte mich doch baß bei ihr;
Sie hat wahr gesaget mir.
Nun muß ich alles dulden.
Nach meiner Frauen Hulden
Will ich gerne ringen.«

Da begann auch die Frau zu zwingen,
Manche große Schmach,
Die sie zu leiden hat
Und gedacht in ihrem Sinne:
»Könnt' ich doch mein' Fut wieder gewinnen,
So hätte ich der Sälden Teil.«
Also ging sie, auf das Heil
Gen der Wegscheide,
Da sie sich schieden beide,
Die Fut und auch ihre Frau.
Da kam nun von der Au
Die Fut hergegangen:
Minniglich empfangen
Wurd von ihnen beiden dô;
Sie waren einander zu sehen froh
Und klagten sich ihr Ungemach,
Was an Schmach ihnen je geschah,
Des klagten sie einander viel.
Die Rede ich auch kürzen will:
Die Fraue nahm die Fut zu ihr.

Zu Hand sandte sie nach mir,
Und sprach: »Nun gib mir deinen Rat;
Mein Ding mir kümmerlichen staht:
Mein Fut war mir entronnen,
Die hab ich wieder gewonnen;
Deiner Lehre bedarf ich dazu,
Wie ich meinen Dingen tu,
Daß ich den Männern beibringen kann,
Daß ich meine Fut wieder hân.
Und lehre mich sie wohl behalten,
Wenn du kannst sein walten,

Daß ich sie mög behalten mit Sinne,
Und sie mir nicht mehr entrinne.«
Da riet ich dem schönen Weib,
Daß sie die Fut zu dem Leib
Viel feste nageln hieße,
Und dies nicht unterließe.

Da bat mich die Stäte,
(Daß ich ihr das täte.)
Da tat ich, des sie mich bat:
Hin wieder an die alte Statt
Setzt die Fut, so gut ich kunnt,
Einen Nagel so zur Stund'
Ich viel feste dadurch treibe,
Daß die Fut immer drin bleibe.

Also rat ich jeglichem Mann,
Der ein liebes Weib gewann,
Daß er seinem Weibe,
Nagle die Fut zu dem Leibe,
Daß ihr die Fut nicht entrinne,
Oder er ist verlustig seiner Minne.

Hans Folz

DER ARME BÄCKER UND DIE EDELFRAU

FRAGMENT

Ein her auff einer purge waß,
Nit ver dar von ein peck auch sas,
Der sich vor armut kaum kunt nern.
Nun lag dar von ein holcz nit fern,
Des edelmannes waß der walld;
Do von dacht im der pek allz pald:
›Ich wil recht dar ein farn nach holcz!‹
Nun waß des herren fraw fil stollcz
Des offt vom peken inen worn.
Die fraw gedacht im nach in zorn
Wie sie mocht unterfachen daz.
Ir her eins auß geriten waß,
Sein cleider sie fil pald an leyt,
Ein pfert sie dar nach uber schreit,
Vermacht mit fleiß ir angesicht,
Daß sie der pek sollt kennen nicht.
Zu im reit sie in walt fil drat;
Der pek erschrak daz er wart rot,
Und sprach: ›her, gnot mir an dem leben;
In ewer huld wil ich mich geben,
Dez winters kellt hat mich verderbt!‹
Die fraw sprach: ›wan ich dich ersterbt
In einem thurn, daz wer dein lan.‹
›Her, gnat mir‹, sprach der armen man,
›Eß sol hin fur gescheen nymer,
Und sollt ich drum verderben ymer!‹
Die fraw die sprach: ›ich schenk dir daz,
Ye doch daz du dich hutst dest paz,
So muz ich dich enwenig püssen:
Du wirst mich in daz flach antlit kussen.‹
Der pek waß guter rede fro.
Die fraw gund sich ab nesteln do,
Der pek must sich hin zu hin buken.
Und kusßen hinten fur die luken.

Und in dem allcz sie ir auff laucht,
Do het in ye einß zwey bedaucht
Der locher weren mer dan einß,
Doch sweig er stil und mellt ihr keinß.
Auff ihr geperd er furbacz merkt,
Daz in in seinem fursacz sterkt
Daz ez ye nit der herre waß.
In im gund er behallten daz. –
Die fraw von im hin heymen kort,
Waz fro daz sie in het bedort
Und begunt sein ser do heim zu lachen
Und vor den meiden ein schipff drauß machen.
Der pek einer rechten zeit erbeit,
Pis aber einß der her auß reit;
Beschern liß er sich allz ein torn
Und wart sich swerczen allz ein morn,
Ein nerren cleit er im besan,
Zogt auff die purg und klopffet an.
Man riff her auß: ›wer clopfet do?‹
Der nar der antwurt: ›ja je je jo.‹
Die mer kamen der frawen fur
Wie daz ein nar stunt an der thur,
Der kunt nit anderz dan ›jo je je ja‹,
Waß man hallt mit im redet da.
Do sprach die fraw: ›pald lat in rein,
Wirn welln heint frolich mit im sein;
Frewt euch, ir meuß, die kacz ist auß,
Pringt in und lot unß leben im sauß!‹
Man pracht den narn, dez worn sie fro,
Do lacht er und sprach: ›ja je je jo.‹
Do meintens er kund anders nicht;
Pald eine zu der andern spricht:
›Lat unß versuchen waz er kan,
Wie mocht wir pesser kurczweil han?
Wir sint doch sicher daz erz nit sagt;
Wan waz man redet oder in fragt,
So kan er nichtz dan »jo je je jo.«‹
Zum ofen furten sie in do,

Daz in die werm an schin dest paz,
Wan er gar fast erkalltet waz.
Die fraw begund in selb an greiffen
Und sprach: ›hen, hastu nit ein pfeiffen?‹
Dez lacht er und sprach ›ja je je jo‹
Und zeigt in pald sein pfeiffen do
Mit seinen beiden pfeiffenseken.
Die fraw die schob in in ein eken
Und meint mit im zu scherczen allein;
Ir het sein kunter pey dem pein
So wol gefalln do sies erkuckt,
Das sie sich unten zu ym schmukt,
Und west doch nit wie siez an griff,
Daz er ir einß zu dancze mit pfiff.
Das gewant sie hinten im auff laucht.
. . .

Conrad Celtis

NACHT UND HASILINAS KUSS

Wie war glücklich ich doch in jener Stunde,
Da wir Küsse und wieder Küsse tauschten,
Da ich streichelte Hasas zarte Brüste,
Mich versenkte in ihrem süßen Schoße,
Ihren Busen mit sanftem Arm umfaßte
Und von Liebe erschöpft nur seufzen konnte!
Wie in mir sie dann Glut durch Glut entfachte,
Die mich zwang, unsre Glieder zu verstricken!
Durch die Münder vermischten sich die Seelen,
Und es band uns mit Fesseln von Demantstein
Jene Göttin, der blauen See entstiegen.

Nacht, erstrahlend von tausend ew'gen Sternen,
Die du leuchtendes Götterantlitz hebest,
Die du heilsame Ruhe Müden spendest:
So wie einstmals, als Herkules erzeugt ward,
Bleibe stehn – oder wie an Nordlands Küste,
Wenn sich Phoebus zum regenreichen Süden
Wendet, und es zwei Monde lang nicht Tag wird,
Da beständiges Dunkel er läßt walten –
So nur wird meine heiße Lust gesättigt.

Aus dem »Liederbuch des Arnt von Aich«

Ein pauer gab seim son ein weib
die was gerad und stoltz von leib
von glidmos ungelachsen.
Der hensel gab ir bei der wand
ein langen pfeffer in die hand
schau was mir ist gewachsen
das gredel sprach wohl uberlaut
der ist mir gar ein seltsam kraut
liebe mutter
aube liebe mutter
es tut mir vil jammerschrei
liebe mutter
aube liebe mutter
meinst du ob das ein kurtzweil sei?

Er legt sie nider nach der leng
wie tust du gredlein heut so eng
wilt du mir nimmer wincken.
So mein ich doch als ichs verste
dir sei noch nit geschehen we
man sicht dich wenig hincken
das gredel sprach was leit mir dran
das ich den spot zu schaden han
liebe mutter
aube liebe mutter
es tut mir vil jammers wee
pfui sich der ee
liebe mutter
aube liebe mutter
das ich kaum auf den füssen stee.

Die mutter sprach nun schweig mein kindt
du wirst von dissem strauß nit blindt
laß dich nur nit verlangen.
schau liebe mutter wie ich tu
ich lig und tu die augen zu

es ist mir schir vergangen
also lach sich das gredel gut
die gantze nacht in stiller hut
liebe mutter
aube liebe mutter
es tut mir je lenger ie bas
ich weis nit was
liebe mutter
aube liebe mutter
ein gute kurtzweil ist mir das.

Aus dem »Liederbuch des Arnt von Aich«

Ich trau kein'm alten stechzeug mer
Als ich bisher
Oft hab getan.
Der stechsack ist zerrissen ser
Gantz worden ler
Taug nit auf ban.
Die gurt sein schwach
Der sattel kracht
Das pferd ist vol
Und lauft nit wol
Und scheucht mir wan ich stechen sol.

Die vorderbrust ist gar entwicht
Des helms gesicht
Stets krum und z'hoch.
Das hinterteil zu schmal gericht
Mich ser anficht
Das schraufenloch
Das helt nit mer
Wo ich hinker
Und ist zu weit
Wan ich mich breit
Kracht es im grust on widerstreit.

Das ich kein lust auf diser ban
Zu stechen han
Die tarsch henckt lang.
Ein neuen stechzeug wil ich han
Der glat ligt an
Dan trau ich danck
Erwerben wol
Tu was ich sol
Auf einen tag
Bin ich kein zag
Mit ritter spil wan ichs vermag.

Thomas Murner

DIE FRAUN DER SCHAM ENTBEHREN TUN

So groß ward jetzund schlechte Zucht,
Daß man in Blöße Zierde sucht:
Man sieht ihnen mitten auf den Rücken
Und meisterhaft sie können schicken
Die Brüst herfür, recht mit Behagen,
Die von Gestellen sind getragen;
Sie könnten sonst im Tuch ersticken.
Mehr als die Hälfte laß ich blicken,
Daß sie den Narren Lockung sein,
»Laß ab«, sag ich, »was soll das sein«,
Wenn er die Brust will greifen an:
»Was seid ihr für ein böser Mann!
Ich sag's bei meiner Ehr fürwahr,
So frech noch nie ein Mannsbild war!«
Dem Manne sie so zur Wehr sich stellt,
Als wenn dem Esel der Sack entfällt.
Ganz heimlich greift sie mit der Hand,
Indem sie leistet Widerstand,
Und hängt ganz still das Häkchen aus,
Damit der Milchmarkt fällt heraus.

Unbekannter Verfasser

EINE EHESCHEIDUNG

ALTTIROLER FASTNACHTSSPIEL

Der Pedell
Hört zu alle, arm und reich,
Frauen und Männer, alle gleich!
Der an seim Weib ein Mangel hat
In der Bettstatt früh oder spat,
Der ein Weib hat, die alltag kreißt,
Und unter der Decken sich übel weist
Und den Mann nit gern läßt überhangen,
Der mag von Stund an jetzt herkommen
Und dem Richter das zeigen an,
Der sich auf solches wohl verstehen kann.
Oder wenn die Frau hat einen Mann so krank
Hinter dem Ofen auf der Bank
Und die Frau des Bettfutters nicht geraten woll,
Dieselbe Frau, die mag und soll
Das dem Richter sagen,
Was sie über den Mann hat zu klagen.

Die Frau klagt
Seid gegrüßt, lieber Herre mein,
Laßt euch mein Kummer geklaget sein
Über meinen viel alten Mann,
Bei dem ich keinen guten Tag nie gewann.
Er hustet und kreißt in ein und aus
Und laßt mir keine Ruh im Haus,
Ich hab kein Freud, nicht Nacht nicht Tag.
So, lieber Herr Richter, vernehmt mein Klag!
Er tut nicht wie ein andrer Mann,
Vergönnt mir zu keim Tanz zu gahn –
Deß ist mein Mann von mir gezeit;
Ich bitt, daß Ihr mich von ihm scheid't.

Der Richter
Guter Mann, tritt herzu,
Auf diese Klag deine Antwort tu:
Ist dem so, wie sie von dir sagt
Und sie dich jetzt hier hat verklagt?

Der Mann
Herr Richter, ich sag's so gut ich kann.
Es ist wahr, ich bin ein alter Mann,
Ich leb nit so in Saus und Braus
Und helf mich recht und schlecht im Haus.
Wenn ich bei ihr wär gern gelegen
Und hätt die Freud mit ihr wollen pflegen,
So stellt sie sich als wollt s' mich haun
Und tut mit Fleiß nicht nach mir schaun
Und ich weiß nit um wie und was.
Und dreht sich um, zeigt mir den Ars.
Und weil ich mir aus dem nichts mach,
Herr Richter, so bedenkt die Sach:
Wenn sie begehrt von mir zu scheiden,
So vergönnt's uns, Herr, allen beiden.

Der Richter
Guter Mann und armer Knecht
Ich will erst fragen das Recht.
Ihr Herrn und Meister alle vier,
Was gedenket ihr?

Meister von Schwaben
Ich bin Meister Enzian von Schwaben,
Der Ritt hat mich zu dieser Sach hergetragen.
Ich erkenn der Frauen Gebrechen wohl,
Einen jüngern Mann sie haben woll;
Aber man soll sie darum nicht scheiden,
Man hör denn größre Klag von beiden.

Meister Arnold
So bin ich Meister Arnold genannt,
Der Bischoff von Kropfing hat mich hergesandt.
Ich hab's in manchen Büchern g'lesen
Und bin auch oft dabei gewesen,
Warum man ein Ehevolk scheiden soll.
Es wissen es auch die Alten wohl:
Welche Frau nicht spinnen kann,
Und einen hat, der nit mag sein ein Mann,
Oder ein Weib, die keine Fud nit hat
Oder einen, dem sein Zers nit staht,
Die soll man scheiden zu aller Frist,
Weil das keine rechte Ehe nit ist.

Meister Leupold
Meister Leupold bin ich von Wien,
Der Sachen bin ich ganz wohl inn':
Woll'n sie nit andre Ursach vorbringen,
So soll keins von dem Rechten dringen.

Meister Gangolf
Meister Gangolf bin ich genannt,
Das geistlich Recht ist mir wohl bekannt.
Ich rat euch wohl ohn allen Haß:
Lieber Herr, verhört sie baß,
Ob nicht noch eine größre Klag
Eins über das andere noch hab.

Der Richter
Wo seid ihr, Frau und euer Mann?
Liegt euch kein größrer Kummer an
Oder habt ihr etwas mehr zu klagen,
So tut man euch das Urteil sagen
Hier vor Rittern und vor Knechten,
Ob ich euch scheiden soll in Rechten.

Die Frau
Herr, laßt mich Euch empfohlen sein
Und sprecht mich nimmer meinem Manne ein.
So will ich erst die rechten Brocken sagen,
Was ich über meinen Mann hab zu klagen.
Er trägt mir das bare Bettfutter aus,
Das ich wohl selber möcht im Haus.
Ich mußt im Haus so Mangel leiden,
Wann er andern Frauen tut aufschneiden.
Er will mir nur die leeren Säck anhenken
Und tut mich damit schimpflich krenken,
Und ich hab was eine Frau haben soll
Und tut mir's Riffeln auch noch wohl.
Ich hab ihm das noch nie verziehen,
Zwar, ich will nimmer bei ihm liegen.
Er hat ein Trumm, das ist zu klein,
Drum ich ihm auch nicht gut mag sein.

Der Mann
Ich antwort als ein biedrer Mann.
Mein Esel tut mir hangend stahn.
Sie macht sich allweg krank und schwach,
So denk ich mir, nun hab gemach,
Und so ich dann zu einer andern geh,
So treibt sie nur das Schimpfen mehr
Und spricht, ich hab zu kurz und klein,
Zwar, es soll ihr nimmermehr gut sein,
Daß du so Schand tust auf mich liegen
Und tust mich allzusehr betrüben.
Ich hab ein Trumm wie ein Schlegelstiel,
Daran sie doch nit gnug haben will.

Die Frau
Er sagt von Schlegelstiel oder Stangen
Und kann mir doch nit durch die Stauden langen,
Daß er mir die Mutter möcht erreichen,
Sicher, Herr, er tut Euch leichen.

Der Mann
Sie tut mir unrecht mit Gewald
Ich bin ihr oft g'fahren durch den Wald,
Schier gar zum End der Welt hinein,
Drum, Weib, laß deine Lügen sein!

Der Richter
So richt ich zu Recht auf eurer Frauen,
Daß man dich soll beschauen
Allhier vor den geschwornen Weiben,
Ob du wohl kannst schießen nach der Scheiben,
Ob du zu groß hast oder zu klein,
Was dir da hanget zwischen die Bein.
Ihr Frauen, geht her zu dem Mann,
Seht, ob er einen Bruch hat an,
Und tut uns die Wahrheit kund,
Ob er mag streiten bis an den Grund
Mit seiner Zuberstangen.
Schaut, ob er hat ein zu kurzen oder langen,
Denn die Frau tut über ihn klagen.
Beseht ihn wohl und tut uns sagen,
Wie's mit ihm sei.
Führt ihn hinauf ins Heu
Oder wo es sonst euch recht ist,
Und schaut, ob das Ding gut oder schlecht ist.

Eine geschworene Hebamm
Herr, wir tun nach Euerm Gefallen
Und beschauen ihn allenthalben. –
Guter Mann, nit schäm dich sehr,
Setz auf den Stuhl dich her
Und heb vornen auf dein Gewändel;
Hast einen Bruch, so mach auf das Bändel,
Damit wir sehen an der Stat,
Was dir Gott gegeben hat.
Nun tu voneinander deine Bein,
Laß sehn, ob du zu groß hast oder klein,
Damit wir deß ein Urkund wissen –
Puh, du hast ins Hemd geschissen!

Die andere Hebamm
Schau her, Gevatterin, wie gefällt er dir?
Mir genüget an einem solchen schier;
Wann er ein wenig bei Kräften wär,
Deucht mich, es käm eine nit gar leer.

Die erste Hebamm
Mich dünkt ganz im Sinne mein,
Er sollt was größer und länger sein.
Wir wollen dem Richter sagen,
Sein Weib mag sich nit damit behagen,
Dann so wird er fragen um
Die Meister all in einer Summ,
Wie groß und lang einer haben soll,
Der seiner Getraut zu pflegen woll. –
Herr, ich gab Euch Zeugnis wahr:
Er ist zu klein und sitzt im Haar.

Der Mann
Ihr Herrn, der Weiber Red ist Lug und Mar!
Sie warn mir immer gram und g'fahr!
Nun sag ich auch an dieser Stell,
Was mir an meinem Weib da fehlt:
Sie hat keine Tutten nit am Herzen,
Drum g'lüst mich nit, mit ihr zu scherzen,
Und hat ein Fud, mir viel zu weit,
Daß es mich gar nit in ihr leid't.
Nun habt die Klag ihr von uns beiden –
So wißt ihr wohl uns nun zu scheiden.

Der Richter
Ich will nun des Rechtes fragen:
Ihr gelehrten Herrn, tut davon sagen,
Wie lang und groß der Stumpf soll sein,
Der einer Frau genug mag sein.

Meister von Schwaben
Ich Meister von Poppfing aus Schwaben,
Wie groß ein Mann ein Zagl soll haben,
Indem ich les noch immer mehr,
Ulrice, trag mir das Buch davon her.

Ulricus
Meister, ich bin lang aufgewesen
Und hab alle Bücher überlesen,
Ich find keines von der Eh,
Seht, ob's in dem geschrieben steh.

Meister von Schwaben
Es hilft nit, wie lang ich auch such,
Ich find kein Fud in diesem Buch.
Ich weiß es aber aus einem Vers,
Der sagt von der Fud und von dem Zers,
Der soll durch's Haar wohl langen,
Eine Weil stehn und danach hangen.
Neun Daumen soll er der Länge nach haben,
Das ist recht in Bayern und in Schwaben.

Meister Arnold
Meister Arnold bin ich genannt.
Ich hab gehört, im Niederland
Da hab man lieb die langen und großen,
Die mögen gar wohl schieben und stoßen.
Drum sag ich bei meinem Eid,
Daß man sie beid' von einander scheid.

Meister Leupold
Hat sie zu weit und er zu klein,
Was ihm da hanget zwischen die Bein,
So scheid sie ein vom andern –
Zieh sie gen Bruck, zieh er gen Flandern.

Die Frau
Liebe Herren, seid auf meiner Seiten.
Wollt ihr sein verschwiegen,
So wollt ich heut bei euch einem liegen,
So würd er inne, was ich könnt,
Zu sagen es sich da nit ziemt.

Der Mann
Einen Gulden will ich euch schenken,
Drum tut mein auch gedenken
Und scheidet mich von meinem Weib,
Es gelt recht: Seel oder Leib.

Precursor
So, frommer Herr Richter, scheid't diese Leut!
Er hat zu klein und sie zu weit.
Sprecht sie voneinander behend,
Nit daß eins das andre mehr schend.
Es ist ein Spott da vor Jungfrauen,
Daß man die Männer soll beschauen.
Warum beschaut man nit die Weib?
Es ist oft seltsam um ihren Leib
Und könnt einem oft die Fud verleiten.
Drum tut sie voneinander scheiden.

Der Richter
Nun geh herfür, du armer Mann!
Dein Sach du anders sollst richten an.
Frau, geh du auch da her zu mir!
Die Meister und ich da alle vier
Haben zu Urteil und Recht erkannt:
Zu vermeiden größer Laster und Schand
Sei eure Eh fortan ganz ab.
Du, Mann, nimm dir eine, die eine enge hab.
Frau, sucht euch euern Genossen,
Habt ihr zu weit, so nehmt einen großen.
Das erlaub ich euch allen beiden –
Damit tu ich euch voneinander scheiden.

Hans Sachs

DIE UNSICHTIGE NACKET HAUSSMAGDT

SCHWANCK

Auff ein zeyt ein appodecker saß
Zu Nüremberg, der kurtzweillig was
Mit seltzamen possen und schwencken,
Gar artlich, was er kont erdencken.
Darzu kont er auff seitenspiel
Ringen, springen, schiessen zum ziel,
War darzu auch ein runder fechter.
Derhalben die jungen geschlechter
Und jungen bürger überal
Legten zu im mannich nachtmal
Von seiner abenthewer wegen,
Der er war all zeyt unerlegen.
Eins mals bey einr collation
Brachtens mancherley auff die pon.
Sie waren wol bezecht allsander,
Fielen von einem auff das ander.
Zu letzt wurdens auch reden da
Von der kunst nigromantia,
Von zauberey und schwartzer kunst,
Einer also, der ander sunst,
Wie man die wetter machen solt.
Ein ander die schätz graben wolt.
Der drit kont einen segen sprechen,
Der war für schiessen, hawen und stechen.
Der vierdt kam her mit solchen gaben,
Das in ein junckfraw lieb must haben.
Der fünfft saget auch her ein fabel,
Wie man nachts außführ auff der gabel
Und auff dem bock in Venus-berck,
Dorinn man sech groß wunderwerck.
Der sechst, wie man ein dieb möcht zwingen,
Das gstolen gut wider must bringen.
Der siebent, wie man in ein kreiß
Den teuffel brecht mit weng geschreiß,

Dorinn er all geheim must sagen
Alles, was man in thete fragen,
Wie man in darnach wider bschwür,
Das er denn zu dem first außführ
Und thet keinen menschen kein leid.
Nun het gar ein tölpische meyd
Der appodecker erst angnommen.
Die war von Poppenrewt rein kommen.
Dieselb am kuchenfenster stund
Und irn gesprech zulosen kund
Und het darob sehr grosses wunder,
Vorauß ob einem stück besunder,
Das sie het ghört in diesen sachen,
Ir herr könt sich unsichtig machen,
Wenn er schon in der stuben stünd,
Das in kein mensch nicht sehen künd.
Zu der kunst gwan die meyd ein lieb,
Darzu sie auch der fürwitz trieb.
Sie het vor in der rockenstuben
Von pawrenknechten und roßpuben
Gehöret auch offt mancherley
Solcher dantmer und fantasey.
Derhalb sie irem herrn anlag
Mit grosser bitt mannichen tag,
Das er sie lehrt in diesen sachen,
Wie sie sich könt unsichtig machen,
Das er ir abschlug lange zeyt
Und lachet ir einfeltigkeyt.
Sein kunst war, wennr im ofen stund,
Das in denn niemand sehen kund,
Wer sunsten in der stuben wer;
Also wer gantz unsichtig er.
Als aber die magdt nicht abließ,
Er sie das zu leren verhieß,
Yedoch das sie von dieser kunst
Gar kein menschen solt sagen sunst.
Und thet ein fantasey ertichten,
Ein faßnacht mit ir anzurichten.

Sprach: Wenn du wilt unsichtig sein,
So zeuch ab all die kleider dein,
Das du an dir behalts kein fasen!
Thu auch dein zöpff nicht innen lassen!
Und gab ir einen würffel rund,
Sprach: Nimb den würffel in dein mund
Und ker dich darnach drey mal umb
Und sprich zu yedem mal: Mumb, mumb!
Komb, putz! deck mich voren und hinden,
Das ich thu wie der wind verschwinden!
Wo du so nacket in der nehen
Hingehst, so kan dich niemandt sehen.
Die meyd gelaubt all seiner red.
Als er das merckt, sprach er: Mein Gred,
Biß sontag werd wir haben gest;
So probier die kunst auff das best!
Die gut pawrenmeydt frewt sich seer,
Danckt dem herren der kunst und leer.
Auff den sontag er die geschicht
Den seinen gästen unterricht
Und saget in allen bescheid
Von Grethen, seiner pawrenmeyd.
Bat sie, zu schweygen, nichts zu jehen,
Zu thun, als ob sie sie nicht sehen.
Als nun die gäst zu tische sassen,
Die meydt richt sich zu aller massen,
Zog sich ab mutternacket frey
Und braucht darnach ir zawberey
Mit dem würffel und mit dem segen
Und trat in die stuben verwegen,
Vermeint, sie würd unsichtig sein.
Ir hintergstell war nicht zu klein,
Mit breiten lenden und dicker wüsten,
Mit roten schenckeln und grossen prüsten.
Die gäst sie alle gar wol sahen,
Yedoch kein wörtlein zu ir jahen.
Sie schlich zum tisch, ward einen zupffen,
Den andern bey eim härlein rupffen.

Ir einer sah den andern an,
Sam west er nicht, wer das het than.
Also sie auff ein vierteil-stund
Ir fantasey do treyben kund.
Zum letzten schrier doch einer: Du
Sack, deck die patzet mauntzen zu!
Erst erschrak die Greth, sprang herfür,
Wie ein mutz, auß durch die stubthür
Und sprach: Das den die drüß anghe!
Er hat ein vier-bläterten kle.
Der hat mir die kunst auffgethan.
Erst fiengens all zu lachen an
Der pawrenmeydt mit irer kunst.
Also wer ist bald glaubig sunst,
Ist einfeltig, steckt vol fürwitz,
Zu erfaren jenes und ditz,
Der wirdt denn etwan auch zu letzt
Von eim listigen auffgesetzt,
Doraus im spot und schamrot wachs.
Neschlein wil schleg habn, spricht Hanns Sachs.

Johannes Secundus

Es erregt mich zutiefst nicht *eine* Art nur von Küssen.
Feuchte Lippen drückst auf feuchte du? Feuchte entzückt.
Aber auch trockene Küsse entbehren nicht jeglichen Reizes,
Oft floß von diesen mir auch Hitze ins innerste Mark.
Süß auch ist's, im Halbschlafe sich nur küssen zu lassen
Und, die dich so überfiel, fest zu umschlingen sodann,
Auf ihre Wangen sich ganz, ihren Hals sich rächend zu stürzen,
Schneeweißen Schultern sich dann, schneeweißen Brüsten zu nahn,
Ihr die Wangen, den Hals, mit Kußmälern ganz zu beflecken,
Schneeweiße Schultern und auch schneeweiße Brüste dazu;
Auch mit gurrender Lippe bewegliche Zunge zu saugen:
Mund an Mund werden zwei Seelen zu einer vereint.
So ergießen wir beide uns in des anderen Körper.
Wenn die Liebe, dem Tod nahe, in Wollust erstirbt.
Ob die Küsse kurz oder lang, ob lässig, ob drängend,
Ob du sie gibst oder ich, Liebste, sie reißen mich hin.
Doch so wie ich dich küsse, sollst niemals zurück du mich küssen:
Andersgeartet soll uns beiden das Liebesspiel sein.
Und wer als erster von uns nicht neue Methoden erfindet,
Höre gesenkten Blicks diese Bestimmung sich an:
So viele Küsse, wie beide zuerst gewechselt, so viele
Geb er dem Sieger zurück und auf so vielfält'ge Art.

Johannes Secundus

Warum wendet ihr ab das zücht'ge Antlitz,
Keusche Jungfern und ehrbare Matronen?
Sing ich doch nicht von loser Götterliebschaft
Noch von Stellungen und von geiler Unzucht.
Hier sind keine – peniblen Verse, keine
Die den Knaben (die ja bekanntlich rein sind)
Nicht der bärt'ge Magister zeigen könnte.
Ich sing nur von Küssen (nicht was danach kommt),
Denn ich bin ja ein keuscher Musendiener.
Aber frech schauen oft mich an die ehrbarn
Frauen alle wie auch die keuschen Maiden,
Weil vielleicht mal – natürlich ohne Absicht –
Mir ein stärkeres Wort geflügelt abging.
Macht euch fort drum, geht weg, ihr böser Haufen,
Weiber ihr und ihr Jungfern, geile Bande;
Denn so keusch ist meine Neaera, daß sie
Gliedlos lieber ein Buch mag als den Dichter.

Aus Peter Schöffers »Liederbuch«

Es wolt ein meydlein grasen gan
fick mich lieber Peter
und do die roten röslein ston.
fick mich mer du hast's ein ehr
kanstus nit ich wil dichs lern
fick mich lieber Peter.

Der Pfarrer von sant Veit
der Pfarrer von sant Veit
der hat ein schöne köchin
die gern am rucken leyt
die gern am rucken leyt

Johann Stigel

DIE KEUSCHEN MÖNCHE

Im Mondschein hastete ein Mönch dahin,
Nach heißem Ringkampf stand sein geiler Sinn:
Ein Hürchen unterm Mantel trug nach Hause
Er eiligst hin zu seiner stillen Klause.
Ihn traf ein Bruder, vorgerückt an Jahren,
Der selbst im Venusdienste wohl erfahren.
Der sah ihr weißes Bein, das nicht verstecket,
Da es zum Teil die Kutte nur bedecket.
Er sprach: »Warum, wohin so eil'ge Schritte?
Auch sage mir, geliebter Frater, bitte,
Was ist denn diese gar so schwere Last,
Die unterm Mantel du verborgen hast?«
Der sprach, es sei das Zaumzeug von dem Pferde,
Mit dem er früh auf Reisen gehen werde.
Dem Greis ob dieser List das Lächeln kam;
Er scherzte: »Pack nur gut ihn ein, den Kram,
Denn wenn die Brüder diesen Sattel sehen,
So woll'n sie alle auf ihm reiten gehen.«

Johann Lauterbach
DE STILPHONE MEDICO

Pupillam curans tumefecit Stilpho papillam;
    hortorum curas sic caper omnis habet.

Stilpho pflegte sein Mündel, doch machte dabei ihr ein Kindel;
    so gibt zur Pflege man auch immer den Garten dem Bock.

Cur aleret barbam, iuvenem cum virgo rogaret,
    ›ut retro fugiat territus hostis‹ ait.
›falleris‹ illa subit ›vanum me teste probabo:
    nunc hirsuta petor, quiae glabra tui fui.‹

»Warum«, fragte die Jungfrau den Jüngling, »trägst einen Bart du?« –
    »Auf daß erschrecke der Feind und von mir weiche zurück.« –
»Falsch«, sagte sie, »ich erfuhr's ja am eigenen Leibe, denn seit ich
    haarig bin, setzt man mir zu: glatt vordem, hatte ich Ruh.«

Johann Fischart

GUTER RAT

Wer ist, der zeitig Ops wirft hin,
Weil das unzeitig beisset ihn?
Also wer will ein Weib verstoßen,
Die ihr gleich erstlich nicht kan mosen
Und mit der zeit doch wird geschlacht,
Das sie dem Man all fräude macht?
Und der den Angel schon hat hin,
Was förcht er sich meh for der Bin,
Das er darumb hinwerfen wolt
Den Imenkorb, des Angels sold?

Also die schon den Man hat genommen,
Und erstlich sie rauch an ist kommen,
Aber desselb hat überwunden,
Was wolt sie jetzund erst zur stunden,
Da nun die süße fräud geht an,
Vertrüssig werden ab dem Man,
Diweil so süß nichts wachsset hie,
Das nicht sei erstlich bitter frü?
Und wer den Honig will erjagen,
Mus sich der Imenstich verwagen.

Jochen Glockenthon

EINE JUNGE FRAU KLAGT ÜBER IHRES MANNES IMPOTENZ

Zu Florenz ein edler knab sas,
Der nam fürbas
Eines riters tochter, der was
Neri Pacci genante.
Also die zwei bekante
Beisam wonten hernach.
        Eines tags die jungfrau alein
Bedrübt ging ein
In das hauß irer eltern fein
Und det auch also jehen:
»Wie habt ir mich versehen
So gar bößlich!« sie sprach.
        Ir muter det sie fragen,
Was sie dann het zu klagen.
Da hube sie nun weinet an,
Sprach: »Mercket mich,
Ihr habt warlich
Mir geben thon
Einen, der ist kein rechter mon;
Er hat nur ein wenig darvon.«

Ir muter erschrack der red do,
Saget also
Solches irem mann Nerio.
Der wundert ob dem schaden,
Doch eins mals thet er laden
Sein freundschafft in sein hauß.
        Als sie nun zu disch sassen all,
Drat hinein ball
der jungen frauen man zumal,
Grüst sie all in gemeine,
Sprach: »Wie draurig alleine
Sitzt ir alhie durchaus?«

Die gest deten all schweigen,
Keiner wollt im anzeigen
Die ursach ires draurens schon.
Doch einer zwar
Under in war,
Der sprach: »Hör an,
Dein weib saget, du seist kein man,
Habest nur ein wenig darvon.«

Des wundert der jung mann der sach,
Gantz lachend sprach
Zu in: »Ich beweiß es hernach.«
Da sie nun heten gessen,
Stund er auf unvermessen
Und zucket seinen stecher bloß,
Sprach: »Nun urtheilet ir dabei,
Ob ich nicht sei
Bewehrt und aler anklag frei!«
Ides weib wundren thete,
Dacht: »O das mein man hete
Ein solchen halb so groß!«
Sie strafften zu der zeite
Diser frauen thorheite.
Sie sprach: »Unser esel hat ein,
Der was aber
Ser vil grösser,
Und er dut sein
Ein vich, und mein man ist allein
Ein mensch.« Sie lachten algemein.

Ambrosius Metzger

DER BAUERNSOHN UND DIE BEIDEN NONNEN

Eins mayrs sohn auff ein zeit
Früht in ein nonen closter dräit,
Den man nach alter gewonheit
Käß, brod und einen trunck fürsezt.

Alß er ein kleines saß,
Nahent an dem ort daß bad was,
Deß käß und brod nach lust genaß
Und sich mit einem trunck ergözt,

Kam ein non auß dem bad, s feure zu schiren,
Ganz nackend. Des mayeres sohn ward spüren,
Daß sich sein fleisch wolt rihren,
Ging derhalb hin und sie betast.

Weil ihr diß wohl gefil,
Kam er biß auf Veneri spil.
Nach dem verrichtet beider wil,
Die nun widrum in das Bad ging.

Und dise sach erzehlt
Der jüngsten schwester auß erwehlt,
So sich zu ihr ins bad het geselt,
Die ob der red groß freud empfing,

Ging hin auß, als wolt sie schiern das feuer,
Als ihr ertheilt wurd gleichs abenteuer
Und ihr brunst ungeheuer
Gelescht wurd, het sie ru und rast.

Als den schwestern nach mal
Von solcher weiß der bauch geschwal,
Die eptesin ob dem zufal
Der geschwulst sie stark examiniret,

Weil jede auß einfalt
Bekent, daß leiblicher gestalt
Des mayers sohn het ohn gewalt
Alle beid also wol tractiret

Durch treiben, deß gleich sie nicht theten gstehen,
Alß die mutter der töchter einfalt gsehen,
Must sie lasen geschehen
Aber des mayrs sohn wurd gestrafft fast.

II

Die Wollust bleibet
doch der Zucker dieser Zeit,
Was kann uns mehr denn sie
den Lebenslauf
versüßen?

HOFMANN VON HOFMANNSWALDAU

Georg Rudolf Weckherlin

GARTEN-BUHLSCHAFT ODER KRAUT-LIEB

Ich war in einem schönen Garten,
Da der Braunellen ich mußt warten;
Alsbald sie kam und sah mich an,
Empfanden wir das Herzgespann.

Ach! was empfind ich in dem Herzen,
Sprach sie, ich antwort, laß uns scherzen:
Je läng'r je lieber bist du mir,
Ja Tag und Nacht lieb bin ich dir,
Laß uns mit Maß und ohn Maß lieben,
Laß uns das Nabelkraut verschieben,
Das so süß, under deinem Schurz.
Ja Knabenwurz und Ständelwurz,
Sprach sie, mir allzeit wohl zu schlagen:

Liebstöckel mögen wir auch wagen,
Dieweil sie gut für die, die bleich,
So stöck es tief in das Gliedweich.
Gliedkraut mein Glied mit Lust durchdringet,
Wann es kein Mutterkraut mitbringet:
Auch lieb und süß ist Mannestreu,
Mit Zapfenkraut die Freud wird neu:

Dann seine Tugend stets passieret,
Sobald es kützlend tief berühret
Die zarte nackend Hurenhaut;
So wird es gleichsam Seifenkraut.
Es ist gnug, laß nun ab zu scherzen,
Bis wir einander wieder herzen,
Vergiß mein nicht, und bleib doch weiß:
Mein Augentrost. Mein Ehrenpreis.

Peter Rollos

EIN POMERANZEN SOLL FEIN SEIN

Ein Pomeranzen soll fein sein,
Nicht gar zu groß, nicht gar zu klein.
Nicht gar zu heiß, nicht gar zu kalt,
Nicht gar zu jung, nicht gar zu alt.
Nicht gar zu eng, nicht gar zu weit,
Jung von Jahren, kraus von Haaren.
Nicht zu drucken, auch nicht zu naß.
O, wie ein Pomeranzen ist das.

Friedrich von Logau

KITZLIGUNDE

Kitzligundes Jungfernschaft wollt' ihr einmal dampfig werden,
Weil sie nie kam an die Luft, blieb nur immer bei der Erden,
Drum so hat an einem Nagel sie sie endlich aufgehenkt,
Klagt nur, daß sie so viel Nägel nicht kann haben, als sie denkt.

DIE GUTE DIÄT

Charlotte hatte ihrem Arzt gesagt,
Daß ihr das Liebeswerk des Morgens sehr behagt,
Allein gesünder sei's, des Abends sich zu pflegen.
Nun will sie aber mit Bedacht
Es täglich zweimal tun,
Des Morgens, weil's Vergnügen macht,
Des Abends der Gesundheit wegen.

AUF CYPRIA, DIE SO LEICHTE SÜNDIGET

An keinen schweren Fall, den sie begangen hätte,
Denkt Cypria, sie fällt oft, aber nur ins Bette:
Sie ist sonst schweren Fall bemüht zu übergehen;
Fällt nicht ins Bette sie – und fällt?
Geschieht's im Stehen.

VON DEN ENTBLÖSSTEN BRÜSTEN

Frauenvolk ist offenherzig; so wie sie sich kleiden itzt,
Geben sie vom Berg ein Zeichen, daß es in dem Tale hitzt.

JUNGFERNMORD

Gestern war ein Freudenfest, drauf ward in der späten Nacht,
Eh' es jemand hat gesehn, eine Jungfer umgebracht:
Einer ist, der sie vermutlich (alle sagen's) hat ertötet,
Denn so oft er sie berühret, hat die Leiche sich errötet.

Paul Fleming
WIE ER WOLLE GEKÜSSET SEIN

Nirgends hin als auf den Mund:
Da sinkt's in des Herzens Grund;
Nicht zu frei, nicht zu gezwungen,
Nicht mit gar zu fauler Zungen.

Nicht zu wenig, nicht zu viel:
Beides wird sonst Kinderspiel;
Nicht zu laut und nicht zu leise:
Beider Maß ist rechte Weise.

Nicht zu nahe, nicht zu weit:
Dies macht Kummer, jenes Leid;
Nicht zu trucken, nicht zu feuchte,
Wie Adonis Venus reichte.

Nicht zu harte, nicht zu weich,
Bald zugleich, bald nicht zugleich;
Nicht zu langsam, nicht zu schnelle,
Nicht ohn' Unterscheid der Stelle.

Halb gebissen, halb gehaucht,
Halb die Lippen eingetaucht;
Nicht ohn' Unterscheid der Zeiten,
Mehr alleine denn bei Leuten.

Küsse nun ein jedermann,
Wie er weiß, will, soll und kann!
Ich nur und die Liebste wissen,
Wie wir uns recht sollen küssen.

Paul Fleming

TAUMEL DER GLÜCKSELIGKEIT

Wie mir es gestern ging, und wie ich ward empfangen
In meiner Freundinn Schoß, weiß sie nur und nur ich.
Das allerliebste Kind, das herzt' und küßte mich,
Sie hielte feste mich, wie ich sie hart umfangen.
Auf meinem lag ihr Mund, auf ihren meine Wangen,
Oft sagte sie mir auch, was nicht läßt sagen sich,
Darum du, Momus, nicht hast zu bekümmern dich.
Bei ihr ist noch mein Sinn, bei mir noch ihr Verlangen.
O wohl mir, der ich weiß, was nur die Götter wissen,
Die sich auch, wie wir uns, in reiner Keuschheit küssen!
O wohl mir, der ich weiß, was kein Verliebter weiß!
Wird meiner Seelen Trost mich allzeit also laben,
Mir allzeit also tun, so werd' ich an ihr haben
Ein weltlich Himmelreich, ein sterblich Paradeis.

Christian Hofmann von Hofmannswaldau

Mein Engel, kannst du mich nicht lieben,
Ist meine Not dir nur ein Gaukelspiel?
Verlachest du denn mein Betrüben
Und hat dein Grausamsein kein Ziel?
Du sagst zwar viel von deiner Güte,
Doch wo ist Frucht?
Ist deine Gunst nur lauter Blüte,
So ist dein Brennen nichts als Wassersucht!

Warum willst du das Tor verschließen,
In dem die Liebe Einzug nehmen will?
Laß deine Brunst doch sicher schießen
Und halte meiner Regung still.
Du darfst dich nicht, mein Engel, schämen,
Den Ehrenpreis
Wird niemand können von dir nehmen,
Weil ich allein von diesem Diebstahl weiß.

So darf die Furcht dich nicht verblenden,
Als wenn der Schmerz unüberwindlich sei,
Ich weiß bereits aus meinen Händen:
Die Angeln reißen nicht entzwei.
Du wirst als Helden dich begrüßen,
Wenn etwas Blut
Gleich möcht aus zarten Adern fließen,
Genug: Du weißt, daß es uns sachte tut.

Will dein Gewissen nicht erschrecken,
So denk, die Jugend sei in Glut entbrannt;
Wer wird in heißen Flammen stecken,
Dem eine Löschung ist bekannt?
Es wird das Alter bald verstören,
Was Feuer ist,
Und du wirst solches besser ehren,
Wenn in der Blüt du abgekühlet bist.

Ich wüßte nicht, was dich sollt neigen,
Daß deiner Schoß du keine Feier gönnst,
Ach! sorge nicht für einen Zeugen,
Weil du mein treues Lieben kennst!
Die Kunst kommt der Natur zu Hülfe,
Kein Anker haft',
Wenn er gesenkt im ersten Schilfe
Und nur vom Schlunde nicht wird hingerafft.

Drum laß die Stützen voneinander,
Auf welchen dieses Schloß sich ruht.
Du weißt, ich bin nicht Alexander,
Der alles mit der Hitze tut.
Ich will beim Kindchen erst probieren,
Was Sanftmut sei,
Und wo er sich nicht wird verlieren,
Alsdann zerbricht den Trotz die Macht entzwei.

Fort! Laß das warme Etwas schießen,
Das ich gefühlt und nicht zu nennen weiß,
Laß diesen Nektar mich umfließen,
Mach mich in deinen Armen heiß!
Dein Auge selber heget Flammen
Vom bloßen Dunst,
Laß unsre Hitze doch zusammen,
Mach mich beseelt durch ganz erteilte Gunst!

Was hilft mir doch ein bloß Berühren,
Wenn ich die Ros vom Stock nicht pflücken soll,
Darf ich die schnöden Hände zieren
Und füllen nicht das Herze voll?
Verachte nicht die andern Glieder,
Weil keines schlecht –
Sind dir die Finger nicht zuwider,
Warum ist dir der Daumen denn nicht recht?

Christian Hofmann von Hofmannswaldau

Als die Venus neulich saße
In dem Bade nackt und bloß
Und Cupido auf der Schoß
Von dem Liebeszucker aße,
Zeigte sie dem kleinen Knaben
Alles, was die Frauen haben.

Marmelhügel sah er liegen,
Von Begierden aufgebaut;
Sprach zur Mutter überlaut:
Wann werd ich dergleichen kriegen,
Daß mich auch die Schäferinnen
Und die Damen liebgewinnen?

Venus lacht aus vollem Munde
Über ihren kleinen Sohn,
Denn sie sah und merkte schon,
Daß er was davon verstunde.
Sprach: Du hast wohl andre Sachen,
Die verliebter können machen.

Unterdessen ließ sie spielen
Seine Hand auf ihrer Brust,
Denn sie merkte, daß er Lust
Hatte, weiter nachzufühlen,
Bis ihr endlich dieser Kleine
Kam an ihre zarten Beine.

Als er sich an sie geschmieget,
Sprach er: Liebes Mütterlein,
Wer hat an das dicke Bein
Euch die Wunde zugefüget?
Müßt ihr Weiber denn auf Erden
Alle so verwundet werden?

Venus konnte nichts mehr sagen
    Als: Du kleiner Bösewicht,
    Packe dich, du sollst noch nicht
Nach dergleichen Sachen fragen.
Wunden, die von Liebespfeilen
Kommen, die sind nicht zu heilen.

Christian Hofmann von Hofmannswaldau

AN ALBANIE

Albanie, gebrauche deiner Zeit
Und laß den Liebeslüsten freien Zügel,
Wenn uns der Schnee der Jahre hat beschneit,
So schmeckt kein Kuß, der Liebe wahres Siegel,
Im grünen Mai grünt nur der bunte Klee.
Albanie.

Albanie, der schönen Augen Licht,
Der Leib und was auf den beliebten Wangen,
Ist nicht für dich, für uns nur zugericht.
Die Äpfel, die auf deinen Brüsten prangen,
Sind unsre Lust und süße Anmutssee.
Albanie.

Albanie, was quälen wir uns viel
Und züchtigen die Nieren und die Lenden?
Nur frisch gewagt das angenehme Spiel!
Jedwedes Glied ist ja gemacht zum Wenden,
Und wendet doch die Sonn sich in der Höh.
Albanie.

Albanie, soll denn dein warmer Schoß
So öd und wüst und unbebauet liegen?
Im Paradies, da ging man nackt und bloß
Und durfte frei die Liebesäcker pflügen.
Welch Menschensatz macht uns dies neue Weh?
Albanie.

Albanie, wer kann die Süßigkeit
Der zwei vermischten Geister recht entdecken?
Wenn Lieb und Lust ein Essen uns bereit,
Das wiederholt am besten pflegt zu schmecken,
Wünscht nicht dein Herz, daß es dabei vergeh?
Albanie.

Albanie, weil noch der Wollusttau
Die Glieder netzt, und das Geblüte springet,
So laß doch zu, daß auf der Venusau
Ein brünstger Geist dir knieend Opfer bringet,
Daß er vor dir in voller Andacht steh!

Albanie.

Christian Hofmann von Hofmannswaldau
ER IST EIN UNGLÜCKLICHER WECKER

Ich eilte, Lesbien aus Kurzweil zu erwecken,
Als gleich Aurorens Glanz um ihr Gesichte stund,
Die Rosen krönten ihr die Wangen und den Mund,
Durch weißes Elfenbein ließ sich der Hals bedecken.

Ich wollte meine Hand auf ihre Brüste strecken,
Es tat ein nasser Kuß ihr meine Geilheit kund.
Es rufte Lesbie: Ist dein Verstand gesund,
So führe keine Brunst in meine keusche Hecken.

Ich war darob bestürzt und fluchte dem Gelücke
Und fuhr den Himmel an und seine reichen Blicke,
Ich sprach: Wo Rosen stehn, da müssen Dornen sein.

Weil mich denn ihr Befehl verjaget und vertrieben,
So hab ich dieses Wort in ihr Gemach geschrieben:
Auf Morgenröte folgt gar selten Sonnenschein.

Christian Hofmann von Hofmannswaldau

ER SCHAUET DER LESBIE DURCH EIN LOCH ZU

Es dachte Lesbie, sie säße ganz allein,
Indem sie wohl verwahrt die Fenster und die Türen;
Doch ließ sich Sylvius den geilen Fürwitz führen
Und schaute durch ein Loch in ihr Gemach hinein.

Auf ihrem linken Knie lag ihr das rechte Bein,
Die Hand war höchst bemüht, den Schuh ihr zuzuschnüren,
Er schaute, wie das Moos zinnoberweiß zu zieren,
Und wo Cupido will mit Lust gewieget sein.

Es rufte Sylvius: Wie zierlich sind die Waden
Mit warmem Schnee bedeckt, mit Elfenbein beladen!
Er sahe selbst den Ort, wo seine Hoffnung stund.

Es lachte Sylvius. Sie sprach: Du bist verloren
Zum Schmerzen bist du dir und mir zur Pein erkoren:
Denn deine Hoffnung hat ja gar zu schlechten Grund.

Christian Hofmann von Hofmannswaldau
DIE WOLLUST

Die Wollust bleibet doch der Zucker dieser Zeit,
Was kann uns mehr denn sie den Lebenslauf versüßen?
Sie lässet trinkbar Gold in unsre Kehle fließen,
Und öffnet uns den Schatz beperlter Lieblichkeit;
In Tuberosen kann sie Schnee und Eis verkehren
Und durch das ganze Jahr die Frühlingszeit gewähren.

Es schaut uns die Natur als rechte Kinder an,
Sie schenkt uns ungespart den Reichtum ihrer Brüste,
Sie öffnet einen Saal voll zimmetreicher Lüste,
Wo aus des Menschen Wunsch Erfüllung quellen kann.
Sie legt als Mutter uns die Wollust in die Armen
Und läßt durch Lieb und Wein den kalten Geist erwarmen.

Nur das Gesetze will allzu tyrannisch sein.
Es zeiget jederzeit ein widriges Gesichte,
Es macht des Menschen Lust und Freiheit ganz zunichte
Und stößt vor süßen Most uns Wermuttropfen ein;
Es untersteht sich, uns die Augen zu verbinden
Und alle Lieblichkeit aus unser Hand zu winden.

Die Ros entblößet nicht vergebens ihre Pracht,
Jesmin will nicht umsonst uns in die Augen lachen,
Sie wollen unser Lust sich dienst- und zinsbar machen.
Der ist sein eigen Feind, der sich zu plagen tracht;
Wer vor die Schwanenbrust ihm Dornen will erwählen,
Dem muß es an Verstand und reinen Sinnen fehlen.

Was nutzet endlich uns doch Jugend, Kraft und Mut,
Wenn man den Kern der Welt nicht reichlich will genießen
Und dessen Zuckerstrom läßt unbeschifft verschießen,
Die Wollust bleibet doch der Menschen höchstes Gut,
Wer hier zu Segel geht, dem wehet das Gelücke
Und ist verschwenderisch mit seinem Liebesblicke.

Wer Epikuren nicht vor seinen Lehrer hält,
Der hat den Weltgeschmack und allen Witz verloren,
Es hat ihr die Natur als Stiefsohn ihn erkoren,
Er muß ein Unmensch sein und Scheusal dieser Welt;
Der meisten Lehrer Wahn erreget Zwang und Schmerzen,
Was Epikur gelehrt, das kützelt noch die Herzen.

Georg Greflinger

AN SEINE LIEBSTE UM EINEN KUSS

Dein Küssen ist so süß, mein Lieb,
Daß ich es leichtlich nicht kann missen.
So gib dann deine Lippen, gib,
Und laß uns, weil es sein kann, küssen.

Es ist ja alle Lust dahin,
Wann uns die Jugend ist entgangen,
So welken Mund und Mut und Sinn,
So falten sich die glatten Wangen.

So laß dann nun so ungeküßt,
Mein Licht, die Blüte nicht entgehen,
Gott weiß es, ob du abends bist,
Was man dich diesen Tag kann sehen.

Gib einen Kuß, weißt, was ich will,
Ich will dich tausendmal beküssen,
Ist's nicht genug, noch eins so viel,
Und sollt ich Tag und Nacht mit schlüssen.

Du weißt, das Küssen flecket nicht,
O sollte dich ein Kuß beflecken,
So hättest du, mein helles Licht,
Dein Antlitz längsten müssen decken.

So gib nun deine Lippen, gib,
Und laß mich deinen Kuß nicht missen,
Mein Seelichen, mein Schatz, mein Lieb,
Komm, laß uns, weil es sein kann, küssen.

Heinrich Mühlpfort

GRABSCHRIFFT EINER BRAUT

Ich habe mich allzeit für Menschenblut entsetzt,
Doch hat mein Brautigam nicht eher Ruh gefunden,
Biß daß er bey der Nacht, durch eine tieffe Wunden,
Mich unglückseelige so jämmerlich verletzt.

GRABSCHRIFFT DER JUNGFERSCHAFFT

Man hat mich nie gesehen, und hat mich doch geliebt,
Doch macht ich keinen froh, ich muste zuvor sterben,
Denn kont ich Lied und Gunst durch meinen Tod erwerben,
So ward auch niemand nicht hierüber groß betrübt.
Ich ließ mir Ritterspiel und Stecherey belieben,
Dannhero bin ich auch im Ringelrennen blieben.

Hans Assmann von Abschatz

Komm, braune Nacht, umhülle mich mit Schatten
Und decke den mit deiner Schwärze zu,
Der ungestört sich will mit Sonnen gatten
Und im Bezirk der Engel suchet Ruh,
Ja, hilf mein Ach! eh du noch wirst verschwinden,
Mit linder Hand von meiner Seele binden.

Wie? Hör ich nicht, willkommen, mein Verlangen!,
Schon im Gemach mit leiser Stimme gehn?
Fühl ich mich nicht mit Lilien umfangen
Und meinen Fuß auf diesen Grenzen stehn,
Wo mir Celinde wird aus Tränen lachen,
Aus Flammen Eis, aus Bette Himmel machen?

So tilge nun, o Heldin, meine Schmerzen,
Wirf mit dem Flor die leichte Zagheit hin,
Laß meine Hand mit deinem Reichtum scherzen
Und mich entzückt das schöne Tal beziehn,
Da sich im Tau die stummen Lüste kühlen
Und Tag und Nacht mit ihren Farben spielen.

Dein heißer Mund beseele mich mit Küssen,
Hilf, wenn ich soll an dieser Brust versehrn,
Durch linden Biß der flüchtigen Narzissen
Mir ausgestreckt die stille Freude mehrn,
Und möchtest du ja deinen Kranz verlieren,
Solln Perlen doch die schönen Haare zieren.

Mein Wort erstirbt, die Seele will entweichen,
Ach laß sie doch in enge Himmel ein,
Laß Schiff und Mast in deinen Hafen schleichen
Und deine Hand selbst meinen Leitstern sein!
Du sollst alsbald die eingeladnen Gaben
Nebst voller Fracht statt der Belohnung haben.

Christian Weise

TRÄNEN DER JUNGFERNSCHAFT

Süßes Gift verliebter Herzen,
Schwaches Werkzeug voller Kraft,
Wertes Ziel der keuschen Schmerzen,
Du berühmte Jungfernschaft,
Freilich gehet deine Zier
Allen schönen Sachen für.

Wie die Rosen in dem Maien
Ihre bleiche Lieblichkeit
Niemals schöner von sich streuen,
Als wenn ihre Sicherheit
Unberührt und unbefleckt
In dem grünen Stocke steckt,

Also muß man dich erheben,
Weil du keiner fremden Hand
Dich zum Raube willst ergeben,
Sondern das geliebte Pfand
Aller Ruh und Lebensrast
An der süßen Freiheit hast.

Doch wie lange kann es währen?
Endlich muß die Jugend sich
Durch den schnellen Lauf verzehren
Oder es berufet dich
Liebe, Lust und Eitelkeit
In der Tugend Wettestreit!

Will man bei den Apfelbäumen
Zu der Lust spazieren gehn,
Darf man nicht die Zeit versäumen,
Wann sie in der Blüte stehn,
Eh der Gärtner nach der Saat
Auch die Frucht gebrochen hat.

Manches Schäfchen trägt die Schwere
Seiner Wolle mit Verdruß,
Weil es auf des Schäfers Schere
Gar zu lange warten muß.
Manche Rose krümmt den Stiel,
Weil sie niemand brechen will.

Gute Nacht, du leere Schüssel,
O du Leuchter ohne Licht,
Festes Schloß doch ohne Schlüssel,
Gute Waag und kein Gewicht!
Ach, wie wohl ist die daran,
Die bei Zeiten freien kann!

Johann von Besser

Gesteh es nur, mein Kind, und lächle nicht zu viel,
Gewiß, du weisest mir das erste Liebesspiel;
Denn als dein süßer Mund ein Wort von Würfeln sprach,
Da dacht ich allererst den Sachen weiter nach.

Er würfelt gar zu wohl mit seinem Augenpaar,
Ich hört und wußte nicht, was das geredet war.
Indem so blicktest du mich gar zu freundlich an,
Da dacht ich allererst, wie einer würfeln kann.

Ist dies die Würfelart, wo mag das Brettspiel sein?
Indem so führtest du mich bei der Hand hinein.
Es lag mit Flohr bedeckt, ich macht es sanfte los
Und setzte mich damit auf deinen süßen Schoß.

Ach, das geliebte Brett, das mir gezeiget ward,
War doppelt, rund und zart, wie Marmel weiß und hart,
Die Augen gaben mir den rechten Würfellauf,
Der Mund den besten Stein, den setzt ich küssend drauf.

Wie wohl war mir dabei, voraus, mein Liebchen, dir,
Denn du, du suchtest selbst die besten Spiel herfür:
Dick-dack und Kontrapuff, Verkehren, Ausundein,
Die sollten unsere Kurz- und Langeweile sein.

Indem so rufest du: ach still! ich höre was!
Die Frau, Frau Mutter kommt, sie sieht, sie merket das.
Ach, wie entsetzt ich mich! Ach, wie erschrakest du!
Da deckten wir in Eil das Brettspiel wieder zu.

So war das Spiel verstört. Trag aber keinen Groll,
Zeig mir die Würfel nur, im Fall ich spielen soll.
Ihr Mädchen, lernet dies, die ihr mich spielen seht:
Ich hab den besten Stein in meiner Liebsten Brett.

Johann von Besser
AN CALISTEN

Ich kann mir nicht mehr widerstreben,
Die Schönheit flößt mir das Gelüsten ein.
Im Paradies kann keiner leben
Und ohne Fall und Fehltritt sein.
Dein Edensplatz, mein Kind Caliste,
Zieht meine Hand
Auf deinen Kreis der runden Brüste
Und meinen Leib in dein gelobtes Land.

Der Lenz pflegt uns in Herbst zu leiten,
Das Jahr läßt uns nach Blumen Früchte sehn:
Laß mich doch auch nach deinen Zeiten
In deinen Anmutsgarten gehn.
Mein Frühling ist ein Kuß gewesen,
Laß aus der Schoß
Mich endlich reife Früchte lesen,
Wie in dem Stand der Unschuld nackt und bloß.

Du kannst den Leib mir nicht verschließen,
Von welchem du mir schon das Herz entdeckt.
Laß unsern Geist zusammenfließen,
Weil doch kein Kuß ihm selber schmeckt.
Vergrabe mich in Elfenbeine
Voll Fleisch und Blut,
Denn werd ich gleich darin zum Steine,
So weiß ich doch, daß mir es sanfte tut.

Eröffne mir das Tor zum Lande,
Wo Zucker rinnt und Wollust Tafel hält;
Laß meinen Kahn am engen Strande
In deine neuerfundne Welt.
Du darfst dich nicht, Caliste, schämen;
Das Feigenblatt,
Das Eva für sich mußte nehmen,
Zeigt und verdeckt nicht unsre Lagerstatt.

Bestrafe mich mit keinem Tadel,
    Daß deine Schoß mein Herze lieb gewinnt;
Denn der Magnet forscht mit der Nadel,
    Bis er den Mittelpunkt ergründt.
Ein Schäfchen grast in Tal und Auen,
    Wo Schatten ist;
Mein Herze will das deine schauen,
    Drum such ich es da, wo du offen bist.

Johann von Besser

AN MELINDE

Nicht schäme dich, du saubere Melinde,
Daß deine zarte Reinlichkeit
Der feuchte Mond verweist in eine Binde
Und dir den bunten Einfluß dräut.
Der große Belt hegt Ebb' und Flut,
Was Wunder, wenns der Mensch der kleine tut.

Die Rötlichkeit bei deinen bunten Sachen
Hat niemals deinen Schoß versehrt.
Wie Muscheln sich durch Purpur teuer machen,
So macht dein Schneckenblut dich wert.
Wer liebt ein Tintenmeer wohl nicht,
Weil man daraus Korallenzinken bricht?

Nur einmal bringt das ganze Jahr uns Nelken,
Dein Blumenbusch bringt's monatlich,
Dein Rosenstrauch mag nicht verwelken,
Sein Dorn, der hält bei dir nicht Stich,
Denn was die sanften Blätter macht,
Das ist ein Tau von der Johannisnacht.

Kannst du gleich nicht die Lenden hurtig rühren,
Lobt man dich doch im Stillestehn,
Der Augen Blau wird leichtlich sich verlieren,
Dann wirst du sein noch eins so schön.
Man sammelt, spricht die ganze Welt,
Viel bessre Frucht, wenn starke Blüte fällt.

Laß mich darum noch keine Fasten halten.
Ein König nimmt den Schrank zwar ein,
Doch muß er fort, wenn sich die Wasser spalten,
Der Geist muß ausgestoßen sein.
Man geht, wie jedermann bekannt,
Durchs rote Meer in das gelobte Land.

Johann von Besser

AN EINEN NÜRNBERGER BRÄUTIGAM

Nürnbergscher Bräutigam! die Braut, die ist ja schwanger,
Es scheint, ihr weidet gern auf einem fremden Anger,
Da aber ihren Bauch ihr selbst so rund geschliffen,
Gesteht mir, habt ihr nicht mit in mein Amt gegriffen?

AN EINEN KOCH

Wie manches groß und klein und ungebohrtes Loch
Hat euer Bratspieß nicht gemacht, berühmter Koch?
Weil aber ihr nicht freit, will euer Spieß wo fehlen,
Ich schleife nicht allein, ich kann auch wohl verstählen.

AN EINEN SCHUSTER

Hier, Schuster, Meister Hanns! Ihr habt ein hübsches Weib,
Wie teuer ein gut Paar Schuh? was gilt ein solcher Leib?
Ei, gebt von dieser Haut mir einen guten Riemen,
Ich schärf euch oder auch ich leih euch einen Pfriemen.

AN EINEN GÄRTNER

Herr Gärtner, wie so lahm? Wie stehts ums Gartenmesser?
Mich dünket, es wird stumpf; geschliffen wär es besser.
Wer aber hat so schön die Gärtnerin poliert?
Ein andrer, mein ich wohl, als der sie jetzund führt.

Unbekannter Verfasser

Es ging ein Mönch in's Oberland,
Mit einer Nonn' ward er bekannt.

Sie gingen beid' hernach spazieren,
Er wollt' sie weit herunter führen.

Der Mönch, der stieg den Baum hinauf,
Die Nonn', die sah von unten auf.

Ach, Herr, was ist das lange Ding,
Das unter euer Kappen hing?

Ach, Nonn', es ist mein Messerlein,
Die Scheide habe ich daheim.

Ach, Mönch, ach, willtu schweigen mir,
Die Scheide will ich leihen dir.

Er führt sie für die Kirchentür,
Er schob ihr einen Riegel für.

Er führet sie für den Altor,
Er las ihr da den Psalter vor.

Er führt sie für den Glockenstrang,
Da beutelt er fünf Stunden lang.

Hast du gnug oder willtu mehr,
Ich will dir tun nach dein Begehr.

Die Scheide kannst du brauchen lang,
Wenn dir das Herz in Hosen krank.

Der Bruder soll es wissen nicht,
Was unter uns geschehen ist.

Benjamin Neukirch

AN SYLVIEN

Was fluchst du, Sylvia, wenn meine schwarze Hand
        Um deinen Busen spielet?
Sie war so weiß als du, eh sie der Liebe Brand
        Und deine Macht gefühlet.
Flößt du das Feuer nun in meine Glieder ein,
So kann ja meine Hand nicht Schnee und Marmel sein.
Du sprichst: Sie hat ja nichts zu suchen und zu tun.
        Gar recht. Es soll auch bleiben.
Sie suchet nichts als dich, sie wünschet bloß zu ruhn
        Und ihren Scherz zu treiben.
Was Ursach hast du dann, daß du dich so beklagst,
Da du doch diese Gunst den Flöhen nicht versagst?

Benjamin Neukirch
DIE SCHÖNE LESBIA

Die schöne Lesbia saß mit geschränkten Füßen,
Ihr netter Finger war um Schuh und Strumpf bemüht,
Ich konnte, was sie sonst doch jedem Aug entzieht,
Durch einen kühnen Blick in stiller Lust genießen.

Die Seide hatte kaum dem Marmel weichen müssen,
Als sich der leichte Rock von ihrem Leibe schied;
Doch als die sichre Hand die weiße Brust verriet,
Da ward ich unvermerkt in Ohnmacht hingerissen:

Die Augen sanken hin, die Beine wurden matt.
Die nackte Sylvia stieg sicher in das Bad.
Eh' ich mein Auge konnt aus der Verwirrung führen.

Und also ward sie mir kein ganz entdecktes Land;
Doch hatt die bloße Brust mir soviel Kraft entwandt –
Was würde Sylvius erst in der Schoß verlieren!

Gottfried Arnold

Mein Lieb, mein Schatz, mein Bräut'gam,
ich lege mich in deinen Schoß.
Ich dräng mich in dein Herz hinein,
du wirst mich nimmer von dir los.
Ich will von dir geschwängert sein,
gieb mir das süße Pfand der Ehe.
Daraus ich weiß, daß du mit mir
und ich mit dir vermählet stehe.
Was hilft mir süßer Worte Schmuck,
was hilft mir ein gemachtes Bild,
wenn nicht dein Wesen selber mir
den ganzen Tempelleib erfüllt?

Aus dem »Schlesischen Helicon«

AN ROSETTEN

Ach komm, du zuckersüße Stunde,
Was säumest du? ach komm heran,
Daß ich aus der Rosetten Munde
Der Liebe Julep saugen kann,
Da ich von höchster Wollust voll
Vor ihrem Glanz als Wachs zerschmelzen soll.

Tritt her, du Himmelsbild Rosette,
Die Finsternis dringt schon herein,
Drum wirst du mir in meinem Bette
Mein Angelstern und Sonne sein.
Was acht ich denn der dunklen Nacht,
Wenn nur mein Licht und Sonne bei mir wacht!

Erquick mich nun mit Ambraküssen,
Füg deine Brust zu meiner Brust,
Laß alle Glieder heut zerfließen
Von dieser honiggleichen Lust,
Und laß den lilienweißen Leib
Sein heute nichts als meinen Zeitvertreib.

Fall ich? es fielen selbst die Engel
Wer taumelt nicht von einem Venustrunk!
Ich bin ein Mensch, drum hab ich Mängel
Und fühle süße Kitzelung.
Doch fall ich, alsdann fall ich bloß
In deinen Arm, mein Kind, und zarten Schoß.

Aus dem »Schlesischen Helicon«

DER GLÜCKLICHE SCHOSSHUND

Ach Kind, wie kannst du doch so unbarmherzig sein!
Wenn ich dich küssen will, so weichest du zurücke
Und reißest durch den Blitz erzürnter Augenblicke
    Den Bau der schönsten Hoffnung ein.

Indessen tut dein Hund, was ich nicht wagen darf,
Melampo fügt sein Maul zu deinem zarten Munde,
Du gönnst ihm manche Lust und angenehme Stunde,
    Nur gegen mich bist du so scharf.

Hat meine Liebe denn nicht einen bessern Grund?
Soll eine Bestie mein süßes Ziel verhindern?
Ach, halte mich doch nur, um meinen Schmerz zu lindern,
    Zum wenigsten wie deinen Hund.

Aus dem »Schlesischen Helicon«

Ich muß es wohl gestehn, verliebte Salimene,
Du tust zu Linderung der angenehmen Pein,
So ich dir jetzt geklagt, mit mir jetzt ziemlich schöne:
Du räumest mir dein Herz zu meinem Lager ein,
Es ist ein süßer Ort. Allein, verbuhlte Seele,
Ich sag es glatt heraus: Es steht mir nun nicht an.
Es liegen andre schon in dieser Rosenhöhle,
Die Lieb und Eifersucht nicht um sich leiden kann.
Vor diesem hab ich dich zwar oft darum gebeten,
Als mich ein starker Trieb zu deinen Knieen riß,
Da seufzt' ich: Laß mich einst zu diesen Rosen treten
Und öffne meiner Hand dein schönes Paradies.
Nun aber mag ich nicht in diesen Garten kommen,
Es sind schon andre da, die haben zweifelsohn
Die besten Blumen längst vom Stocke weggenommen,
Und also bau ich mir da keinen Wollustthron.
Der Ort, an welchem sich mein Herze soll vergnügen,
Muß stets verschlossen sein und mir nur offen stehn.
Wo andre Wohnung haben, da mag ich nicht liegen,
Mein Schatz muß nur allein mit mir zu Bette gehn.

Gottlieb Sigmund Corvinus

AUF EINEN UNSCHULDIGEN NEBENBUHLER

Puffchen, wisch dir von dem Näschen
Doch den Rotz, den man noch schaut,
Ehe du verliebtes Häschen
Dich bei Sylvien ins Kraut
Willst wie großes Wildpret setzen.
Lauf, sonst laß ich sicherlich
Dich daraus mit Hunden hetzen,
Sylvia ist nicht für dich.

Was soll ihr dein gelber Schnabel,
Jüngelchen, probier es doch,
Ob du wohl bis an den Nabel
Oder etwas tiefer noch
Kannst mit deinem Patschchen langen,
Doch beileibe zaudre nicht!
Mein! Wie willst du Meisen fangen,
Da der Sprenkel dir gebricht!

Irr ich nicht, so klebt der Zucker
Dir noch wirklich am Gebiß,
Den noch nächst die armen Schlucker
Der Krikrihahn scharren ließ.
Ei, wie riecht dein Atem süße,
Der nach Mutterbietze schmeckt,
Und von Päpp und dem Gemüse
Uns den Nachschmack noch entdeckt.

Ist der Popel aus der Nase?
Hat die Muhme dich gebürst
Und, was dir im Grinde saße,
Mit dem Daumen totgeknirscht?
Lepsch! willst du zur Jungfer gehen?
Sind auch deine Höschen rein?
Läßt du deine Puppe stehen,
Die jaloux darüber sein?

Großerwachsnes Frauenzimmer
Spielt mit keinem Hampelmann,
Denn die Jungfern suchen immer
Einen bärtgen Courtisan.
Ei, der Affe muß dich krellen,
Daß du dieses schöne Kind
Willst zu Steckenpferden stellen,
Die für dich zum Reiten sind.

Christian Hölmann

ABBILDUNGEN DER SCHOSS

Der Geist des Altertums schrieb den beschaumten Wellen
Die künstliche Geburt der Liebesgöttin zu,
Und daß ein Muschelhaus auf den gesalznen Stellen
So wohl zur Überfuhr als ihrer ersten Ruh
Anstatt der Wiege sei damals bestimmt gewesen;
Allein so wurde da die Wahrheit eingehüllt,
Wer ihre Perlen nun wollt' aus dem Schlamme lesen,
Der fand sie endlich zwar, doch fremde vorgebild't.
Zieht jenen Vorhang weg und laßt die Fabeln schweigen.
Was gilt's? Die Wahrheit wird, ja selbst der Augenschein,
Euch den verdeckten Grund der Sache besser zeigen,
Daß ich so Muschel, Meer als Welle müsse sein.
In meinen Gründen ist die Liebe ja geboren,
Ich bin ihr erster Sitz, ihr Stammhaus, Vaterland,
Mich hat zu dieser See selbst die Natur erkoren,
An deren Ufern sich das schöne Mädchen fand.
Ihr Glieder möget nun vor mir die Segel streichen,
Weil ich die Götter selbst durch mich hervorgebracht,
Ihr selber müßtet auch im Mutterleib erbleichen,
Wenn nicht durch mich das Tor wär in die Welt gemacht.
Es füllet meine Frucht den Himmel und die Erde,
Ich mache, daß der Bau der wundergroßen Welt
Nicht vor der letzten Zeit zu einer Wüsten werde,
Die nichts als Distelsträuch und Dörner in sich hält.
Ich bin das Paradies, vor dem die Keuschheit wachet,
In dessen Gegenden die Lebensfrüchte blühn,
Wo unser Leben wird wie Feuer angefachet,
Dabei die Söhne sich, wie Adam, gerne mühn.
Ein gutes Feld, das nur geratne Früchte bringet,
Ein Garten, den der Tau der Wollust überfließt,
Ja, der die Anmut hat, die alle Welt bezwinget,
Und dessen Blumenfeld sein eigner Fluß begießt;
Ein Meer, wo Ebb' und Flut dem Mondenlaufe gleichet;
Ein spiegelglattes Eis, wo auch ein Riese fällt;
Ein Hafen, den vergnügt die Zuckerflott' erreichet;

Die Schule, die man nur für junge Männer hält;
Der Liebe Musterplatz, die Mannschaft auszuüben;
Ein Zwinger, welcher zu, doch nicht verschlossen ist;
Die Walstatt, wo auch wohl ein Simson ist geblieben;
Das Schützenhaus, in dem ein jeder gerne schießt.
Ein Bergwerk, welches Gold und Silberadern heget
(Die Wünschelrute schlägt oft allzu heftig an);
Ein Land, das unbesät auch keine Früchte träget;
Ein Abgrund, wo die Welt die Perlen fischen kann;
Der Männer größter Schatz liegt oft in meinem Fache,
Denn das Behältnis bin ich eigentlich dazu,
Drum hält die Eifersucht bei mir so scharfe Wache,
Damit demselbigen kein Fremder Eingriff tu.
Der Liebe Ruhestatt, die liegt auf meinem Grunde,
Ihr Forst, in welchem sie die schönsten Zobel jagt,
Die Männer sind dabei die besten Jägerhunde,
Denn ihr verwegner Geist ist immer unverzagt.
Wenn ich verschlossen bin, so geht die Lust im Leide,
Oft werden gar darum die Länder ruiniert
Und spinnen Trauerflor anstatt der weißen Seide,
Weil meine Muschel nicht den Thron mit Perlen ziert.
Nur eines ärgert mich, daß auch die Kinder wissen,
Was die Erwachsenen in meinem Garten tun,
Wie sie durch ihren Tau mein Blumenfeld begießen
Und mit der größten Lust auf diesem Beete ruhn.
Ach könnt ich dieser Brut unnütze Reden stillen!
Ein Vorschlag fällt mir ein: Ich will aufs eh'st einmal
Ihr ungewaschnes Maul mit meinem Wasser füllen,
Wer weiß, befrei ich mich dadurch nicht dieser Qual.
Doch meine Blöße heißet jetzt mich stille schweigen,
Drum hüll ich wieder mich in meine Decken ein
Und will nur noch mein Tun dadurch gebilligt zeigen:
Wo Blumen sollen blühn, muß Tau und Regen sein.

Johann Friedrich Riederer

DER JUNGEN TOCHTER EINFÄLTIGE FRAGEN AN DIE MUTTER

Ach Mutter, ach Leanders Küssen
Schmeckt besser als der beste Sekt,
Ich möchte doch die Ursach wissen,
Und was er täglich an mir leckt,
Er greift mich an, er schnürt mich zu,
Er schwört, daß er's aus Liebe tu –
Drum, liebe Mutter, sagt, ich bitt,
Was meint, was meint er wohl damit?

Er setzet mich auf seinem Schooße,
Er wünscht bei mir allein zu sein,
Er machet meine Brüste bloße,
Er drücket seine Finger drein,
Er küsset mich, er streichelt, spielt,
Bis daß er weiß nicht wohin fühlt –
Drum, liebe Mutter, sagt, ich bitt,
Was meint, was meint er wohl damit?

Er gibt mir Zucker, ist mir holde,
Besiehet Hände, Füß und Nas',
Als ob er mich durchgucken wollte
Und seufzt zuletzt, weiß nicht um was;
Er sagt, ich hätt's, und gibt nicht Ruh,
Ich leugne und er lacht dazu –
Drum, liebe Mutter, sagt, ich bitt,
Was meint, was meint er wohl damit?

Letzt da er aus dem Schlaf mich weckte,
Kroch er ganz sanfte neben mich.
So bald er sich ein bißchen streckte,
So wurde mir ganz wunderlich.
Gleich war mein Wunsch und mein Begehr:
Ach, lieber Freund, komm öfter her –
Drum, liebe Mutter, sagt, ich bitt,
Was meint, was meint er wohl damit?

Den andern Morgen kam er wieder,
Er schlich sich ein zur Kammertür
Und legte sich ganz hurtig nieder,
Ich war vor Wollust außer mir.
Mein Kind, so waren seine Worte,
Ich wisch das Maul und schnurre fort –
Drum, liebe Mutter, sagt, ich bitt,
Was meint, was meint er wohl damit?

Nun heißt er mich sein liebes Weibe,
Ich bin sein Hennchen, er der Hahn.
Seit gestern spür ich was im Leibe,
Es klopfet wie ein Hammer an.
Und der Leander spöttelt nur
Und spricht: Ei, ei, du arme Hur!
Drum, liebe Mutter, sagt, ich bitt,
Was meint, was meint er wohl damit?

Johann Friedrich Riederer

REDE EINER SCHWANGEREN TOCHTER, WELCHE AUF IHRER EIGENEN GOTTLOSEN MUTTER SCHOSS DIE EHRE VERLOREN

Ihr Sterne, helft! Ich sterb in unzuchtvollen Flammen
Auf meiner bösen Mutter ach! verfluchter Schoß.
Sie schränket Bein um Bein und Arm um Arm zusammen,
Sie häufet Schand und Schimpf und macht mich ehrenlos;
Ich muß der Zunder sein, an dem sie ungerochen
Den Schwefel geiler Brunst dem Buhler zündet an,
Nun ist mein Feuerzeug mit Stein und Stahl zerbrochen,
Daß keine Liebeshand recht Feuer schlagen kann.
Ach, ach, auf helle Glut wird höllisch Rauchwerk brennen,
Der Erde keuscher Ehr ist Unzucht eingesteckt!
Ein Gärtner, der sich sonst Baronen gleich darf nennen,
Hat meiner Blume Blüt mit Schwefel blau befleckt.
Mein Kleinod ist verscherzt, die Jungfernschaft gestorben,
Die in der Mutter Schoß ihr Grab gefunden hat.
Was an mir liebenswert, das alles ist verdorben
Durch meiner Mutter Schuld, durch ihre Kupplertat.
Was hat dich Tigertier, dich Teufelsherz bewogen,
Zu löschen geile Glut an meiner keuschen Brust?
Ein Wechsel hat vielleicht den blinden Geiz betrogen,
Ein Wechsel, der nur Ehr vertauscht mit Buhlerlust,
Mit Lust, die meine Brust ganz grausam endlich quälte,
Ob gleich die Kitzelung durch beide Lenden lief,
Ob er gleich tausend Küß auf meine Lippen zählte
Und stets: O Himmelsbild, o Liebesgöttin rief.
Die Küsse waren Qual, die Worte Donnerkeile,
Daß also Mund und Ohr ihr Anteil halb verflucht,
Der Kitzel, als wenn man mit einem stumpfen Pfeile
Der Feinde warmes Blut in ihren Adern sucht.
Ach dieses Gleichnis füllt mein Aug mit heißen Zähren,
Ich bin auf gleiche Weis mit solchem Pfeil verletzt!
Ach daß der Himmel mir doch dieses wollt gewähren,
Daß meiner Mutter würd die Grabschrift aufgesetzt:

»Hier liegt das Aas, um das so Geiz als Geilheit kämpfen.
Gewinnsucht war ihr Vor-, ihr Zunam' Kupplerin.
Sie hielt ihr eigen Kind des Buhlers Brunst zu dämpfen,
Und gab der Tochter Ehr um fünfzig Thaler hin.«

Johann Friedrich Riederer

DIE EHELICHE PFLICHT

Als einst ein alter Herr ein junges Mädchen freite
Und ihm sein schwacher Leib nichts Gutes prophezeite,
Sprach er zu ihr: Mein Kind, sie wird sich ja bequemen
Und wird die eheliche Pflicht quartalsweis von mir nehmen.
Ihr Widerfragen war, da sie sich kaum bedacht:
Allein, wieviel Quartal gibt's denn in einer Nacht?

DIE SCHÖNE GERTRUD

Die schöne Gertrud, so sich jüngst vermählt, wollt wissen,
Wann wohl die beste Zeit der Lieb zu pflegen wär;
Ein Doktor saß bei ihr, der war sogleich beflissen,
Bedacht sich auf die Frag und sagt ihr ohngefähr:
Wenn man des Morgens früh die Rosen denkt zu pflücken,
Ist's das gesündste Spiel und für die Lenden gut;
Die aber bei der Nacht sich zu der Arbeit schicken,
Genießen tiefre Lust, um weil es süßer tut.
Wohl, sagt die junge Frau, dann will ich künftig sorgen,
Zu pflücken in dem Bett die Frücht der jungen Zeit,
Vorerst, weil es gesund, zu Früh am hellen Morgen,
Und wenn es Abend wird, dann um die Süßigkeit.

Menantes

DOPPELSINNIGE RÄTSEL

Ich ging zu meiner gevatter und bate sie umb ir Arsloch,
Sie gab mirs nicht und liehe mirs doch.
Sie sprach, es ist viel zu klein,
Sie sprach, oh we mein.
Ich wils netzen und reiben,
Mit gewalt hinein treiben,
Doch mit glimpff und fug,
Ist Faden und lochs genug.

(Nadel)

Loch aufs Loch,
Zapf ins Loch,
Tetsch fur den Ars,
Rat, was ist das?

(Säugling an der Mutterbrust)

Wer glücklich raten kann, der tu es sonder Lachen,
In Hamburg wird man es fast alle Tage machen.
Es ist ein rundes Loch, mit Haaren wohl versehen,
Danach der Appetit den Männern pflegt zu stehen,
Des Leibes bester Teil pflegt sich mit ihm zu paaren,
Und fast ein jeder wünscht, mit Freuden reinzufahren,
Das eng zusammenhält und hübsche Wärme gibt,
In diesem Loch ist man bei Jungfern sehr beliebt.

(Die Perücke)

Celander
VERSCHWENDUNG IM SCHLAFE

Mein Mädchen, laß hinfort mich nicht verschwendrisch sein
Und nimm die Perlenmilch in deine Muschel ein.
Groß Schade, daß sie wird so liederlich zerspritzet,
Da wo sie keiner Schoß, auch nicht den Tüchern nützet.
Dein Hartsein gegen mich verschwendet meinen Schatz,
Vergönne mir hinfort in deinem Schoße Platz
Und laß den Liebestau daselbsten sich ergießen,
Wo er mit größrer Lust wird als im Schlafe fließen.
Dein dürrer Acker wird alsdann von Wollust feist,
Die Brüste härten sich, die Lust entzückt den Geist,
Die Anmut, die durchdringt des ganzen Leibes Glieder,
In Lachen steigt man ein, mit Kitzeln kommt man nieder.
Nichts als Ergötzung bringt er deiner Marmorschoß,
Die Venus spannt dir dann den Jungferngürtel los
Und läßt dir alle Lust, die sie besitzet, schmecken.
Der Hymen wird nach Schmerz den süß'sten Scherz erwecken.
Ach, stelle doch, mein Kind, die Sprödigkeit nur ein,
Laß deine Muschel mir nicht mehr verschlossen sein,
Eröffne ihren Helm, die Nahrung zu empfangen,
Wo in dem Liebestau die Anmutsperlen prangen.
Sperrt nun dein Muschelschloß die Tore willig auf
Und hemmt kein Widrigsein mir meinen Liebeslauf,
So soll der Liebessaft mit süßen Quellen fließen
Und sich mit vollem Strom in deine Muschel gießen.

Celander

AUF IHRE BRÜSTE

Was darfst du, Lesbie, so schrecklich auf mich fluchen?
Will meine linke Hand die zarten Bietzgen suchen,
Die runden Dinger sind der rechten Liebe Glut,
Was Wunder, daß mein Geist danach so brünstig tut?
Du pflegst den Flöhen ja dasselbe zuzulassen,
Weswegen willst du denn darob mich Armen hassen?
Wenn mein Verlangen auch das weiche Paar begehrt,
Bin ich denn nicht soviel als jene Springer wert?
So laß doch meine Faust mit diesen Ballen thalen,
Ich will auf solche dir viel tausend Küsse zahlen,
Ihr feuriger Rubin flößt mir die Sehnsucht ein,
Drum will ich gar zu gern auf ihren Bergen sein.

Celander

Mein Kind, sei doch so blöde nicht,
Laß deinen Busen offen,
So sieht man, daß dir nichts gebricht,
Daß alles eingetroffen.
Sonst denket man gewiß von dir,
Du hättest nicht der Brüste Zier.

Ein Griff entweiht nicht deine Brust
Und macht ihr keine Flecken.
Was nützt ein Schatz, der unbewußt,
Den Sand und Steine decken,
Die Perle, die verborgen liegt,
Mit ihrem Glanze nicht vergnügt?

Was die Natur uns Menschen gibt,
Das darf man allen zeigen,
Am meisten diesem, der uns liebt,
Dem wir die Sinne beugen.
Was ist es, das zum Sklaven macht,
Wohl anders denn der Brüste Macht?

Was uns die Liebe heilig heißt,
Das lasse auch verehren,
Und wenn denn seine Pflicht erweist,
So mußt du den nicht stören,
Dem deine Brust der Altar ist,
Auf dem er deine Gottheit küßt.

Celander

AN DIE NACHT

Komm, schwarze Nacht, du stille Finsternis,
Umhülle mich mit deinem braunen Schatten,
Du blasser Mond, zeig mir dein güldnes Vließ,
Laß ungestört mich mit Sorellen gatten.
Ihr Sterne zünd't die hellen Fackeln an,
Daß ich den Port der Wollust finden kann.

Mein Geist verlangt den Hafen bald zu sehn,
Der Alabaster und Korallen zieren;
Die Engen, wo nur kann ein Schifflein gehn,
Soll ihn ins Land der süß'ten Lüste führen;
Der Pharos soll die weiße Brust ihm sein,
So fähret er vergnügt zum Hafen ein.

Wie winkt mein Licht nicht allbereits von fern
Und ruft mir zu, im Segeln fort zu eilen.
Ja! Nun wohlan? Ich folge diesem Stern,
Der Tag will auch nicht länger mehr verweilen;
Die Sonne sucht im Meer ihre Ruh,
Ach ich, ich eile nach Sorelen zu.

Ich fühle schon die Lilien weiche Hand,
Ich sehe die Brust mit Wollustrosen spielen
Und ferner fort das angenehme Land,
Das meine Brunst ist willig abzukühlen.
Das, was mein Schiff nun eingeladen hat,
Das bleibet dir Sorelle vor die Tat.

Celander

Ich lieb dich, schönstes Kind,
Weil deine schwanenreine Wangen
Mir beliebte Anmut taun,
Da auf deren Perlen tun
In Rosen die Rubinen prangen.
Auch kein Zinnober mag erreichen
Deiner Lippen schönste Pracht,
Die die Schönheit selbst anlacht,
Vor deren Mund Korallen weichen.

Ich lieb dich, schönstes Kind,
Da man in den verliebten Augen
Sieht den rechten Liebestrieb
Und den Zucker süßer Lieb
Die Seelen aus den Lippen saugen,
Die durch ihr Anmut abgewinnen
Stets den süßen Nektar Fluß,
Denn durch den beliebten Kuß
Spürt man Rosenzucker rinnen.

Ich lieb dich, schönstes Kind,
Weil süße Wollustrosen grünen
Auf der sammetweichen Brust.
Auch die Äpfel süßer Lust
Und die erquickende Jeßminen
Stets auf den Perlenbrüsten prahlen,
Die mit Balsam sind besämt,
Deren schönste Pracht beschämt
Der Pomeranzen Purpurschalen.

Ich lieb dich, schönstes Kind,
Da deine Brüste überwiegen
Auch den edlen Demantstein
Und das weiße Elfenbein,
Die stets in süßen Schalen liegen
Und sich mit Anmutsrosen decken,

Die mit Milch bestrichen sind,
Deren Purpur überwindt
An Pracht das edle Blut der Schnecken.

Ich lieb dich, schönstes Kind,
Schleuß nur dein Paradies mir offen,
Das in vollen Lüsten schwebt
und in süßer Anmut lebt,
Da ich kann Lebensfrüchte hoffen
Und an den schönsten Port anlanden,
Der mir neues Leben schafft,
Denn der Brüste Stärkungssaft
Schmeckt als das süße Zuckerkanden.

Ich lieb dich, schönstes Kind,
Du schönes Bild der hellen Sonnen;
Deine Wang mit Rosen spielt
Und der Busenzucker quillt.
Ach wenn du mich nur lieb gewonnen,
Könnt ich mit Honig mich stets laben,
Denn das Küssen deiner Brust
Bringt ja vergnügte Lust,
Wodurch man kann den Himmel haben.

Ich lieb dich, schönstes Kind,
Laß doch, mein Schatz, mein süßes Leben,
Nur mich deiner Schönheit Macht
Küssen und der Wangen Pracht
Die Milch und Schneckenblut umgeben.
So kann ich Wollustmilch der Seelen
Und der Liebe flößen ein,
Da denn alle Angst und Pein
Verschwindet und das Seelenquälen.

Celander

MAN WILL DIE MANNSÜCHTIGE TALESTRIS IM BETTE SEHEN

Neugierig bin ich nicht, doch dieses möchte ich
Von Herzen gerne sehn, wie die Talestris sich
    In ihrem Bette stellt, wenn ihr die Lüste kommen
    Und ein verborgen Feu'r das Herze eingenommen.
Ich glaube, ihr Gesicht wird dann wie Rosen blühn,
Die Lippen werden sich mit Scharlach überziehn.
    Der zarte Busen wird steif in die Höhe schwellen,
    Und so ein Schwanenbett der süßen Lüste vorstellen.
Die angenehme Schoß wird dann voll Feu'r sein,
Indem daselbsten Cupido zieht aus und ein.
    Die Flammen werden da als wie ein Hecla brennen,
    Daran ein lüstern Sinn sich wird erwärmen können.
In diesem Stande wollt ich wohl Talestris sehn,
Ich wett, sie ist alsdann noch tausendmal so schön,
    Als wie sie sonsten ist, wenn sich die Lilie leget,
    Um ihre schöne Wang und Silberfrüchte träget.
Doch wozu dient der Wunsch, da es doch nicht geschieht?
Talestris sehe ich in ihrem Bette nicht.
    Wer in den schönen Port sein Liebesschiff will lenken,
    Der muß zum Ankergold viel Louisdor schenken.

Celander

ZWEI EPIGRAMME

Cordille war blutrot, als ich sie konnte küssen.
Und endlich ward ich gar ein loser Dieb gehießen.
Verdroß mich dieser Schimpf? Ach nein, ich dankte noch
Und sprach: bin ich ein Dieb, so stecke mich ins Loch.

Ich weiß, du gibst dir Müh, dem Manne vorzuschwatzen,
Daß ihm dein enger Weg ein Himmelreich beschert,
Allein wie wird sich doch der Narr am Kopfe kratzen,
Wenn ihn der weite lehrt, daß er zur Hölle fährt.

Johann Christian Günther

Soll, kluge Schönheit, dein Vergnügen
Mit deiner Brust ins Kloster gehn?
Wie? soll der Garten brache liegen,
Auf welchem Zuckerrosen stehn?
Was willst du, da sich andre freuen,
Mit Fasten deinen Leib kasteien?

Ach, schönstes Kind, die enge Zelle
Ist deiner Hoffnung weites Grab:
Hier wächst und ist die Qual der Hölle,
Hier nimmt der Stern des Lebens ab,
Und in den langen Kirchenmauern
Muß auch Canarisekt versauern.

Der Jungfernhonig nährt die Galle,
Die Einsamkeit gebiert den Tod:
Die Jungfrau schwindet vor dem Falle
Und leidet vor dem Leiden not.
Der Rosenkranz, der Freiheit Ende,
Beschwert der Nonnen Herz und Hände.

Komm, laß dich in ein Kloster führen,
Wozu der Abt den Schlüssel trägt,
Und Amor über allen Türen
Dies in erhabner Schrift geprägt:
Zu Unsrer Lieben Frauen Orden
Ist dieser Ort gewidmet worden,

Den Altar geben deine Brüste,
Das Rauchwerk glüht in deiner Schoß,
Hier stillen wir des Fleisches Lüste
Und dämpfen sie auf einen Stoß,
Bis wir durch ein geschwächtes Küssen
Auch in das Complett treten müssen.

Johann Christian Günther

HOCHZEIT-SCHERZ

Da habt ihr die Zeugen zum ewigen Bunde:
Da kommt nun, da ist nun die selige Stunde!
    Da schickt sie die Vorsicht, da wälzt sie der Lauf
    Des milden Gestirnes von Osten herauf.
Die Stunde der Wollust, die Freundin vom Lachen,
Die Mutter voll niedlicher, künstlicher Sachen;
    Die Stunde, worinnen die reichliche Glut
    Die Schätze der flüchtigen Jugend vertut;
Die Stunde, worinnen Umarmung und Schmeicheln,
Behägliches Schäckern, empfindliches Heucheln,
    Und stärkender Atem und brünstiger Wind,
    Und redliches Schnäbeln verschwenderisch sind.
Die Stunde, dergleichen wohl Götter begehrten,
Die Venus und Juno kaum schöner gewährten.

O seltenes Beispiel der glücklichsten Bräute,
Nun ruht Dir Dein heißes Verlangen zur Seite,
    Es labt Dich Dein Liebstes, es schenkt Dir die Gunst
    Der weisen Vorsehung die würdigste Brunst.
Es schüttert, es freut sich Dein doppeltes Bette,
Als wenn es des Glückes Empfindlichkeit hätte.
    Nun liebe den Lieben, nun drück und behalt
    Den willigen Sklaven in süßer Gewalt.
Es reizt ihn der Aufruhr der blühenden Lüste,
Der jauchzenden Hügel, der hüpfenden Brüste,
    Es zieht ihn der Haare gewaltiges Gold,
    In welches die Sonn' ihren Hauptschmuck gerollt.
Jetzt schilt er des Tages beschwerliche Länge,
Jetzt wird ihm der Kleider Gefängnis zu enge;
Er dehnt sich, er wartet, er sehnet und schreit:
Ach! komm doch, Du Auge der nächtlichen Zeit!

    Die Sonne beschleunigt den Abzug und sinkt,
    Nachdem sie vorher dem Bruder gewinkt.

Der Hesperus, dessen versilberte Wangen
Der Innigverliebte mit Regung empfangen,
    Betritt den Gesichts-Kreis der obersten Welt,
    Und führet die Sterne durchs ewige Feld.
Nun schleichet Dein Schätzchen mit wankendem Schritte,
Nun schleicht sie zu Bette, nun mißt sie die Tritte,
    O welche Veränderung droht ihr der Ort!
    Auf! künftiger Ehmann, und mache Dich fort
Und laß sie nicht etwa im Kranze zurücke!
Sie zittert, sie bebet, verkleinert die Blicke,
    Vor Warten der Dinge, die jetzo geschehn,
    Sie grämt sich zu fühlen, und scheut sich zu sehn,
Verhüllet den Wohlstand der züchtigen Röte,
Und bin ich im Lieben kein fremder Poete,
    So mein ich, es lock ihr der nahe Verlust
    Die frühe Bereuung aus Augen und Brust.
Verfolge sie kühnlich, und laß dich nicht irren,
Betäubt ihr die Seufzer durch Küssen und Kirren,
    Verschluck ihr den Kummer, verzehr ihr die Pein,
    Und sauge die Tränen der Jungfernschaft ein.

Empfängt nun der Brautpfühl die reizenden Glieder,
Und zieht dich ihr artiges Lager darnieder,
    So bist Du vergnügter und glücklicher dran,
    Als böte Dir Mogul sein Kronengold an.
Ich wenigstens wäre noch besser zufrieden,
Als wenn mir gleich Anna drei Reiche beschieden.
    Hier mache das Vorspiel, hier spitze die Hand
    Und bringe das Hauptwerk der Wollust in Stand,
Erhitze die Adern durch sanftes Bewegen,
Und klatsch ihr die Backen mit freundlichen Schlägen,
    Und küß ihr die Augen und netz ihr das Kinn,
    Bald grüble von Weitem, bald wälze dich hin,
Bald strecke den Vorwitz der listigen Finger,
Bald kneipe die runden und wonnigen Dinger,
    Und küsse nach vieler Erfindung und Art,
    Und forsche, was Amor am tiefsten verwahrt.

Besinn ich mich richtig, so wird sie dich strafen,
So dichtet sie Anfangs ein nötiges Schlafen,
So nennt sie dich lose, so zuckt sie und rückt,
So weit sichs im Bette der Breite nach schickt.
Sie droht dir und droht nun, sie will sich erbosen,
Sie stemmt sich, den Angriff zurücke zu stoßen,
Sie wehrt sich mit Tränen, sie krümmt sich und spricht,
Und weinet dazwischen: Ach! thu es doch nicht!

Doch thu es nur immer und halt ihr die Armen,
Denn hieher gehört nicht des Nächsten Erbarmen.
Sie streitet, Du streitest, ihr streitet zugleich,
Durch Streiten und Kämpfen mehrt Venus ihr Reich.
Durch Streiten und Kämpfen wächst Cypripors Stärke –
Die Stunden verfließen, drum schreite zum Werke,
Und brauche, sobald Du den Vorteil erlernst,
Den lieblichen Not-Zwang, den scherzenden Ernst.
Erhasche den weichen und fliehenden Nacken,
Es mag auch sein Widerstand noch so sehr knacken,
Und prüfe die Schönheit der ganzen Person –
Ein Diener der Liebe besichtigt den Lohn.
Bald senke Dich unten, bald breite Dich oben,
Verwechsle die Glieder, versuche die Proben:
Sei immer geschäftig und überall da,
Und bring es dem ehrlichen Kinde so nah,
Bis hinten am Rücken und vorne am Leibe
Kein einziges Fleckchen entschuldiget bleibe –
Vom Nacken zum Halse, vom Halse zur Brust:
Hier bläst Dir ein Zephyr die Fäuste voll Lust,
Noch tiefer, noch weiter, noch mehr zu ergründen –
Ich darf es nicht nennen, Du wirst es wohl finden.
Hierunter hat Venus ein Wunder gesenkt
Und Flammen und Funken zusammengemengt.
Umgib es mit tausend ersinnlichen Spielen –
Es läßt sich nicht nennen, es läßt sich nur fühlen.
O würde dem Dichter das Muster gebracht!
Er hätte den Abriß natürlich gemacht.

Vergiß auch nicht Amors beredtes Gefallen,
Die schlüpfrigen Reden, das zärtliche Lallen:
Hier zieren die Fehler der Sprache den Mund,
Hier tut sich die geile Gelehrsamkeit kund.
Verbessre das Stammeln, verbeiß und vermische
Das buhlrische Spritzeln, das geile Gezische:
So girren die Täuber, so spielet der West,
Wenn Mittag und Sommer die Wälder verläßt.

So bald nun die Pfeile des mächtigen Knaben
Den kindischen Eckel gebändiget haben,
So gibt sie es näher, so gibt sie sich drein,
Im Purpur der Keuschheit gefällig zu sein.
Drauf flicht sie wohl selber die fleischlichen Schlingen:
Sie weigert sich fälschlich, Du sollst sie nur zwingen,
Denn so überwunden, heißt siegreich gemacht;
O dreimal und drüber bestätigte Nacht!
Jetzt wird Dir der Nektar am herrlichsten schmecken,
Jetzt wird Dir ihr Mäulchen erst Hunger erwecken,
Ihr Mäulchen, der Erstling so baldiger Frucht,
Von welcher kein Räuber zu kosten gesucht,
Nun lernt sich die furchtsame Schönheit bequemen,
Entzückung zu geben, Entzückung zu nehmen –
O selige Ruhe! O himmlisches Bild,
Das gleiche Vergnügen mit gleichen vergilt!
Jetzt hauchen die Lippen ein kräftiges Leben,
Jetzt suchen die Seelen am Gaumen zu kleben,
Jetzt taumelt der einmal begierige Geist,
Wohin ihn die blinde Gelegenheit reißt.
O Himmel, was hör ich für gierige Küsse!
O Himmel! Was rauschen für kräftige Flüsse!
O Himmel! wie kitzelt das züngelnde Spiel!
O Liebe, wie machst du der Freuden so viel!
Jetzt nimmt sie den Finger, o sollt er mich rühren!
Die künstliche Freiheit herum zu spazieren.
Jetzt dehnt sie den Zeiger, jetzt zieht sie ihn zu –
O dreimal und drüber beseligte Ruh!

Ergreift doch, ruft Amor, ergreift doch die Waffen!
Mein Bräutgam soll köstliche Beute verschaffen,
    Nun mache Dich fertig und tritt ins Gewehr,
    Die friedliche Feindin rückt plötzlicher her.
Bemüh Dich, die schleudernde Lanze zu senken,
Ihr christlicher Blutdurst begehrt sich zu tränken –
    Jetzt springt sie, jetzt schnappt sie, jetzt reißt sie sich los,
    Erlaub ihr doch endlich den sehnlichen Stoß,
Begleite den Nachdruck mit Hüften und Händen,
Befördre die Arbeit der hurtigen Lenden,
    Versüß es dem Mädchen, gewähr ihr den Mann,
    Und streich ihr die Nieren, bis keines mehr kann,
Bis Geister und Glieder verschäumen und weichen,
Bis Nerven und Brüste sich legen und keuchen,
    Bis Nebel und Schlafen das Auge verstellt,
    Und Schlummer und Ohnmacht den Willen befällt.
O schwenkt doch noch öfter die brünstigen Schenkel!
Zieht ähnliche Kinder, zeugt Neffen und Enkel,
    Damit sie, bricht endlich das Alter herein,
    Verdrießlichen Jahren ein Zeitvertreib sein.
Sie stützen euch künftig den biegenden Rücken,
Sie werden euch unter den Sorgen erquicken,
    Und wenn sie euch langsam als Leichen beschaun,
    Nach eurem Exempel die Nachwelt erbaun.

Johann Christian Günther
DAS FELD DER LÜSTE

Eröffne mir das Feld der Lüste,
Entschleuß die wollustschwangre Schoß,
Gib mir die schönen Lenden bloß,
Bis sich des Mondes Neid entrüste!
Die Nacht ist unsrer Lust bequem,
Die Sterne schimmern angenehm
Und buhlen uns nur zum Exempel.
Drum gib mir der Verliebten Kost,
Ich schenke dir der Wollust Most
Zum Opfer in der Keuschheit Tempel.

Johann Christian Günther

ALS ER IHRETWEGEN EINEN SCHWEREN TRAUM HATTE

Laß mich schlafen, liebste Seele!
Willst du nicht zufrieden sein,
Daß ich mich am Tage quäle,
Und mein Herz viel tausend Pein
Deinetwegen muß ertragen?
Soll mich noch ein Schattenspiel
Mit verliebten Träumen plagen?
Engelskind! das ist zu viel.

Können doch verhaßte Sklaven,
Wenn das Schiff vor Anker liegt,
Bei der Nacht geruhig schlafen,
Ich allein schlaf unvergnügt;
Auch die Nacht kann mich nicht schützen,
Denn mein Herz erfährt dabei,
Daß es muß erbärmlich schwitzen:
Tag und Nacht ist einerlei.

Wenn der überhäufte Kummer
Meinen schwachen Gliederrest
Ja zuletzt in einen Schlummer
Auf das Bette sinken läßt,
Schlaf ich doch auf Jakobs Steinen,
Denn es wird mir bei der Nacht
Gleich was in dem Traum erscheinen,
Das sich Engeln ähnlich macht.

Ich darf zwar in Himmel steigen,
Welcher deine Schoß umschleußt,
Weil dein gütiges Bezeigen
Mir im Traum die Leiter weist,
Und genieße Zuckerleben,
Das mir deine karge Hand
Nimmermehr wird wachend geben:
Denn du bist von Diamant.

Amor läßt mich träumend siegen,
Und ich seh der Palmen Saat
Auf der weißen Wahlstatt liegen,
Die mein Arm erfochten hat:
Und bei meinem süßen Schlafen,
Wenn sich Mast und Segel regt,
Läuft mein Schiff in deinen Hafen,
Den die Venus angelegt.

Ich beschiff bei Sturm und Blitzen
Deine neuerfundne Welt,
Wenn die Wellen um mich spritzen,
Und der Schaum ins Bette fällt,
Länd' ich, eh ich michs versehe,
Bei den Zucker-Insuln an,
So daß ich sie in der Nähe
Halb entzückt besteigen kann.

Wenn ich mich in Träumen paare,
Find ich keinen Widerstand,
Den ich oft bei Tag erfahre
Denn im Schlaf darf meine Hand
Nach den Purpurmuscheln greifen,
Die dein Ufer ausgesät,
Ja ich darf noch weiter streifen,
Weil mir alles offen steht.

Aber, ach! wenn ich erwachet,
Sinket mir mein steifer Mut:
Ob ich gleich im Schlaf gelachet,
Und es mir noch sanfte tut;
Läßt mich doch der Glaube lesen,
Der mir in die Hände kömmt,
Daß mich nur ein schäumicht Wesen
Bei den Träumen überschwemmt.

Meine Glieder sind zerschlagen,
Und der ausgebrochne Schweiß
Stehet, daß ichs kaum mag sagen,
Auf dem Leibe Tropfen-weiß:
Ich kann kaum die Lenden rühren,
Denn die Geister sind dahin,
Noch mich aus den Federn führen,
Weil ich matt und müde bin.

Drum so stelle, liebste Seele!
Künftig hin dein Martern ein,
Da ich mich am Tage quäle,
Laß die Nächte meine sein.
Sich am bloßen Schatten laben,
Ist ein Eis, das bald zerbricht,
Was ich nicht kann wachend haben,
Mag ich auch im Schlafe nicht.

Daniel Stoppe
MÄDCHENLIED

Soll ich armes Ding denn ewig warten?
Ich geh gleich wohl schon ins zwölfte Jahr;
Nein, ich will die Sache besser karten,
Die Geduld ist bei mir ziemlich rar.
Werf ich gleich das Netz selber aus,
Ach! ein Mädchen macht sich nichts daraus.

Kein Galan kommt uns ins Maul geflogen,
Wenn man stets in seiner Klause sitzt:
In der Einsamkeit wird man betrogen,
Wenn man sich auf einen Mann verspitzt.
Ich geh fleißig nach Gesellschaft aus,
Denn ein Mädchen macht sich nichts daraus.

Brust und Äpfel schnür ich in die Höhe,
Daß das liebe Gut ins Auge fällt,
Daß man, wenn ich unter Leute gehe,
Mich für erzgalant und artig hält.
Sieht mein Krämchen zu handgreiflich aus,
Ach! ein Mädchen macht sich nichts daraus.

Ich weiß meine Farbe zu erheben,
Wenn ein roter Strich die Backen netzt,
Das heißt der Natur den Ausschlag geben,
Der die halbe Welt in Liebe setzt.
Sieht mein Malen gleich was kennbar aus,
Ach! ein Mädchen macht sich nichts daraus.

Leg ich mich gleich fleißig auf das Küssen,
Wenn man sich nur nicht aufs Bette legt.
O das schadet nicht, wenn wir gleich wissen,
Wie man einen Kuß zu geben pflegt.
Täglich teil ich hundert Mäulchen aus,
Ach! ein Mädchen macht sich nichts daraus.

Und gesetzt, daß ichs versehen hätte,
O, so schleich ich bei der stillen Nacht
In ein abgelegnes Wochenbette,
Wo man wenig Federlesens macht.
Sieht mein Jungfernkranz zerhudelt aus,
Ach! ein Mädchen macht sich nichts daraus.

Aus der Sammlung »Deliciae Poeticae«

MIT IHR IN EINEM GEWÄCHSHAUS

Liebster Engel,
Laß die Mängel
    Unberührt.
Denn das Deine
Hat das Meine
    So geführt;
Wenn man lange
Im Gesange
    Sachte pfeift,
Macht mans endlich
So verständlich,
    Daß mans greift.

Wir verrichten
Was bei Früchten
    Nötig ist:
Die Gewölber,
Wie du selber
    Eines bist,
Nehmen gerne
Frucht und Kerne
    In sich ein.
Soll der Sturzel
Meiner Wurzel
    Giftig sein?

Ich probiere,
Und die Türe
    Springt mir auf.
Ach, wir stopfen
Und wir pfropfen
    Ziemlich drauf.
Engel, sage,
Wird der Klage
    Noch gedacht,

Wenn mein Stengel
Lauter Engel
        Aus dir macht?

Gib die Küsse,
Die so süße
        Wie du bist,
Bis das meiste
Von dem Geiste
        In dich fließt.
Macht die Regung
Und Bewegung
        Etwas matt,
O wir haben
Dieses Graben
        Niemals satt.

Aus der Sammlung »Deliciae Poeticae«

AUF IHRE SCHOSS

Du schönes Lustrevier, wo weder Frost noch Eis,
Du Brunnen, der du nie gefrierest noch versiegest,
Du Tal, das alle Zeit an schönen Schatten liegest,
Voll Anmut, voller Lust ist stets dein bunter Kreis.

Wie steht der schwarze Busch so allerliebst auf Weiß,
Dein Sitz ist aufgeschwellt, mit dem du alles biegest,
Dein Mittel eng geschlitzt, mit dem du mich bekriegest,
Bei tausend Seltenen behältst du doch den Preis.

Du bist die zarte Schoß der schönen Lesbien,
Mich hat ein freier Geist gefangen und gebunden,
Der Schlitz, den ich berührt, macht meinem Herzen Wunden.

Mein Sinn kennt sich nicht mehr und fragt sich: bin ich's denn?
Ach, soll ich meine Ruh erst nach dem Tode haben?
Lebendig will ich mich an diesem Ort begraben.

Aus der Sammlung »Deliciae Poeticae

AN EINE GEHAUBTE BRAUT

Ei, du angenehmes Weibchen,
Setze nur das nette Häubchen
Auf dein noch weit nettres Haar.
Unter tausend süßen Küssen
Wirst du nun mit Lust genießen,
Was dir gestern fremde war.

Gelt, das Mannsvolk weiß die Sachen
So vergnügt, so gut zu machen,
Man kriegt kaum des Dinges satt.
Freilich, nach dem Schlafengehen
Lernt ein Mädchen erst verstehen,
Was ihr noch gemangelt hat.

Kehre dich nur an kein Lachen,
Frägt man tausend dumme Sachen
Von der überstandnen Nacht:
Ach, sie suchen durch viel Fragen
Dir die Röte raus zu jagen,
Die dich noch viel schöner macht.

Wenn die Bräute doch gestünden,
Was sie bei dem Liebsten finden,
Was er macht und wie ers hält,
Wenn sie doch haarklein beschrieben,
Wie das Züngelchen im Lieben
Auf die rechte Schale fällt!

Rede, wenn die Zeit wird kommen;
Ward dir gestern was genommen,
Glaube nur: es schadt dir nicht.
Wer die Perle nur kann finden,
Wird den Schaden leicht verwinden,
Wenn die Muschel gleich zerbricht.

Aus der Sammlung von Le Pansif

STREIT DER FÜNF SINNE

Die Sinne hatten einen Streit
Von nicht geringer Wichtigkeit.
Denn sie wollten gerne wissen,
Wen die Venus könnte missen.

Das Sehen trat zuerst herfür
Und sprach: der Rang gebühret mir!
Wer mich nicht hat, siehet nimmer
Engelschönes Frauenzimmer.

Das Schmecken sprach: was hilft das Sehn,
Wenn gar kein Küßchen darf geschehn?
Ohne mich wird niemand wissen,
Wie so süße schmeckt das Küssen.

Das Riechen sagte darauf gleich:
Ich setze mich noch über euch!
Wenn man will zum Mädchen kriechen,
Muß man sie zuvor beriechen.

Das Hören sagte: das ist Tand!
Wer riechts, obs Mädchen angebrannt?
Was hilft schmecken, was hilft sehen,
Wenn sie taub bei unserm Flehen.

Das Fühlen lachte überlaut
Und sagte: was nützt eine Braut,
Mit der wir im Bette spielen,
Wenn wir nicht den Kitzel fühlen!

Aus der Sammlung von Le Pansif
JUNGFERN-GESÄNGE

Ein Mädchen kaum von vierzehn Jahren
Ficht schon die Männersehnsucht an,
Drum wünscht sie täglich sich zu paaren
Und singt: ach gebt mir einen Mann,
Der mir fein sanft das Leibchen drücke,
Denn meine Jungferschaft ist flügge.

Sind sechzehn Jahre erst vergangen,
So brennt das Mädchen lichterloh
Und singt vor brennendem Verlangen
(Ihr lieben Jungfern ists nicht so?):
Will noch kein Mann mir Löschung gönnen?
Ach soll ich armes Ding verbrennen?

Sind zwanzig Jahre ran gekommen,
So seufzt das Mädchen Tag und Nacht,
Bis ihr die Jungfernschaft genommen,
Die ihr die Nächte schlaflos macht;
Sie singt: ach komm ein Mann noch heute,
Sonst geh ich selber auf die Freite.

Kommts dreißigste Jahr schon angetreten,
So fleht sie den Sankt Andres an
(Den sie pflegt knieend anzubeten)
Und singt: ach, gib mir einen Mann,
Den ich im Bette kann umarmen,
Sankt Andres, laß dichs doch erbarmen!

Hat sie nun vierzig Jahr getragen
Das zentnerschwere Jungfernjoch,
Wird sie die Mannsnot doch noch plagen.
Warum? der Kitzel sticht sie noch.
Drum singt sie: will kein Mann mich punzeln?
Die Jungferschaft bekommt schon Runzeln.

Sind aber fünfzig Jahr verflossen,
Wird die verschrumpfte Jungferschaft
Mit Tränenwasser nun begossen,
Doch singt sie noch aus Leibeskraft:
Ach komm ein Mann, ach komm behende,
Wo nicht, so komm mein Lebensende.

Aus der Sammlung von Le Pansif

BEGERINE UND IHR GALAN ENTE

Unter allen Frauenzimmer
　　In dem deutschen Elb-Athen
Wird des Nachts bei Sternenschimmer
　　Keine nicht gassaten gehn,
Als die geile Begerine,
Die Studenten-Violine.

Wenn dies Nachtlicht nun erscheinet,
　　Stellt sich bald die Lichtputz ein,
Die das Licht zu putzen meinet,
　　Ob es gleich von Fleisch und Bein,
Und da hält die arme Nille
Wie ein Lamm geduldig stille.

Fügt sich nun ihr Liebesglücke
　　Fragt sie nicht: wer, wie und wo,
Sie ist zwar vom Mittelstücke
　　Weit beschrien, doch ists nicht so,
Ihre Jungferschaft ist enge
In die Quer und in die Länge.

Possen! Ihre Liebestasche
　　Ist mit nichten ausgedehnt,
Allenfalls hat sie die Flasche
　　Von Luisen schon entlehnt,
Deren Tropfen (helf mir lachen!)
Weite Jungfern enge machen.

Darum bleibet sie doch schöne;
　　Ob ihr gleich zum Zeitvertreib
Dann und wann die Musensöhne
　　Höckern auf den geilen Leib.
Sie lacht nur zu solchen Possen
Weil die meisten fehlgeschossen.

Tausendmal hat sie probieret,
Wie der Liebeshampelmann
Mit den Jungfern courtisieret,
Daß sie mehr erzählen kann
Von verliebten Nektarflüssen,
Als wohl manche Weiber wissen.

Dennoch bleib ich ihr gewogen,
Weil ich ihren Leibesseim
Und sie meinen eingesogen,
Welcher als wie Vogelleim
Mein Herz an ihr Herze klebet,
Das ihr ganz zu eigen lebet.

Nimmermehr kann unser Kater
Seiner Mieze günstig sein,
Und ich glaube, mein Herr Vater
Kann nicht so ein Gläschen Wein,
Kein Altweib die welke Rüben
als ich Begerinen lieben.

Denk ich ihrer Liebes-Chosen,
Hüpft mir der Hopheisasa
In den erzverliebten Hosen,
Die ich von der Großmama
Ihrem roten Scharlachrocke
Machen ließ beim Ziegenbocke.

Ach du Fixstern meiner Seele
Laß mich durch den Tubus doch
Sehn in deine Leibeshöhle,
In das zuckersüße Loch,
Wo schon bei so jungen Jahren
Mancher aus- und eingefahren.

Wenn du wüßtest, wie mich brennte
Deiner Augen heißer Strahl,
Ließest du die arme Ente,
Die so quäket, gern einmal
Zu dir in dein Bette steigen
Und dich von Sankt Stephan geigen.

Nun ich stehe vor der Türe,
Laß mich Lumpenbettler ein,
Denn es warten ihrer Viere
Neben mir in heißer Pein,
Wirst du uns nicht Kühlung gönnen,
Müssen wir vor Glut verbrennen.

Sprich ein Wörtchen der Genaden
Öffne aus Barmherzigkeit
Den verschloßnen Fensterladen,
Höre wie die Ente schreit.
Laß mich in dein Zimmer steigen,
Ich will auch dein Leibstück geigen.

Aus der Sammlung von Le Pansif

AN EINE SECHZIGJÄHRIGE

Schämt euch doch, ihr alte Mutter,
Daß ihr noch ein Unterfutter
Der Studenten wollet sein,
Wenn euch plagt die Liebespein.

Habt ihr allen Witz verloren,
Daß ihr einen Schatz erkoren,
Der für euch so reimet sich
Als wie Mars und Friederich?

Schicken vierundzwanzig Jahre
Sich zu eurem grauen Haare
Und ein junger frischer Leib
Für ein alt verschrumpelt Weib?

Was wär das für eine Liebe,
Wenn man eine welke Rübe
(Die ist für Studenten nicht)
Neben sich ins Bette kriegt.

Ach du altes Ungeheuer,
Brennt dich noch das Liebesfeuer,
Ei, so gieße Kammer-Naß
In dein rauhes Spüllichtfaß.

Öl von schwarzem Rauchtabake,
Zwiebelsaft und Heringslake,
Das gehört für eine Frau,
Die schon unterm Nabel grau.

Aus der Sammlung von Le Pansif
EPIGRAMME

Assine lag gar krank an heißem Liebesfieber.
Als nun ihr guter Mann sie zu kurieren kam,
Merkt es Assine gleich, daß seine Lanze lahm,
Drum gab sie vor Verdruß derselben einen Stüber.

———

Auweh mein Mann ist tot! ich armes Weibelein!
Ach deckt die Brunnen zu, sonst springe ich hinein!
So sprach Lupine kurz nach ihrem Witwenorden,
Nun ist sie im Bordell vor Gram zur Hure worden.

———

Betrübe dich nur nicht, zu kleingebrüstes Kind,
Weil deine Pietzchen kaum so groß wie Erbsen sind.
Deswegen findt sich doch ein Käterchen zum Mietzchen,
Ist nur das Täschchen gut, wer fraget nach den Pietzchen?

———

Nur zwei Buchstaben hat das Jungfern ABC.
Der erste heißet G, der andre heißet W.
Wenn man sie küssen will, so spricht das Mündchen G.
Wenn man sie stechen will, so schreit das Dingchen W.

———

Es machet die Blondine
Zwar eine tendre Miene,
Doch leget die Brünette
Sich eher auf das Bette.

III

Dem Degen viel Segen!
Der Scheide viel Freude!

JOHANN MATTHIAS DREYER

Johann Matthias Dreyer
TRINKSPRÜCHE

Dein bestes Glied sei immer frisch und enge,
Und nie fehl ihm ein Trost von guter Dick und Länge!

———

Der klugen Schönen Wohl, die uns mit Recht gefällt,
Handgreiflich disputiert und uns die Stange hält.

———

Nie fehl uns bei der Himmelfahrt
Die Seife für der Mädchen Bart.

———

Die Kuxe, Freund, die rechte, gute,
Und dein und meine Wünschelrute.

———

Sie halten still, ihr Nachbar greife,
Für ihn der Bart, für sie die Seife.

———

Den Schönen Reiz und Lüsternheit,
Dem Jüngling stete Fertigkeit,
Und beiden die Gelegenheit!

———

Die Nacht sei dir voll Lust, der Tag dir ohne Müh;
Noch fünfzig Jahre Knie an Knie!

———

Dem Degen viel Segen!
Der Scheide viel Freude!

Ein wenig Einerlei schwächt auch die stärksten Triebe,
Und darum lebt mit Recht der Wechsel in der Liebe!

An Ihn:
Stets mußt Du fertig sein, wenn sie es haben will!
An Sie:
Und wenn er fertig ist, so halte Du stets still!

Johann Christoph Rost
DIE BRAUTNACHT

Erhitzter Jüngling, höre du
Mir jetzt mit deiner Phyllis zu!
Wie, soll mich niemand weiter hören?
Ihr alten Buhler, die, wer Mitleid fühlt, beklagt,
Wenn euch zum Opfer vor Cytheren
Die frostige Natur den besten Dienst versagt,
Auch ihr hört zu, denn ich will dichten,
Die Schwachen männlich aufzurichten.
Ihr jungen Weiber horcht, denn euch steht mehr noch frei,
Ihr Alten auch, doch seufzet stets dabei,
Daß ihr nicht mehr erfahrt, was ihr in jungen Jahren
Vielleicht genug, vielleicht auch nicht genug erfahren.
Ihr schöne Mädchen, fliehet nicht!
Wenn's gleich der Vater sagt, wenn's gleich die Mutter spricht:
Der Eltern Neid will nicht, daß ihr den Ursprung wisset,
Wie jeder Mensch aus Lust zur Lust entsprießet.
Hier weis' ich euch der Liebe Werkstatt an:
Verlaßt der kleinen Kinder Wahn!
Ein Löwenbild ist nie auf euch gesprungen
Und das gemalte Meer hat keinen noch verschlungen.
Flieht, wenn ihr fliehen wollt, vor allem, was euch quält,
Doch nicht vor dem, der lächelnd euch erzählt
Der Männer Pflicht, der Weiber Freuden,
Was jene tun, was diese leiden.
Die süße Nacht brach ein, auf die seit langer Zeit
Sich Katulin geschont, sich Magdalis gefreut,
Die sehnlich oft begehrte Nacht,
Die Mann und Weib und Kinder macht,
In der trotz züchtiger und kläglicher Geberden
Die Mädchen erst entzückt und dann entjungfert werden,
Die Nacht, in der sich mit der Eltern Segen
Die Töchter zu den Buhlen legen.
Die holde Mutter gab jetzt den Gesetzen nach,
Sie leuchtete voran bis in das Schlafgemach.
Die letzte Tyrannei noch liebreich auszuüben

Befahl sie ihrer Magdalis,
Die schon mit Sittsamkeit die Kleider von sich schmiß,
Durch Widerspenstigkeit den Mann nicht zu betrüben.
Drauf drückte sie die Schlösser selber ab,
Schloß wünschend noch die Türe zu,
Vor der sie zu des muntern Paares Ruh
Durchs Schlüsselloch den letzten Segen gab,
Und ließ, ihr Mütter laßt es euch erbarmen,
Ihr Kind, ihr einzig Kind, in wilden Männerarmen.
Was machte Katulin mit seiner Magdalis?
Zum Weibe macht' er sie. Dies wißt ihr schon gewiß,
Und wenn ich hier nichts mehr zu sagen hätte,
So sagt' ich: er und sie, sie legten sich zu Bette.
Allein, er hatte längst die Wollust ausstudiert,
Aus geiler Zauderei, bei der man nichts verliert,
Wollt' er nicht übereilt zur schönsten Handlung schreiten,
Nein, erst durch ein verbuhltes Spiel,
Bevor er brünstig auf die schönste Beute fiel,
Wollt' er sie schöner noch zur Hochzeitlust bereiten.
Hier stellet euch ein halb entkleidet Mädchen vor,
Das mit den Augen sich im Bette schon verlor,
Den Busen halb entblößt, halb eingeschnürt verwahrte,
Und schalkhaft für die Männerhand
Der Schnürbrust harten Widerstand
Zu kitzelnder Entkleidung sparte.
Hier war, o könnt es doch geschehn,
Den Anblick noch einmal zu sehn,
Damit ich euch recht abzuschildern wüßte
Ihr' nur zum Reiz verdeckten Brüste,
Hier war der Becher voller Lüste,
Gefüllt, wie Eva oft den Freudenbecher häuft,
Der, schäumend voll, dennoch nicht überläuft.
Ein dünnes Röckchen, das den kleinen Bauch umfing,
Um den es mehr zur Lust als zur Bekleidung hing,
Das kaum verbarg, was es bedeckte,
Zugleich verriet und auch versteckte,
Kurz, Liebe, Reiz und Recht und Nacht –
Wozu wird nicht dazu ein Katulin gebracht?

Klug und beglückt ist, der es auch so macht!
Jetzt küßt er sie und küßt sie länger
Als kurz vorher. Ein sanfter Biß
Macht im voraus der schönen Magdalis
Schon alles, was sie wünscht, gewiß.
Jetzt wird ihr um den Busen enger,
Jetzt macht ihr selbst der Lüste Hoffnung bänger,
Jetzt wehrt sie sich, jetzt stellt sie sich auf einmal strenger.
Doch weil er ihr nicht Zeit zu denken lassen muß,
So gibt er ihr entzündet Kuß auf Kuß.
Und küssend fängt er an – dürft' ich die Hand ihm führen! –
Den Leib, den schönsten Leib, begierig aufzuschnüren.
Nur noch ein Knoten hält den Lauf
Verwegner Männerfinger auf.
Ein Knoten, den vielleicht der Mutter List erdachte,
Ein Knoten, den vielleicht der Mutter Neid belachte.
Gewalt war hier der beste Rat,
Drum riß auch Katulin, ein zweiter Alexander,
– Ich selber täte, was er tat! –
Den Senkel gleich entzwei, die Schnürbrust voneinander.
Kurz, er empfing mit hohler Hand,
Die kitzelnd sich noch tiefer wand,
Den Busen, der sich schwellend teilte
Und hüpfend ihm entgegeneilte.
Wie emsig ward die weiße Brust durchwühlt,
Wie oft geküßt, wie oft befühlt!
Jetzt sahe Magdalis die eine Hand verschwinden,
Vielleicht das Röckchen aufzubinden?
Noch nicht. Im Augenblicke war
Zu ihrer größten Lust der Irrtum offenbar.
Diesmal blieb es unaufgebunden.
Denn bei dem Bande selbst war seine Hand verschwunden.
Verschwunden? Wie? Ihr Schönen bleibt in Ruh!
Es ging auch hier natürlich zu.
Weg war die Hand, das heißt, sie war nicht mehr zu sehen;
Was im geheim mit ihr geschehen,
Das sag ich nicht. Doch wenn ihr schärfer fragt,
So wißt: es war, was man viel lieber tut als sagt,

Was ihr viel lieber fühlt als davon reden höret,
Was auch die Keuschesten empöret,
Das leichte Röckchen fiel herab,
Und weil er seiner Hand die größte Freiheit gab,
So schmiegte sie sich bald an Brust und Halse fort,
Bald gaukelte sie spielend um den Ort,
Den wir stets in Gedanken meinen,
So oft wir einer Schönen Hand
Aus Ehrfurcht anzurühren scheinen,
Den schönsten Ort, den je ein Zärtlicher gekannt,
Der Lieb' und Menschheit Vaterland,
Nach welchem wir uns oft in aller Stille sehnen,
Wenn wir die schweren Glieder dehnen.
Seht, wie jetzt Katulin berauscht
Mit offnem und erhitztem Munde
An seiner Schönen Busen lauscht!
Gebt acht! Nun ist sie ziemlich nah,
Nun kommt sie gleich, nun ist sie da,
Die süßeste, die größte Stunde!
Jetzt reißt sich Magdalis aus seinen Armen los,
Jetzt springt sie auf, verläßt den buhlerischen Schoß,
Sie eilt, sie flieht, jedoch nicht zu entfliehn,
Sie eilt, sich länger nicht den Lüsten zu entziehn.
Verschmachtet fällt sie dort aufs weiche Lager nieder,
Er folgt, er kommt, er küßt die allerschönsten Glieder,
Betrachtet sie und küßt sie wieder.
Jetzt sinkt er nach, die Schöne zieht ihn hin.
Wie glücklich wird er nicht bezwungen!
Sie hält den heißen Arm mit Kraft um ihn geschlungen.
Nun spricht die stumme Rednerin,
Die Wollust, durch die Tat: die Lippen und die Zungen
Hat Liebe hier zum Küssen nur gedungen.
Ihr Mädchen horcht! Die Schöne seufzt und ächzt.
Der Jüngling glüht und kämpft und lechzt.
Nichts hält ihn auf, er folget nur,
Die ihn schon längst geweckt, der Stimme der Natur.
Und – doch, ihr Schönen, wollt, man soll euch alles sagen –
Die mehr noch wissen will,
Die zwinge sich und schweige still,
Sie kann ja doch den Dichter heimlich fragen.

Johann Wilhelm Ludwig Gleim

DAS LICHT

Dem Liebesgotte ward ein Licht geweiht.
Er sollt, versöhnt durch diese Liebesgabe,
'Nen Liebsten schaffen für die junge Maid,
Die es gebracht. – Er lächelte: »Ich habe«,
Sprach er, »zwar nicht, worum du mich gebeten –
Behalt indes das Licht: es wird ihn gut vertreten.«

Johann Wilhelm Ludwig Gleim
DER VERMITTLER

In dem Garten, den ich liebe,
Wollt ich mitten unter Rosen,
Mit der artigsten Brunette
Frohe Gartenspiele spielen.
Schatten, West und Nachtigallen
Pries ich ihr als Spielgesellen;
Aber die vergnügte Schöne
Ließ sich nicht zum Spiele reizen;
Ob sie gleich die Lust zum Spielen
Nicht genug verbergen konnte.
Neue Gründe, neue Bitten,
Schafften endlich Ja und Willen,
Daß ich mir mit Rosenknospen
Ihren Kuß erwerben sollte,
Wenn ich sie damit, von weiten,
In der Laube treffen könnte.
Niemals hab ich mehr gezielet,
Als ich mit den Knospen zielte;
Niemals traf mein Bogen besser.
Aber Doris, die Geliebte,
Weigerte den Preis der Wette
Dem Gewinner abzuliefern,
Und versprach bei jedem Treffer
Alle Schulden auszulöschen,
Wenn noch eine Knospe träfe.
Als nun eine unter dreien
Treffen oder fehlen sollte,
Traf sie plötzlich an den Busen
Eine schwere Rosenknospe.
Augenblicks, indem sies fühlte,
Öffnete die Rosenknospe
Das Behältnis der Gerüche,
Und, ihr Schönen, welch ein Wunder!
Amor kam herausgesprungen.
Kleine Anmuts volle Locken

Fielen von der zarten Scheitel,
Von den küssenswerten Lippen
Treufelten die Küsse sichtbar,
Und ein Trupp verliebter Geister
Und ein Schwarm vergnügter Sylphen
War geschäftig sie zu sammeln.
Mit vergnügten Wollustmienen
Lächelte der Götterknabe.
Schwebend flog er, wie ein Engel,
Zwischen mir und meiner Schönen,
Welche voller Furcht und Schrecken
Hurtig aus der Laube flohe.
Aber Amor rief sie freundlich:
Kleines Närrchen, bist du blöde?
Bleib nur hier, sonst schießt mein Bogen
Und du wirst ihm nicht entrinnen.
Als er eben schießen wollte,
Ging sie wieder nach der Laube,
Wo sich Amor ihren Augen,
Ohne Kleid und Hemde zeigte.
Hurtig wandte sie die Augen
Nach der Gärtnerin im Garten;
Wie sie schamhaft kluge Schönen
In Gesellschaft werter Freunde,
Von geschnitzten Liebesgöttern
Lieber nach Citheren wenden.
Aber Amor flog ihr näher,
Und befahl mir, daß sies hörte:
Liebling, pflücke Rosenknospen,
Ich will sehn, ob deine Knospen,
So, wie meine Pfeile, treffen.
Ich gehorchte dem Befehle;
Als ich aber unterwegens
Die gepflückten Rosenknospen
In die Tasche stecken wollte:
Fand ich, Freunde glaubt dem Finder!
Beßre Knospen in der Tasche.
Diese nahm ich, statt der andern,

Und indem mich Amor winkte,
Und indem sie Amor küßte,
Ließ ich schnell die Knospe fliegen.
Kaum war sie der Hand entflohen,
Als mich schon der Wurf gereute;
Denn sie sank in Amors Arme,
Und ich dachte, meine Knospe
Hätte sie so stark getroffen,
Daß sie hurtig sterben würde.
Denn sie seufzte: Welche Wunde!
Seht nur her! ich bin verwundet!
Aber Amor lachte fröhlich,
Und besichtigte die Wunde,
Und wies mit dem kleinen Finger
Pfeil und Knospe an den Busen.
Siehst du, sprach er, deine Knospe
Mußte diesen Pfeil verwahren,
Denn du solltest diese Lose,
Die mich oft, wie dich, verspottet,
Für die Spötterei bestrafen.
Laß sie noch ein bißchen quälen,
Und dann nimm den Liebesbalsam,
Das Geschenk von meiner Mutter,
Und bestreich damit die Wunde.
Küsse sie, nun wird sie küssen,
Laß dir den Gewinnst bezahlen,
Und bezahle du sie wieder,
Wenn sie dich in Zukunft mahnet;
Denn, mein Freund, so und nicht anders
Hab ich dich und sie vermittelt.
O wie oft, wie sanft, wie zärtlich
Küßte mich die liebe Schöne,
Als sie Amors Vorwurf hörte.
Reuerfüllte Freudentränen
Flossen von den schönen Wangen.
Amor ließ sie von den Sylphen,
Die wie Sonnenstäubchen schwärmten,
In ihr Kußgefäße sammeln,

Wo sie, wie mir Amor sagte,
Seine Küsse feuchten sollten,
Daß sie frisch und reizend blieben,
Bis er zu der schönen Mutter
Wieder in den Himmel käme.
Wie vertraut, wie froh, wie freundlich
Sprach mit uns der Gott der Liebe!
Könnt ihn doch mein Pinsel malen,
Daß ihn alle Schönen sähen,
Daß die Anmut seiner Glieder,
Ob sie gleich nicht männlich stehen,
Dennoch sie zum Kusse reizte!
Könnt ich doch die kleinen Geister,
Die auf Pfeil und Bogen lachten,
Die um Kinn und Wangen schwärmten,
Mit der Göttersprache malen!
Könnt ich doch den blöden Schönen
Die Erscheinung sichtbar machen!
Doch sie werden dem Erzählen
Meiner lieben Doris glauben,
Denn man weiß, sie kann nicht lügen.
Ja, sie werden alles glauben,
Wenn sie künftig sehen werden,
Daß die Rosen nie verwelken,
Die auf ihren Busen blühen.
Doris soll zwar viel erzählen,
Aber das, was ich verschweige,
Soll sie ebenfalls verschweigen.
Welche seltne Heimlichkeiten
Hat uns Amor nicht entdecket,
Eh er schnell, vor unsern Augen,
Wieder in die Knospe flohe
Oder in den Götterhimmel.
Drei Minuten nach dem Wunder
Blühten beide Wunder-Rosen,
In der schönsten Rosenblüte,
Auf den Busen meiner Doris.
Brüder, wollt ihr es nicht glauben?
Geht nur hin und seht die Rosen.

Abraham Gotthelf Kästner

DIALOG AUF DIE HOCHZEIT EINES FREUNDES

Hollmann: Sobald dein Heber wird im Vacuo zerfließen,
So sollst du meine Tochter küssen.
B.: Ist's weiter nichts als das, so bin ich schon Ihr Sohn,
Mein Heber wirkt gewiß durch Kohäsion.
Hollmann: Wohl und gelehrt!
Er ist es wert,
Daß er wie eine Säule steh
In unsrer Tochter corpore.

KLAGE EINES FRAUENZIMMERS BEI ZERSTÖRUNG DER FRANZÖSISCHEN LÜNETTEN VOR GÖTTINGEN

Hier, wo man sonsten Myriaden
Von lang' und dicken Palisaden
Tief in noch engern Löchern sah,
Hier sind, erweitert nur, die leeren Löcher da.

Johann Peter Uz
EIN TRAUM

O Traum, der mich entzücket!
Vom schönsten Traum berücket,
Lag, sorglos hingestrecket,
Ich, durch's Gebüsch verdecket,
Das einen Teich, der silbern floß,
Im schattenvollen Tal umschloß.

Da sah ich durch die Sträuche
Mein Mädchen bei dem Teiche:
Das hatte sich zum Baden
Der Kleider meist entladen,
Bis auf ein untreu weiß Gewand,
Das keinem Lüftchen widerstand.

Nun hob mit Jugendfeuer
Die schöne Brust sich freier:
Mein Blick blieb lüstern stehen
Bei diesen regen Höhen,
Wo Zephyr unter Lilien blies.
Und sich die Wollust küssen ließ.

Sie fing nun an, o Freuden!
Sich vollends auszukleiden:
Ach! aber eh's geschiehet,
Erwach' ich, und sie fliehet.
O schlief ich doch von neuem ein!
Nun wird sie wohl im Wasser sein.

Friedrich Gottlieb Klopstock
LIEBESLIED

Noch währt der Schmaus! Noch fließt der Wein!
Doch auf, vom Becher weg!
Das liebste Mädchen küßt mich heut
Im Europäerland.

Schon rauscht ihr leicht gehobner Fuß
Und kündigt sie mir an.
Heil, Phyllis, dir und deiner Brust
Und ihrem vollen Wuchs!

Ihr Antlitz glüht vor süßer Lust
Und herrscht mich zu sich hin!
Schon ist ihr sanftgeschwollner Mund
Von meinem Kusse heiß.

Sprich lächelnd Weisheit um dich her,
Mund, heiß von meinem Kuß,
Daß aller Welt Glückseligkeit
Gar nichts dagegen sei!

Die ihr nicht eben nüchtern sitzt
Beim bechervollen Tisch,
Flieht, flieht den Becher! Phyllis küßt
Den Durst nach Weine weg.

Willkommen, Herz, für mich gemacht!
Wenn seelenvoll ihr Blick
Von Wollust glüht, dann sink ich sanft
An ihre volle Brust.

Wenn nun mein trunknes Auge schwimmt,
Entzückung ohne Maß
Weit um mich her, dann bebt mein Herz
Zu ihrem Herzen hin.

Dann treten wir viel seliger
Als Könige daher
Und fühlen, daß dies Wahrheit sei.
Das geht durch Mark und Bein.

Und preist mit frohem Ungestüm
Der Bräut'gam und die Braut;
Er schaut auf uns nacheifernd hin
Und küßt sie feuriger,

Und drückt sie wilder an sein Herz
Und lispelt ihr ins Ohr:
»Sind wir den Göttern auch nicht gleich,
So lieben wir doch auch!«

Uns preist, voll Freuden einer Braut,
Die Mutter ihrem Sohn!
Sie drückt ihn an ihr Herz und spricht:
»Sei, wie dein Vater war!«

Nur uns gehört die Ewigkeit,
Wenn wir gestorben sind;
Damit der Enkelinnen Sohn
Versteh, was Liebe sei.

Gotthold Ephraim Lessing

DORILIS

Die schlaue Dorilis hat Augen in dem Kopfe,
So hat ein Luchs sie nicht;
Man denkt, sie sieht uns ins Gesicht,
Und sie sieht nach dem Hosenknopfe.

DER IRRTUM

Den Hund im Arm, mit bloßen Brüsten,
Sah Lotte frech herab.
Wie mancher ließ sich's nicht gelüsten,
Daß er ihr Blicke gab.

Ich kam gedankenvoll gegangen
Und sahe steif heran.
Ha! denkt sie, der ist auch gefangen,
Und lacht mich schalkhaft an.

Allein, gesagt zur guten Stunde,
Die Jungfer irrt sich hier.
Ich sah nach ihrem bunten Hunde:
Es ist ein artig Tier.

Gotthold Ephraim Lessing
DER ÜBER UNS

Hans Steffen stieg bei Dämmerung (und kaum
konnt er vor Näschigkeit die Dämmerung erwarten)
in seines Edelmannes Garten
und plünderte den besten Äpfelbaum.

Johann und Hanne konnten kaum
vor Liebesglut die Dämmerung erwarten,
und schlichen sich in eben diesen Garten,
von ungefähr an eben diesen Äpfelbaum.

Hans Steffen, der im Winkel oben saß
und fleißig brach und aß,
ward mäuschenstill, vor Wartung böser Dinge,
daß seine Näscherei ihm diesmal schlecht gelinge.
Doch bald vernahm er unten Dinge,
worüber er der Furcht vergaß
und immer sachte weiter aß.

Johann warf Hannen in das Gras.
»O pfui!« rief Hanne; »welcher Spaß!
Nicht doch, Johann! – Ei was?
O, schäme dich! – Ein andermal – o laß –
O, schäme dich! – Hier ist es naß.« –
»Naß, oder nicht; was schadet das?
Es ist ja reines Gras.« –

Wie dies Gespräche weiter lief,
das weiß ich nicht. Wer braucht's zu wissen?
Sie stunden wieder auf und Hanne seufzte tief:
»So, schöner Herr! heißt das bloß küssen?
Das Männerherz! Kein einz'ger hat Gewissen!
Sie könnten es uns so versüßen!
Wie grausam aber müssen
wir armen Mädchen öfters dafür büßen!
Wenn nun auch mir ein Unglück widerfährt –

ein Kind – ich zittre – wer ernährt
mir dann das Kind? Kannst du es mir ernähren?«
»Ich?« sprach Johann, »die Zeit mag's lehren.
Doch wird's auch nicht von mir ernährt,
der über uns wird's schon ernähren,
dem über uns vertrau!«

Dem über uns! Dies hörte Steffen.
Was, dacht er, will das Pack mich äffen?
Der über ihnen? Ei, wie schlau!
»Nein!« schrie er, »laßt euch andre Hoffnung laben!
Der über euch ist nicht so toll!
Wenn ich ein Bankbein nähren soll:
so will ich es auch selbst gedrechselt haben!«

Wer hier erschrak und aus dem Garten rann,
das waren Hanne und Johann.
Doch gaben bei dem Edelmann
sie auch den Apfeldieb wohl an?
Ich glaube nicht, daß sie's getan.

Christoph Martin Wieland

Das Gärtlein still vom Busch umhegt,
Das jeden Monat Rosen trägt,
Das gern den Gärtner in sich schließt,
Der es betaut, der es begießt,
Es lebe hoch!

Der Bergmann, stark und wohlgenährt,
Der ohne Licht zur Grube fährt,
Der immer wirkt und immer schafft,
Bis er erlahmt, bis er erschlafft,
Er lebe hoch.

Christian Friedrich Daniel Schubart
AN TILLA

Hier ist, o liebes Weibchen!
        Ein kleiner Wunsch für dich.
Ich wünsche dir, mein Täubchen,
        Ein kugelrundes Leibchen,
                Und ach! – zum Autor – mich!

Aus »Koromandels nebenstündigem Zeitvertreib«

DER KUSS

Ich schwöre bei dem Gott der Küsse,
Kein Mäulchen schmecket mir so süße
Als das, was man auf Lippen drückt,
Die Unschuld, Scham und Tugend schmückt.
Vor solchem irdischen Vergnügen
Kann man mit Recht die Knie biegen,
Dies – und ein keuscher Ehstandskuß
Dient edlen Seelen zum Genuß;
Den andern unverschämten Böcken
laß ich alsdann ihr geiles Lecken.

Johann Georg Scheffner (1736–1820)

O könnt ich doch den kostbarn Rausch beschreiben,
Den ich zu deinen Füßen oft gefühlt,
Wenn jeder neidsche Vorhang aufgezogen
Und jeder Sinn entzückt befriedigt ward.

Ha, welche Schätze blendten dann die Sinne!
Der seidnen lock'gen Haare Wohlgeruch,
Der Milchsaft in der Muschel feinster Falten,
Mit Rosen unter Lilien gemischt.

Wie zärtlich küßt ich nicht die schöne Rose,
Mein Herz sog Wollust für das Herz aus ihr,
Wie freut ich mich, wenn alles nach dem Kelche
Der balsamübertauten Blätter roch!

Wie dahlt' ich nicht mit nachbarlichen Hügeln,
Von Venus Hand mit Atlas überkleidt,
Die tausend buhlerischer Mädchen Busen
An Farb und Form und Glätte übergehn!

Der Busenknospen Schattenbild, ein Purpurfleck,
Sog ich zum neuen Schmuck einst jedem auf,
Ihr Anblick schwängerte den Geist mit Wollust,
Und ihr Berühren strömte Feu'r ins Blut.

Fruchtbar betaut von duft'gen Lebenssäften,
Die übern Rand der Muschel rieselten,
Wuchs um das Grottchen der getheilten Kugeln
Das Graswerk schattenreicher auf.

Und wenn ich dann von dir gestärkt erwache,
Dann küß ich erst, mein Lieblingsnischchen, dich,
Und wage dann, mit neuer Kraft gerüstet,
Den Wettlauf um den Preis im Mädchenschoß.

Johann Georg Scheffner

DIE GLÜCKLICH BEHOBNE BESORGNIS

Es war einmal, doch wo, das weiß ich nicht gewiß,
Die Sintflut hat ohndem den Ort längst weggespület,
Ein Mädchen, das mit Recht ein Wundermädchen hieß.
Weil noch ihr Mund, den man seit achtzehn Jahren pries,
Die Süßigkeit des Honigs nicht gefühlet,
Den Adam einst in Evens Körbchen trug.
Sie war so reich als schön und hatte Freier g'nug.
Allein, da sie beim Antrag jeden frug,
Wie groß der Finger sei,
Den man gebraucht zur echt'sten Stickerei,
So wollte, weil die Herrn aus Freiersprahlerei
Des Dinges Maß und Ziel vergaßen,
Kein einziger in ihren Fingerhut,
Den sie durchaus nicht wollte weiten lassen,
So recht bequem nach ihrem Sinne passen.
Wie wird nicht der Bedenklichkeit
Manch sehr honettes Dämchen lachen,
Das, *salva fama,* jungfräuliche Schüchternheit
In solchem Fall wohl nie die mind'ste Bangigkeit
Den Bräut'gam merken läßt, ihn nicht timid zu machen.
Doch Amor, der nicht eher ruht,
Bis Mädchen Hand und Fingerhut
Und alles ihm geopfert haben,
Bracht den Amint auf eine List. Er meld'te sich
Und sprach: »O Schöne, wähle mich!
Dreifach hab ich, was andre einfach haben,
Und hoff gewiß, die kleinste dieser Gaben
Wird wie für dich gemacht so passend sein.«
Zugleich reicht er den Riß von allen dreien ein.
Sie nimmt die Zeichnungen in hohen Augenschein
Und wählt, hier hör ich schon manch keusches Mädchen schrein:
»Sie wählt Aminten, denn das Dreifach ist behäglich
Und solche Wahlgelegenheit nicht täglich.«
Allein, Madames, mit Gunst gesagt,
Nicht weil das Dreifach ihr behagt,

Nein, weil er eidlich zugesagt,
Sich ganz allein des kleinsten zu bedienen.
Bloß aus der Ursach' wählt das gute Kind
Sich ihn, und der gefällige Amint
Nahm auch den kleinsten nur von ihnen.
Man fand ihn hübsch, der Fingerhut ward feucht
Und Fiekchen zischelte: »Den größeren, vielleicht
Paßt der wohl auch.« Er nimmt den Mittelfinger
Und kitzelt frisch den Liebeszwinger.
Da wurde aus Erkenntlichkeit
Der Rand des Ringchens ziemlich weit.
»Ach Bester«, seufzt sie jetzt, »dir kann ich nichts versagen,
Wenn dir's gefällt, so magst du auch den größten wagen.«
Kaum sprach sie so, so stak er schon im Ziel,
Vermehrte da der Lüsternheit Gefühl,
Drang weit empfindlicher zum Herzen,
Und Wollust half die kleine Pein verschmerzen,
Indem sie Balsam, der wie Milch und Honig floß,
In Fiekchens Rosenwunde goß.
Das weichliche, gutherzige Kind zerfloß
Und starb vor Lust, doch bald, erweckt von neuen Flammen,
Schien jetzt der Fingerhut ein niedlicher Pokal,
Und leise sprach sie: »Ach Amint, ach, noch einmal,
Und wenn du kannst, bind' alle drei zusammen!«

Johann Georg Scheffner
ERMUNTERUNG

Mädchen, deiner Purpurschnecke,
Wenn ich ihr Gefühl erwecke,
Strömen tausend Reize zu,
Und der Morgenglanz Aurorens
Und die Maienblüte Florens
Sind dann nicht so schön wie du.

Als ich in der Geißblattlaube
Deines Weinstocks schönste Traube
Wollustregen träufeln sah,
Da schien dem gebrochnen Blicke,
Sanft berauscht vom Schäferglücke,
Schon der dritte Himmel nah.

Lieblich lächelt Doris' Miene,
Wenn die fleiß'ge Amorsbiene
In dem Myrtenkörbchen dahlt,
Venus, die Duft um sich hauchet,
Wenn Adon den Altar brauchet,
Wird nicht himmlischer gemalt.

Um die Lebensquelle wohnen
Scherze, die auf Locken thronen
Ohne Menschenkunst frisiert,
Freude lacht um ihr Gestade,
Wenn in ihr Bassin zum Bade
Amor seinen Liebling führt.

Hör, wie er im Bade spielet,
Plätschernd seine Flamme kühlet,
Aufspringt, wieder abwärts schießt.
Laß ihn baden, laß ihn keltern,
Bis aus allen Lustbehältern
Wieder Dank zur Quelle fließt.

Johann Georg Scheffner

DIE OPFERUNG

Du bist wie Paphia aus weißem Schaum geboren,
Aus Muschelschalen stieg dein Leib so zart und fein,
Die Perle aber ward aus ihrem Schoß erkoren,
Des feinen Geistes jungfräulicher Stoff zu sein.
Du gleichst Cytheren, wenn der Grazien Hand sie schmückte,
Nur daß ihr Herz an Reiz lang nicht dem deinen gleicht;
Als ohne Gürtel sie dort Priams Sohn erblickte,
Ward ihr der Schönheit Preis im Apfel überreicht.
Doch Paris hätt' ihn dir vor Cyprien gegeben,
Hätt' er dich gürtellos, verschämt, wie ich erblickt.
Ein Kuß nach zärtlichem, unschuld'gem Widerstreben
Auf Höhn, die schwarz umdornt ein rotes Beerchen schmückt,
Ein Blick ins sanfte Tal, das diese Hügel schaffen
Und das an ein Gewölb' von Atlasglätte grenzt,
Berauschten mich – ich fiel – da siegten Amors Waffen,
Die er, des Siegs gewiß, mit Myrten schon umkränzt.
Da fing er mich im Netz, gewebt von jenen Bogen,
Der Stirn und Augen Schmuck, von lockig schwarzem Haar,
Das duftend, reich betaut den Wollustthron umzogen,
Und führt bezaubert mich zum heiligsten Altar.
Aglaja hatte ihn mit seltnem Fleiß erbauet
Und ihren Rosenmund beim Bau zum Riß geliehn.
Nach zarter Lippen Rot, mit Nektar übertauet,
Schuf sie kunstvoll den Rand, den Altar zu umziehn.
Der Zunge, die der Witz beredsam dort beweget,
Glich hier ein Streif, der sich schmal und gefühlvoll bog,
Dann winkt ein Vorgebirg von Venus angeleget,
Mit Moos bedeckt, das sich kraus um das Ufer zog.
Am Fuß lag unentweiht die wundertät'ge Grotte,
Die vor unheil'gem Blick sorgfältig sich verbirgt,
Vom Priester nur besucht, der da dem Liebesgotte
Vertraut die Erstlinge an Venusfesten würgt.
Es rauscht ein Strom aus ihr, der oft die Gegend netzet
Und goldfarbklares Naß in seiner Urne hält,
Ein Purpurbach, dem Flut und Ebbe Luna netzet,

Und dann der Tau, der nur an Opfertagen fällt.
»Hier«, sprach der Gott zu mir, »bist du bestimmt zu dienen!«
Er sprach's und weihte mich zu seinem Priestertum
Und Düfte süßer mir wie Lindenduft den Bienen
Entstiegen dem Gesträuch um Amors Heiligtum.
Nun fing ich an, Altar und Grottwerk zu besehen,
Kam an den schmalen Weg, vor dem ein Vorhang hing
Und stockte – selbst beim Wunsch, das Heil'ge durchzuspähen,
Fiel schnell der Mut, mit dem ich erst zum Opfer ging –
»Verzagter, wie? Kannst du dich nicht entschließen?
Schmerzt dich des Opfers Tod?« schrie Amor voller Wut.
Da scheut' ich dann nichts mehr – der Vorhang ward zerrissen
Und aus dem Heiligtum, o Chloris, floß – dein Blut.

Johann Georg Scheffner
EIN LEHRREICHER TRAUM VON AMOR

Der Liebesgott, geschmückt mit allen Reizen,
Erschien mir heut im leichten Morgentraum,
An seiner Hand ein loses braunes Mädchen.
»Da«, sprach er, »nimm die blühende Brünette,
Küß sie und drück sie fest in deine Arme.«
Ich tat es, und wir sanken auf das Sofa.
Wie schalkhaft lächelte der kleine Amor,
Als er, gleich Wolken, die die Sonne decken,
Den Vorhang von dem Sitz der Wollust hob.
»Sieh her, dies ist der freudenreiche Becher,
In den einst Bacchus bei Ariadne
Den Nektar groß und einen Rausch sich trank.
Betrachte dieses lockige Gewebe,
Der Venusgürtel ist von solchen Fäden,
Betracht des Laubwerks Kunst um diesen Becher
Und atme seine Balsamdüfte ein,
So groß ist nicht die Kunst der heil'gen Schale,
In welcher Hebe dort und Ganymed
Uns Göttern des Olymps den Nektar reichen.
Füll den Pokal, den Grazien einst schufen,
Zu dem sie Rosen mit Granaten mischten
Und den die Neuheit doppelt kostbar macht.
Füll ihn, wie Zeus ihn Danaen einst füllte,
Als er im goldnen Regen sie gewann,
Und sei dabei entzückt wie Jupiter.
Dies ist«, hier wies er seinen kleinen Szepter,
»Der Heber, der die wundertät'gen Säfte
Wollüstig eintrinkt und dann aus sich spritzt.
Leg ihn nur an den Rand der Nektarschale,
Er wird sich bald mit ihr vertraut vereinigen
Und weißer Schaum wird ihn und sie umziehn.
Füll lang, beglückter Jüngling, Chloens Becher,
Er öffne sich, wenn du dich durstig näherst,
Wie Rosen, wenn sich West und Sonne nahn,
Und wenn du g'nug aus diesem Kelch getrunken,
Dann küß zur Stärkung Chloens Schwanenbusen
Und trinke Wein aus ihrer hohlen Hand.«

Johann Georg Scheffner

ERINNERUNG DER SCHÄFERSTUNDEN

Die holde Glut, die selbst Cythere fühlte,
Wenn ihren Hals Adonis' Arm umschlang,
Wenn ihren Busen seine Küsse wärmten
Und sein Reiz unter ihren Händen wuchs;
Die Glut, vor der die jungfräuliche Kälte
Der jagenden Latonenstochter schmolz,
Die ihr beim eingeschlafnen schönen Jüngling
Sanft zurief: »Wachend ist er schöner noch«;
Die Glut, die Amors stärkste Pfeile stählet,
Oft auch zu kühn den Bogen spannt und sprengt,
Die in den Myrtenkranz entzückter Liebe
Das unschätzbarste Reischen künstlich steckt;
Ha, möchte doch die Glut dies Lied begeistern.
O Liebe! Hör des Jünglings heißes Flehn,
Des Jünglings, der dich zehnfach mehr empfindet
Als einst Adonis und Endymion.
Hör mich, ich sing die Freudenaugenblicke,
Da ich an Chloris' Busen starb
Und aus dem Springbrunn Aphroditens
Ein Nektarstrahl in Chloris' Grotte floß.
Wie in dem Busen aufgeknospter Rosen
Der Morgentau, der an den Blättern hing,
Zusammenfließt und dann im roten Schoße
Geschmolznen Perlen gleich ihr Rot erhöht,
So hingen auch die fruchtbar'n Liebestränen
Hier um der Purpurmuschel weichen Rand
Und an dem seidnen Moos, das sie umschattet,
Und mehrten ihrer Farbe kostbarn Reiz.
Wohltätige, lustreiche Augenblicke,
Die Liebe und die Freude segne euch,
Euch segnete die Unschuld, als mein Mädchen
Aus ihrer Muschel mir die Perle gab.
O Wollust, welch ein unaussprechlich Opfer!
Hat den Altar je reiner's Blut gefärbt?
Stets denkt mein Herz der Unschuld sanfte Röte,

Ihr Zittern und des Opferstahles Wut.
O Chloris, bestes Mädchen, welch' ein Opfer!
Bestürmt, erweicht durch meine Zärtlichkeit
Gabst du dein Kleinod hin. Ich brach das Röschen,
Das jungfräulich im Schatten aufgeblüht.
O feire mit mir, Mädchen, die Minute,
Durch manches helle Tränchen teu'r erkauft,
In ihr schlang Amors Hand den schönen Knoten,
Der unser Wesen heiligt und vereint.
Dem Tage Heil, an dem der kühne Amor
Den ersten Pfeil in deinen Köcher stach
Und von dem selbstgezognen Stamme
Ambrosia im Pfirsicherstling brach.
Heil dir, o Tag, da ich den ganzen Umfang
Von deiner Tugend sah, da mich dein Aug'
Und seiner feinen Bogen seltne Schönheit
Zu seufzen zwang: »O wäre Chloris dein!«
Heil dir, o Tag, da ich zuerst dich küßte
Und deines Busens Rosenknöspchen sah,
Da ich des Heiligtums Altar berührte,
Mit nie entweihten Locken tändelte.
Heil dir, o Tag, da ich der Wangen Purpur
Und Chloris' Herz im Auge schmachten sah,
Da bei der Zunge kitzelnder Berührung
Von Amors Traubenhügel Balsam floß!
Heil dir, o Tag, sei Grazien und Musen,
Cytheren selbst, ein ewig Myrtenfest,
Denn Amor sang: Triumph, Triumph! und kränzte
Sich sechsmal am Altar mit Siegeslaub.
Feir', Mädchen, ihn, den Tag, da du aus Liebe
Dich ganz zum Eigentum mir zärtlich gabst.
Er war des innigsten Vertrauens Ursprung,
Sein Angedenken labt den Trennungsschmerz.
O, Mädchen! Ha, wie kochten meine Adern,
Wenn deine weiche kleine Zauberhand
Cupidos Szepter sanft verschämt berührte
Und er von Wollust wuchs und überfloß –
O könnt ich doch den kostbarn Rausch beschreiben,

Den ich zu deinen Füßen oft gefühlt,
Wenn jeder neid'sche Vorhang aufgezogen
Und jeder Sinn entzückt befriedigt ward.
Ha, welche Schätze blend'ten dann die Sinne,
Der seidnen lock'gen Haare Wohlgeruch,
Der Milchsaft in der Muschel feinsten Falten,
Wie Rosen unter Lilien gemischt.
Wie zärtlich küßt' ich nicht die schöne Rose!
Mein Mund sog Wollust für das Herz aus ihr.
Wie freut' ich mich, wenn alles nach dem Kelche
Der balsaminbetauten Blätter roch.
Wie dahlt' ich nicht mit nachbarlichen Hügeln,
Von Venus' Hand mit Atlas überkleid't,
Die tausend buhlerischen Mädchen Busen
An Form und feiner Farbe übergehn.
Der Busenknospen Ebenbild, ein Purpurfleckchen,
Küßt ich zum neuen Schmuck einst jedem auf,
Bei ihrem Anblick atmete ich Wollust,
Auch ihre Grotte war mein Heiligtum.
Vom Wollustnektar, übern Rand der Muschel
Zurücke rieselnd fruchtbar übertaut,
Wuchs laubichter das heilige Gebüsche
Und streute in die Gegend stärkern Duft.
Auf diese wollustreichen kostbarn Hügel
Gelehnt erwart ich dich, geliebter Schlaf,
Besuche einst mich da und bring durch Träume
Die wachend schon genoss'ne Lust zurück.
Und wenn ich dann von dir gestärkt erwache,
Dann küß ich erst, mein Lieblingsnischchen, dich
Und wage dann, mit neuer Kraft gerüstet,
Den Wettlauf um den Preis im Mädchenschoß.
Sie hilft dann ihres Helden Lanze führen
Und macht den Sieg süß, herrlich und gewiß.
Wie wird er nach dem Sieg das Ziel anstaunen
Und froh entzückt die offne Wunde sehn.
Dann, einz'ges Mädchen, trocknen meine Lippen
Den Schaum von deinen Rosenlippen ab,
Dem Liebling trocknen ihn die duft'gen Sträucher

Des Hügels überm Kampfplatz zärtlich ab.
O Liebe! O wie wirst du uns begeistern!
Wie himmlisch schön wird unser Glück durch dich,
Wenn unsre Seelen ineinander fließen,
Sei jeder heiße Kuß dir eine Hymne!

Johann Georg Scheffner
DAS ZEICHEN AM LEIBE

Finette, älter als zwölf Jahr,
Ohn' daß sie ihren Leib, noch jene Regung kannte,
Von der die Frau Äbtissin brannte,
Die ihre Seelenhirtin war,
Finette wusch sich einst die Meeresenge,
Wo Lüsternheit, dein Non Plus Ultra liegt,
Durch die die zahlenlose Menge
Des klügelnden Geschlechts ins Reich des Lebens kriecht;
Wo oft den reichsten Throngenossen
Der Bettler, glücklich eingeschifft,
An Glück und Wonne übertrifft.
»Ach«, schrie sie, »ach!« da sie die zarten Sprossen
Zum Schleier der Natur hier sah,
»Ach, ich Unglückliche!« – und ihre Tränen flossen,
»Was wird aus mir – was wächst mir da!«
Indessen wuchs die Zierde des Gestades
Und kräuselte sich täglich mehr und mehr:
So pflanzt der Lenz um Quellen eines warmen Bades
Ein zart Gesträuch zum Schatten um sie her.
Aus Gram vergaß Finette Spiel und Essen,
Bleib manche ganze Nächte wach,
Und konnt das Wunder nicht vergessen,
Das sichtbarlich aus ihrem Leibe brach.
Die bleiche Wange wies, wie sehr sie sich betrübte,
Der Nonnen Trost blieb ohne Frucht,
Auch die Äbtissin, die sie zärtlich liebte,
Fleht, predigt, schilt, versucht
Durch Schmeicheln ihr den Grund des Kummers abzufragen.
»Ach, gnä'dge Frau«, so hub sie endlich an,
Und seufzt und weint, »was hilft's mein Leid zu klagen,
Da doch kein Mensch mir helfen kann!
Mich hat des Himmels Zorn geschlagen,
Ein Zeichen hat sein Grimm an meinem Leib getan,
Das werd' ich wohl bis in die Grube tragen, –
Da seh'n Sie es nur selber an!«

Hier hob das schöne Kind den Vorhang seiner Kleider,
Ganz unbefangen auf und zeigte ihr
Den Ansatz zum vermeinten Wundertier.
(Ein Mönch, der still im Oratoria saß,
Half ungesehen dies Gewächschen mit besehen
Und glaubt', indem er just Sankt Pauls Geschichte las,
Auch er säh schon den Himmel offen stehen.)
Madam sah's lächelnd an und dacht gutmütig: Leider
Ist unser Beicht'ger jetzt nicht hier!
Wie gern würd' er mit diesem Kätzchen spielen,
Wie gern würd' er das zarte Haar
Ihm streicheln und ihm gleich ins kleine Mäulchen fühlen,
Ich weiß, wie tändelnd er bei uns einst war.
Jetzt sprach sie: »Liebes Kind, laß dich das gar nicht kümmern,
Dein Klosterfleisch wird's nicht verschlimmern,
Und jede Nonn', auch ich, hat so ein Kätzchen, da,
Sieh nur einmal!« – Finette sah,
Schrie überlaut und sprach: »Ach ja, ach ja,
Ich seh's. Doch welche Katz! Die hat ja Mähnen!«
Und als sie ihr das Bärtchen strich,
fing sie behaglich an zu gähnen. –
»Ach, welch ein Maul! – Ach, Gott erbarme sich!«
Doch die Äbtissin sprach: »Mein Kind, wie manche Katze
Hat auch das Tier nicht schon zu nicht gebracht!
Erleg erst du so viel, wer weiß, ob deine Katze
Nicht einst das Maul noch größer macht!«

Johann Georg Scheffner
DIE FEDER DER LIEBE

In völliger Vertraulichkeit
Allein mit ihrem Herzensfreunde
Ließ eine Dame ganz der Lüsternheit
Den Zügel. – Nach dem Spiel, das innig sie vereinte,
Hielt sie noch mit zufriedner Hand
Den schönsten Szepter, der ein Weib noch je entzückte,
Geheimer Freuden Unterpfand,
Durch welches die Natur die Sterblichen beglückte. –
Nicht beider Welten Gold, kein Blut
Reicht hin, so einen Szepter zu erringen,
Ich würde selbst mit Löwenmut
Um ein so seltnes Kleinod ringen,
Und gäbe obendrein noch all mein Hab und Gut –
Doch wieder zu der Aventüre:
Ein andrer Herr kam ohngefähr dazu
Und sah durchs Schlüsselloch der festverschlossnen Türe
Der ganzen Szene ruhig zu.
Der Szepter wurde nun samt dem Galan entlassen,
Der Riegel leise aufgemacht,
Der fremde Herr hereingelassen,
Zu dem sogleich die Dame sagt:
»Verzeihen Sie, wenn ich Sie warten lassen,
Ich schrieb.« – »Gewiß, Sie sind sehr glücklich,
Madame«, rief jener augenblicklich,
»Daß Amor selbst zum Schreiben sie geführt,
Da Ihre Hand so schön der Liebe Feder führt.«

Johann Georg Scheffner

DER NEGER UND DIE BÄUERIN

Ein Neger, der das Land durchirrte,
Fand ganz allein auf einem Feld
Ein Mädchen, das noch, mit der Welt
Ganz unbekannt, die reinste Unschuld zierte.
Der Kerl war voller böser Tücke,
Ihn lüstete im Augenblicke
Nach ihr. Er sprach: der Fund ist gut,
Ich muß dafür dem Himmel danken
Und sehen, wie mit dieser Schlanken
Sich wohl die Liebe tut.
Schnell kam er auf sie zugesprungen.
Das arme Kind hielt für den Teufel ihn,
Glaubt sich schon halb von ihm verschlungen
Und wußte nicht vor Angst wohin.
Drauf steckte sie den Kopf tief ins Getreide,
Um diesen wenigstens ihm zu entziehn,
Die hintern Sachen ließ sie ihm zur Beute,
Womit er auch zufrieden schien.
Das Mädchen ist sehr schamhaft, dachte
Der Schelm, und unter mancherlei
Droh'n und Verwünschungen vollbrachte
Er seine Bosheit ohne Scheu.
»Nimm meinen Leib«, rief sie, »der deine Habsucht reizte,
Und sätt'ge dich daran, du Bösewicht!
Doch«, fuhr sie fort, indem sie sich bekreuzte,
»Die Seele, Satan, kriegst du nicht!«

IV

Wenn außerm Ideal
der höchsten Wollustregeln
Du keine vögeln kannst,
so kannst du keine
vögeln.

BÜRGER AN LICHTENBERG

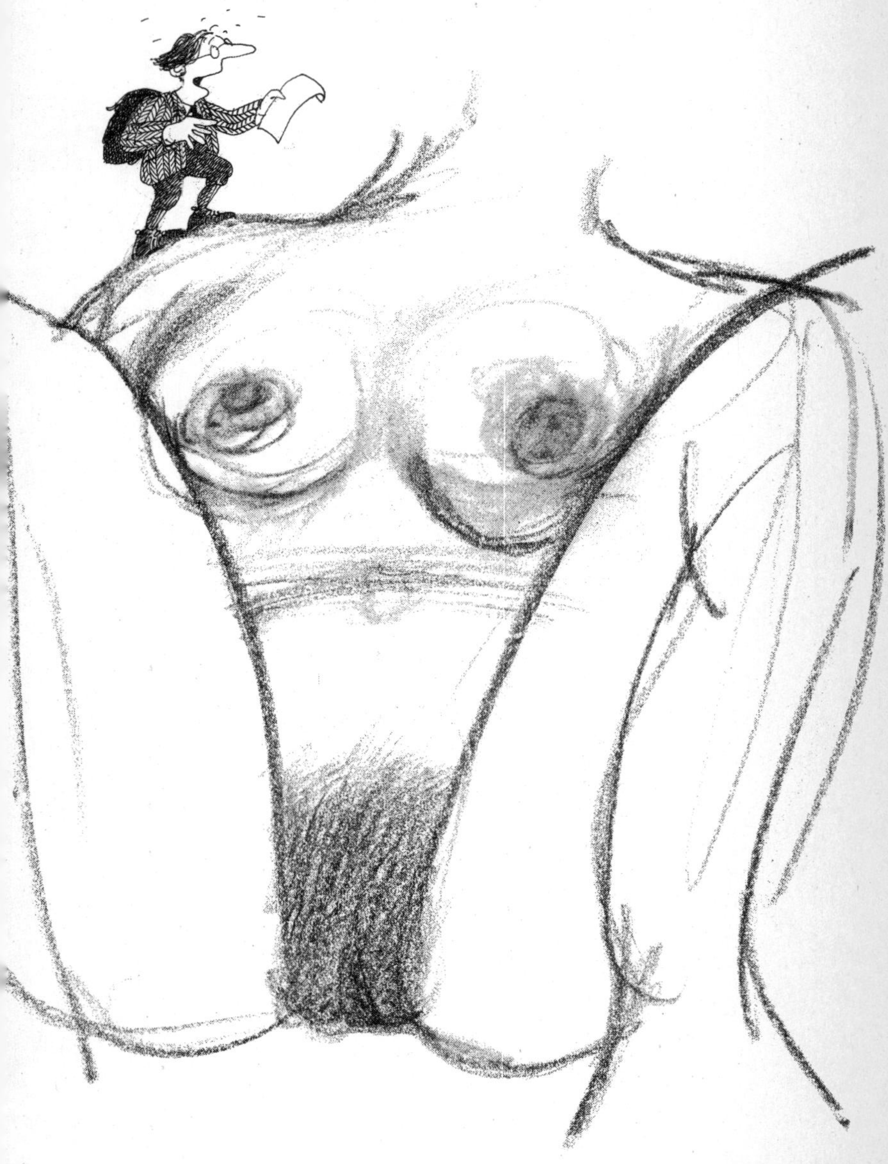

Gottfried August Bürger

COLLIN UND JULIETTE

Im süßen Duft der Rosen
Lag Schäfer Collinet
Und machte seiner losen
Geliebten ein Bouquet
Und etwas anders noch –
Ich wag es nicht zu sagen –
Und etwas anders noch; –
Wer wird nach allem fragen?

Fein züchtig, wie es Sitte,
Sprach er mit ihr, allein
Bald mischte, als der Dritte,
Sich Cypripor darein;
Und etwas anders noch –
Ich wag es nicht zu sagen –
Und etwas anders noch; –
Wer wird nach allem fragen?

Ich fühle deine Nähe,
Du kleiner Göttersohn,
Dank, Amor! Dank – ich sehe,
Dein Zepter winkt mir schon,
Und etwas anders noch –
Ich wag es nicht zu sagen –
Und etwas anders noch; –
Wer wird nach allem fragen?

O Dank für diese Stunde!
Sie führet zum Genuß,
Verspricht von diesem Munde
Mir einen Wonnekuß
Und etwas anders noch –
Ich wag es nicht zu sagen –
Und etwas anders noch; –
Wer wird nach allem fragen?

So dacht er – naht dem Weibchen
Sich schnell – von Liebe warm,
Umfaßt das zarte Leibchen,
Den Alabasterarm,
Und etwas anders noch –
Ich wag es nicht zu sagen –
Und etwas anders noch; –
Wer wird nach allem fragen?

»Nimm diese Blumenkette!«
Rief er: – »ich flocht sie dir;
Doch dafür, Juliette,
Gewähr ein Mäulchen mir,
Und etwas anders noch –
Ich wag es nicht zu sagen –
Und etwas anders noch; –
Wer wird nach allem fragen?

Drauf legt er sie geschwinde
Auf weichen Rasen hin,
Berührt dem lieben Kinde
Das anmutsvolle Kinn,
Und etwas anders noch –
Ich wag es nicht zu sagen –
Und etwas anders noch; –
Wer wird nach allem fragen?

Sie widerstrebt, er ringet,
Siegt – eilet zum Genuß,
In Rosenlippen dringet
ein feuervoller Kuß,
Und etwas anders noch –
Ich wag es nicht zu sagen –
Und etwas anders noch; –
Wer wird nach allem fragen?

»O Collin!« rief entzücket
Die schöne Schäferin:
»Wie hast du mich beglücket,
Ich fühle Wonnesinn,
Und etwas anders noch –
Ich wag es nicht zu sagen –
Und etwas anders noch; –
Wer wird nach allem fragen?

Ach! meine Augen brechen
Vor lauter Seligkeit;
Wie groß, nicht auszusprechen
Ist deine Zärtlichkeit,
Und etwas anders noch –
Ich wag es nicht zu sagen –
Und etwas anders noch; –
Wer wird nach allem fragen?

Des Schäfers banges Sehnen
Ist nun gestillt – es floß
Ein Strom von Freudentränen
In der Geliebten Schoß,
Und etwas anders noch –
Ich wag es nicht zu sagen –
Und etwas anders noch; –
Wer wird nach allem fragen?

Sie trieben Scherz und Possen,
Bis süßer Schlaf sie band,
Die Augen fest geschlossen,
Hielt eins des andern Hand,
Und etwas anders noch –
Ich wag es nicht zu sagen –
Und etwas anders noch; –
Wer wird nach allem fragen?

Gottfried August Bürger

AUS EINEM BILLETT AN GEORG CHRISTOPH LICHTENBERG

Si, nisi quae forma poterit te digna videri,
Nulla futura tua est, nulla futura tua est.
Ovid

1
Wenn außer Wohlgestalt, vollkommen wie die deine,
Dein Herz nicht eine rührt, so rührt dein Herz nicht eine.

2
Wenn außer einer Braut, der deine Reize fehlen,
Du keine wählen darfst, so darfst du keine wählen.

3
Wenn außer der, die dir an Schönheit gleicht auf Erden,
Dein keine werden kann, so kann dir keine werden.

4
Wenn außerm Ideal der höchsten Wollustregeln
Du keine vögeln kannst, so kannst du keine vögeln.

Doch fürs erste ist es wohl an diesen genug,
das erste und das letzte sind wohl die besten.

PHANTASIEN
IN DREI PRIAPISCHEN ODEN
DARGESTELLT UND IM WETTSTREIT VERFERTIGT
VON BÜRGER, VOSS UND STOLBERG.
LETZTERER ERHIELT DIE DICHTERKRONE.

Gottfried August Bürger
AN DIE FEINDE DES PRIAPS

Es knallet alles was lebet,
Was in den Lüften schwebet,
Es knallt die ganze Welt;
Ein Mädchen von zwölf Jahren,
Mit zwanzig Stoppelhaaren,
Der Fuchsschwanz schon gefällt.

Was machen nicht für Mienen?
Die Hasen und Kaninchen,
Was tut der Sperling nicht?
Der Hengst macht junge Füllen,
Der Boll hat seinen Willen,
Wenn ihn der Kitzel sticht.

Der Elefant von hinten,
Weiß auch das Loch zu finden,
Der Kater braucht kein Licht;
Der Bär bohrt seine Frau,
Mit Lust wohl in den Rauh,
Warum denn Menschen nicht?

Selbst Juno mußte lachen,
Als Jupiter wollt machen,
Ihr einen dicken Bauch;
Doch läßt sie sich's gefallen,
Und läßt sich tapfer knallen,
Bei einem Rosenstrauch.

Diana, müd vom Jagen,
Läßt sich den Spieß behagen,
Sie steckt ihn selbst hinein.
Doch, wer ihr will gefallen,
Der muß dabei vor allen
Recht wohl beschlagen sein.

Merkur, der Götterbote!
Ist auch von solchem Schrote:
Wenn er ausfliegen soll,
Besucht er jede Nymphe
Und gibt ihr wackre Trümpfe,
Sprützt ihr die Büchse voll.

Auch Cupido, der Kleine,
Greift Venus zwischen die Beine,
Sein Schwänzchen wird ihm hart;
Er sprützt den edlen Samen,
In aller Götter Namen,
Der Mutter in den Bart.

Vulkan, in seiner Kammer,
Mit seinem Schmiedehammer,
Muß auch mit an den Tanz;
Sein Schwanz, wenn er geschwollen,
Hält fünf und zwanzig Zollen,
O auserlesener Schwanz!

Charon, beim Überfahren,
Fuchst alles rauch von Haaren,
Schont auch die Votzen nicht;
Pluto fuchst Proserpinen,
Und Luchse fuchst Luchsinnen,
Warum denn Menschen nicht?

Ihr Nonnen und ihr Pfaffen!
Ihr sollt beisammen schlafen,
Läßt Messe Messe sein;
So oft die Glocken läuten,
So oft sollt ihr euch reiten,
Steckt ihn fein tief hinein.

Bemerket diese Worte,
Ihr Jungfern aller Orte,
Hört meine Lehren doch;
Verlaßt die samtnen Dinger,
Und steckt statt eurem Finger,
Den rechten Schwanz ins Loch.

Johann Heinrich Voß
AN PRIAP

Leckt Votzen, Ihr neun Pindars-Luder,
Leckt mit Apoll, der schläfrig geigt;
Und dessen kleiner matter Bruder,
Nur durch das Fingern aufwärts steigt:
Priap! beseele meine Leier,
Und gönne ihr das rege Feuer,
Das sich durch deine Klöt ergeußt;
Und durch die aufgeschwollenen Röhren,
Um deine Wollust zu vermehren,
Dickschäumend in die Votze fleußt.

Kommt Hurenbuben, kommt zusammen,
Zeigt euren Mut und fuchst euch satt,
Ein Schauspiel setzt mich jetzt in Flammen,
Das nie der Himmel schöner hat:
Ich sehe Brüste, Zitzen strotzen,
Nebst tausend auserlesenen Votzen,
Von kaltem Bauer überschwemmt;
Ich sehe tausend Klöte glänzen,
Bei tausend auserlesenen Schwänzen,
In feiste Lenden eingestemmt.

O, reiz mich oft mit solchen Bildern,
Du meiner Sehnsucht Gegenstand;
Die Wollust ist nie genug zu schildern,
Die nur zu sehn mein Herz empfand.
Priap! Dir bau ich einen Tempel,
Und vögle andern zum Exempel
Zwölfmal, den Altar einzuweihn;
Statt Gold soll kalter Bauer glänzen,
Und Votzenhaar die Tür umkränzen,
Mein Schwanz soll Hoherpriester sein.

Mensch, Adler, Wolf und Walfisch lehren,
Wie man beständig vögeln soll;
Der Sperling ist nie genug zu ehren,
Denn der ist immer samenvoll.
Kurz, alles muß gevögelt werden,
Die Votz enthält, was man auf Erden
Erhabenes nur denken kann;
Sie zeigt sich, – tausend Schwänze starren,
Der Weise vögelt mit dem Narren,
Der Bürger mit dem Edelmann.

Sind meine Klöt nur voll von Feuer,
Und macht mein Schwanz sein Meisterstück,
Dann bin ich reich bei einem Dreier,
Und scheiße fast auf alles Glück.
Zufrieden und entfernt vom Neide,
Seh ich in meinem schlechten Kleide
die Pracht der großen Herren an,
Weil der, der auf dem Throne sitzet,
Wenn er den Samen von sich sprützet,
Nicht mehr als ich, empfinden kann.

Seht auf Athens erhab'nen Plätzen,
Melkt sich ein Schwanz der Zyniker;
Die Menge sieht ihn mit Ergötzen
Und steht mit Ehrfurcht um ihn her.
Es läßt sich Sturm und Donner hören,
Doch nichts kann unsern Weisen stören,
Obgleich der Himmel kracht und blitzt;
Er fähret fort mit langen Zügen,
Bis daß er taumelnd für Vergnügen,
Den edlen Samen von sich sprützt.

O, fuchste man doch in der Hölle,
    Euch Furien – dich, Zerberus!
Euch Parzen – und dich Schiffsgeselle;
    Euch fuchst ich bloß zum Überfluß.
Weil aber dieser Wunsch vergebens,
So fuchs ich hier die Zeit des Lebens,
    Und tret alsdann die Wallfahrt an;
Doch wird es mich am meisten beugen,
Wenn ich den Pluto sehe geigen,
    Und selber nicht mehr vögeln kann.

So magst du mich nur immer quälen,
    Furcht, Unglück, wie auch du nur willst;
Mich rührst du nicht, nur niedern Seelen
    Sind, wenn du Trost mit Gram erfüllst.
Ich will mich wie mein Schwanz erheben,
Und über Glück und Unglück schweben
    Mit stoischer Gelassenheit;
Man mag mich fliehn, man mag mich hassen,
Wird mir mein steifer Schwanz gelassen,
    So sterb ich mit Zufriedenheit.

Friedrich Leopold Graf zu Stolberg

WAHL MEINER KÜNFTIGEN GATTIN UND IHRER EIGENSCHAFTEN

Vivat, wer ohn' allen Eckel,
Auch den ärgsten Gassen-Reckel,
Frisch durch Läuse, Schorf und Dreck
Fuchst ins Teufels Namen weg.

Nicht weiß wie Milch und Blut, gepudert und frisiert,
Und mit dem reichsten Schmuck von Frankreich ausgeziert,
Nein, ruprigt, ledergelb und schmierig wie ein Schwein,
Soll die, die ich mir einst zur Gattin wähle, sein.

Mich reizt kein braunes Haar, in Locken sanft gewunden,
Worin sich mancher schon im Netz verstrickt, gefunden,
Nein, sträubig und mit Schorf, mit Läusen wohl geziert,
Und blutroth sei ihr Haar, mit gelben Talg geschmiert.

Nicht schalkhaft lächelnde, nicht große blaue Augen,
Gemacht der Liebe Geist aus ihnen einzusaugen,
Nein, eitern müssen sie, wie Drachenaugen glühn,
Und hoch am Tränenquell ein gelber Pettig blühn.

Nicht griechisch, nicht antik, von Phideas gerissen
Nein, stumpf und unpoliert, schon faulend und beschissen,
Soll Ihre Nase sein, mit Finnen übersäet,
Und stinkend wie die Pest in einem Lazarett.

Ein langes Ohr, aus dem ein Strom von Unrat fließt,
Und wie aus dem Vesuv die Lava sich ergießt,
Ein leckeres Gemisch von Pettig, Blut und Salz,
Mit Schweiß und Grind vermischt und gelbem Ohrenschmalz.

Ein schiefes Maul, verbaut mit platten Lippen,
An dessen Eingang her, zwei Reihen großer Klippen
Zwei Hauer, so wie dort des Herkul's Säulen stehn,
Und da den Höllenpfuhl, hochprangend übersehn.

Es krön' ein Hasenschart den Quell von faulen Düften,
Die alles um sich her verheeren und vergiften,
Der ohne Unterlaß in zähen Geifer schwimmt,
Und durch den stets ein Rotz ins Maul den Eingang nimmt.

Es gleiche jeder Zahn verbrannten Palisaden,
Und sei ein Aufenthalt der Würmer und der Maden,
Ganz hohl und kohlenschwarz in Scharbock eingehüllt,
Und mit verfaultem Fleisch und Läusen angefüllt.

Ein Hals, geschickt um die Anatomie zu lehren,
Ein Kopf und eine Brust, die doch in allen Ehren,
Den zweien Zitzen gleicht, und schrumpfig hangend platt,
An diesem sitzt der Krebs, wenn die den Fistel hat.

Ein schlaffer Bauch gehängt auf zweien spitzen Hüften,
Filzläuse weiden hier in unzählbaren Triften,
Ihr Puckel gleiche dem, von einem Elefant,
Auf welchem Rad und Pfahl, und Galgen eingebrannt.

Der Sitz des Schreckens sei die ungeheure Votze,
Zerschrumpft und ohne Haar, verklebt mit grünem Rotze,
An der seit Jahren schon manch kalter Bauer hängt,
Mit Tripper, weißem Fluß und Schanker untermengt.

Stets muß ein dicker Schleim aus dieser Quelle träufen,
Und sich zu Händen hoch an ihre Öffnung häufen,
Bis an den Lenden sich der Strom hinübergießt,
Und halb mit trägem Lauf ins Arschloch überfließt.

Zwei eingebogne Knie mit krummen Säbelbeinen,
Die wie ein römisch X sich zu durchkreuzen scheinen,
Und weil das Ende sich zum Anfang reimen muß,
Den Knochenfraß am Bein, und den Verschwind am Fuß.

So soll die Gattin sein, die ich mir einst erwähle,
Bös, eigensinnig, falsch, von teuflerischer Seele,
Dumm muß sie wie ein Rind, doch voller Tücke sein.
Zerlumpt und bettelarm, doch stets voll Branntewein.

Und soll sie vollends gar mein ganzes Herz besiegen,
Muß sie die Schwerenot des Tages zehnmal kriegen,
Mit jedem Hurenwirt und jedem Tambur gehn,
Und immer oben an, auf ihrer Liste stehn.

Werd ich dies Urbild einst, auf dieser Runde finden,
Dann werd ich und nicht eher, auf ewig mich verbinden,
Alsdann darf ich mich nicht, noch fürs Betrügen scheun,
Und werde glücklicher als tausend Männer sein.

Sie träumten Engel sich, und fanden doch mit Schrecken,
Wie unter Engel sich auch Teufel oft verstecken,
Ganz anders wird es mir mit dieser Gattin gehn,
Ich träumte Teufel mir, und werde Engel sehn.

Johann Wolfgang von Goethe

RÖMISCHE ELEGIE III

AUS DEM NACHLASS

Hier ist mein Garten bestellt, hier wart ich die Blumen der Liebe,
        Wie sie die Muse gewählt, weislich in Beete verteilt.
Früchte bringenden Zweig, die goldnen Früchte des Lebens,
        Glücklich pflanzt ich sie an, warte mit Freuden sie nun.
Stehe du hier an der Seite, Priap! ich habe von Dieben
Nichts zu befürchten, und frei pflück und genieße wer mag.
Nur bemerke die Heuchler, entnervte, verschämte Verbrecher;
        Nahet sich einer und blinzt über den zierlichen Raum,
Ekelt an Früchten der reinen Natur, so straf ihn von hinten
        Mit dem Pfahle, der dir rot von den Hüften entspringt.

Johann Wolfgang von Goethe
RÖMISCHE ELEGIE IV

Hinten im Winkel des Garten, da stand ich, der letzte der Götter,
    Rohgebildet, und schlimm hatte die Zeit mich verletzt.
Kürbisranken schmiegten sich auf am veralteten Stamme,
    Und schon krachte das Glied unter den Lasten der Frucht.
Dürres Gereisig neben mir an, dem Winter gewidmet,
    Den ich hasse, denn er schickt mir die Raben aufs Haupt,
Schändlich mich zu besudeln; der Sommer sendet die Knechte,
    Die, sich entladende, frech zeigen das rohe Gesäß.
Unflat oben und unten! ich mußte fürchten, ein Unflat
    Selber zu werden, ein Schwamm, faules verlorenes Holz.
Nun, durch deine Bemühung, o! redlicher Künstler, gewinn ich
    Unter Göttern den Platz, der mir und andern gebührt.
Wer hat Jupiters Thron, den schlechterworbnen, befestigt?
    Farb und Elfenbein, Marmor und Erz und Gedicht.
Gern erblicken mich nun verständige Männer, und denken
    Mag sich jeder so gern, wie es der Künstler gedacht.
Nicht das Mädchen entsetzt sich vor mir, und nicht die Matrone,
    Häßlich bin ich nicht mehr, bin ungeheuer nur stark.
Dafür soll dir denn auch halbfußlang die prächtige Rute
    Strotzen vom Mittel herauf, wenn es die Liebste gebeut.
Soll das Glied nicht ermüden, als bis ihr die Dutzend Figuren
    Durchgenossen, wie sie künstlich Philänis erfand.

Johann Wolfgang von Goethe

DAS TAGEBUCH

– aliam tenui, sed iam quum gaudia adirem,
Admonuit dominae deseruitque Venus.

Wir hören's oft und glauben's wohl am Ende:
Das Menschenherz sei ewig unergründlich,
Und wie man auch sich hin und wider wende,
So sei der Christe wie der Heide sündlich.
Das Beste bleibt, wir geben uns die Hände
Und nehmen's mit der Lehre nicht empfindlich;
Denn zeigt sich auch ein Dämon, uns versuchend,
So waltet was, gerettet ist die Tugend.

Von meiner Trauten lange Zeit entfernet,
Wie's öfters geht, nach irdischem Gewinne,
Und was ich auch gewonnen und gelernet,
So hatt ich doch nur immer Sie im Sinne;
Und wie zu Nacht der Himmel erst sich sternet,
Erinnrung uns umleuchtet ferner Minne:
So ward im Federzug des Tags Ereignis
Mit süßen Worten ihr ein freundlich Gleichnis.

Ich eilte nun zurück. Zerbrochen sollte
Mein Wagen mich noch eine Nacht verspäten;
Schon dacht ich mich, wie ich zu Hause rollte,
Allein da war Geduld und Werk vonnöten.
Und wie ich auch mit Schmied und Wagner tollte,
Sie hämmerten, verschmähten viel zu reden.
Ein jedes Handwerk hat nun seine Schnurren.
Was blieb mir nun? Zu weilen und zu murren.

So stand ich nun. Der Stern des nächsten Schildes
Berief mich hin, die Wohnung schien erträglich.
Ein Mädchen kam, des seltensten Gebildes,
Das Licht erleuchtend. Mir ward gleich behäglich.
Hausflur und Treppe sah ich als ein Mildes,
Die Zimmerchen erfreuten mich unsäglich.
Den sündigen Menschen der im Freien schwebet –
Die Schönheit spinnt, sie ist's die ihn umwebet.

Nun setzt ich mich zu meiner Tasch und Briefen
Und meines Tagebuchs Genauigkeiten,
Um so wie sonst, wenn alle Menschen schliefen,
Mir und der Trauten Freude zu bereiten;
Doch weiß ich nicht, die Tintenworte liefen
Nicht so wie sonst in alle Kleinigkeiten:
Das Mädchen kam, des Abendessens Bürde
Verteilte sie gewandt mit Gruß und Würde.

Sie geht und kommt; ich spreche, sie erwidert;
Mit jedem Wort erscheint sei mir geschmückter.
Und wie sie leicht mir nun das Huhn zergliedert,
Bewegend Hand und Arm, geschickt, geschickter –
Was auch das tolle Zeug in uns befiedert –
Genug ich bin verworrner, bin verrückter,
Den Stuhl umwerfend spring ich auf und fasse
Das schöne Kind; sie lispelt: »Lasse, lasse!

Die Muhme drunten lauscht, ein alter Drache,
Sie zählt bedächtig des Geschäfts Minute;
Sie denkt sich unten, was ich oben mache,
Bei jedem Zögern schwenkt sie frisch die Rute.
Doch schließe deine Türe nicht und wache,
So kommt die Mitternacht uns wohl zu Gute.«
Rasch meinem Arm entwindet sie die Glieder,
Und eilet fort und kommt nur dienend wieder;

Doch blickend auch! So daß aus jedem Blicke
Sich himmlisches Versprechen mir entfaltet.
Den stillen Seufzer drängt sie nicht zurücke,
Der ihren Busen herrlicher gestaltet.
Ich sehe, daß am Ohr, um Hals und Gnicke
Der flüchtgen Röte Liebesblüte waltet,
Und da sie nichts zu leisten weiter findet,
Geht sie und zögert, sieht sich um, verschwindet.

Der Mitternacht gehören Haus und Straßen,
Mir ist ein weites Lager aufgebreitet,

Wovon den kleinsten Teil mir anzumaßen
Die Liebe rät, die alles wohl bereitet;
Ich zaudre noch, die Kerzen auszublasen,
Nun hör ich sie, wie leise sie auch gleitet,
Mit gierigem Blick die Hochgestalt umschweif ich,
Sie senkt sich her, die Wohlgestalt ergreif ich.

Sie macht sich los: »Vergönne, daß ich rede,
Damit ich dir nicht völlig fremd gehöre.
Der Schein ist wider mich, sonst war ich blöde,
Stets gegen Männer setzt ich mich zur Wehre.
Mich nennt die Stadt, mich nennt die Gegend spröde;
Nun aber weiß ich, wie das Herz sich kehre:
Du bist mein Sieger, laß dich's nicht verdrießen,
Ich sah, ich liebte, schwur dich zu genießen.

Du hast mich rein, und wenn ich's besser wüßte,
So gäb ich's dir, ich tue was ich sage.«
So schließt sie mich an ihre süßen Brüste,
Als ob ihr nur an meiner Brust behage.
Und wie ich Mund und Aug und Stirne küßte,
So war ich doch in wunderbarer Lage:
Denn der so hitzig sonst den Meister spielet,
Weicht schülerhaft zurück und abgekühlet.

Ihr scheint ein süßes Wort, ein Kuß zu gnügen,
Als wär es alles was ihr Herz begehrte.
Wie keusch sie mir, mit liebevollem Fügen,
Des süßen Körpers Fülleform gewährte!
Entzückt und froh in allen ihren Zügen
Und ruhig dann, als wenn sie nichts entbehrte.
So ruht ich auch, gefällig sie beschauend,
Noch auf den Meister hoffend und vertrauend.

Doch als ich länger mein Geschick bedachte,
Von tausend Flüchen mir die Seele kochte,
Mich selbst verwünschend, grinsend mich belachte,
Nichts besser ward, wie ich auch zaudern mochte,

Da lag sie schlafend, schöner als sie wachte,
Die Lichter dämmerten mit langem Dochte.
Der Tages-Arbeit, jugendlicher Mühe
Gesellt sich gern der Schlaf und nie zu frühe.

So lag sie himmlisch an bequemer Stelle,
Als wenn das Lager ihr allein gehörte,
Und an die Wand gedrückt, gequetscht zur Hölle,
Ohnmächtig jener, dem sie nichts verwehrte.
Vom Schlangenbisse fällt zunächst der Quelle
Ein Wandrer so, den schon der Durst verzehrte.
Sie atmet lieblich holdem Traum entgegen;
Er hält den Atem, sie nicht aufzuregen.

Gefaßt bei dem, was ihm noch nie begegnet,
Spricht er zu sich: So mußt du doch erfahren,
Warum der Bräutigam sich kreuzt und segnet,
Vor Nestelknüpfen scheu sich zu bewahren.
Weit lieber da, wo's Hellebarden regnet,
Als hier im Schimpf! So war es nicht vor Jahren,
Als deine Herrin dir zum ersten Male
Vors Auge trat im prachterhellten Saale.

Da quoll dein Herz, da quollen deine Sinnen,
So daß der ganze Mensch entzückt sich regte.
Zum raschen Tanze trugst du sie von hinnen,
Die kaum der Arm und schon der Busen hegte,
Als wolltest du dir selbst sie abgewinnen;
Vervielfacht war, was sich für sie bewegte:
Verstand und Witz und alle Lebensgeister
Und rascher als die andern jener Meister.

So immerfort wuchs Neigung und Begierde,
Brautleute wurden wir im frühen Jahre,
Sie selbst des Maien schönste Blum und Zierde;
Wie wuchs die Kraft zur Lust im jungen Paare!
Und als ich endlich sie zur Kirche führte,
Gesteh ich's nur, vor Priester und Altare,

Vor deinem Jammerkreuz, blutrünstger Christe,
Verzeih mir's Gott, es regte sich der Iste.

Und ihr, der Brautnacht reiche Bettgehänge,
Ihr Pfühle, die ihr euch so breit erstrecktet,
Ihr Teppiche, die Lieb und Lustgedränge
Mit euren seidnen Fittichen bedecktet!
Ihr Käfigvögel, die durch Zwitscher-Sänge
Zu neuer Lust und nie zu früh erwecktet!
Ihr kanntet uns, von eurem Schutz umfriedet,
Teilnehmend sie, mich immer unermüdet.

Und wie wir oft sodann im Raub genossen
Nach Buhlenart des Ehstands heilige Rechte,
Von reifer Saat umwogt, vom Rohr umschlossen,
An manchem Unort, wo ich's mich erfrechte,
Wir waren augenblicklich, unverdrossen
Und wiederholt bedient vom braven Knechte!
Verfluchter Knecht, wie unerwecklich liegst du!
Und deinen Herrn ums schönste Glück betriegst du!

Doch Meister Iste hat nun seine Grillen
Und läßt sich nicht befehlen noch verachten,
Auf einmal ist er da, und ganz im stillen
Erhebt er sich zu allen seinen Prachten;
So steht es nun dem Wandrer ganz zu Willen,
Nicht lechzend mehr am Quell zu übernachten.
Er neigt sich hin, er will die Schläferin küssen,
Allein er stockt, er fühlt sich weggerissen.

Wer hat zur Kraft ihn wieder aufgestählet,
Als jenes Bild, das ihm auf ewig teuer,
Mit dem er sich in Jugendlust vermählet?
Dort leuchtet her ein frisch erquicklich Feuer,
Und wie er erst in Ohnmacht sich gequälet,
So wird nun hier dem Starken nicht geheuer;
Er schaudert weg, vorsichtig, leise, leise
Entzieht er sich dem holden Zauberkreise,

Sitzt, schreibt: »Ich nahte mich der heimischen Pforte,
Entfernen wollten mich die letzten Stunden,
Da hab ich nun, am sonderbarsten Orte,
Mein treues Herz aufs neue dir verbunden.
Zum Schlusse findest du geheime Worte:
Die Krankheit erst bewähret den Gesunden.
Dies Büchlein soll dir manches Gute zeigen,
Das Beste nur muß ich zuletzt verschweigen.«

Da kräht der Hahn. Das Mädchen schnell entwindet
Der Decke sich und wirft sich rasch ins Mieder.
Und da sie sich so seltsam wiederfindet,
So stutzt sie, blickt und schlägt die Augen nieder;
Und da sie ihm zum letzten Mal verschwindet,
Im Auge bleiben ihm die schönen Glieder:
Das Posthorn tönt, er wirft sich in den Wagen
Und läßt getrost sich zu der Liebsten tragen.

Und weil zuletzt bei jeder Dichtungsweise
Moralien uns ernstlich fördern sollen,
So will auch ich in so beliebtem Gleise
Euch gern bekennen, was die Verse wollen:
Wir stolpern wohl auf unsrer Lebensreise,
Und doch vermögen in der Welt, der tollen,
Zwei Hebel viel aufs irdische Getriebe:
Sehr viel die *Pflicht*, unendlich mehr die *Liebe*!

Johann Wolfgang von Goethe

DER ELFTE

Köstliche Ringe besitz ich! Gegrabne fürtreffliche Steine
 Hoher Gedanken und Stils fasset ein lauteres Gold.
Teuer bezahlt man die Ringe geschmückt mit feurigen Steinen,
 Blinken hast du sie oft über dem Spieltisch gesehn.
Aber ein Ringelchen kenn ich, das hat sich anders gewaschen,
 Das Hans Carvel einmal traurig im Alter besaß.
Unklug schob er den kleinsten der zehn Finger ins Ringchen,
 Nur der größte gehört, würdig, der elfte, hinein.

Johann Wolfgang von Goethe
EPIGRAMME

In dem engsten der Gäßchen – es drängt sich kaum durch die Mauern –
Saß mir ein Mädchen im Weg, als ich Venedig durchlief.
Sie war reizend, der Ort, ich ließ mich Fremder verführen;
Ach, ein weiter Kanal tat sich dem Forschenden auf.
Hättest du Mädchen wie deine Kanäle, Venedig und F . . .
Wie die Gäßchen in dir, wärst du die herrlichste Stadt.

Seid ihr ein Fremder, mein Herr, bewohnt ihr Venedig? so fragten
Zwei Lacerten, die mich in die Spelunke gelockt.
Ratet! – Ihr seid ein Franzose! ein Napolitaner! Sie schwatzten
Hin und wider und schnell schlürften sie Kaffee hinein.
Tun wir etwas! Sagte die Schönste, sie setzte die Tasse
Nieder, ich fühlte sogleich ihre geschäftige Hand.
Sacht ergriff ich und hielte sie fest; da streckte die zweite
Zierliche Fingerchen aus, und ich verwehrt es auch ihr.
Ach! es ist ein Fremder! so riefen sie beide; sie scherzten,
Baten Geschenke sich aus, die ich, doch sparsam, verlieh.
Drauf bezeichneten sie mir die entferntere Wohnung
Und zu dem wärmeren Spiel spätere Stunden der Nacht.
Kannten diese Geschöpfe sogleich den Fremden am Weigern,
O so wißt ihr, warum blaß der Venetier schleicht.

Camper der jüngere trug in Rom die Lehre des Vaters
Von den Tieren uns vor, wie die Natur sie erschuf,
Bäuche nahm und gab, dann Hälse, Pfoten und Schwänze.
Alles gebrochenes Deutsch so wie geerbter Begriff.
Endlich sagt er: »Vierfüßiges Tier wir haben's vollendet
Und es bleibt uns nur, Freunde, das Vöglen zurück!«
Armer Camper, du hast ihn gebüßt, den Irrtum der Sprache,
Denn acht Tage darnach lagst du und schlucktest Merkur.

Knaben liebt ich wohl auch, doch lieber sind mir die Mädchen,
Hab ich als Mädchen sie satt, dient sie als Knabe mir noch.

Aloys Blumauer

LIED, AN DER TOILETTE DER GELIEBTEN ZU SINGEN

Dürft ich, Huldin, dich umfangen,
Gleich der Luft, die dich umfließt,
Und mit zitterndem Verlangen,
Jeden deiner Reize küßt!
Schwebt ich, ach mit Wohlgefallen,
Wie dein Genius, um dich,
Willig böt ich dann zu allen
Noch so kleinen Diensten mich.

Gern hielt ich als Wachspomade,
Dir die krausen Locken hier,
Oder steckte gar, o Gnade!
Dort im Krepp als Nadel dir.
Wollte gern beim Puderpüsten
Kreisend um dein Haar mich drehn,
Oder mit den Kolonisten
Deines Haars spazieren gehn!

Bald erhöht ich dann als Musche
Deiner Stirne blendend Weiß,
Oder wölbte die Kontusche
Dir als ein Parisersteiß;
Prangte dann auf deinem Rocke
Bald als Bändchen oder Knopf,
Ja, sogar zum Haubenstocke
Dient ich dir mit meinem Kopf.

Morgens schlich ich mich, o Liebe!
Dir als Zwieback in den Mund,
Oder machte meine Triebe
Im Kaffee als Milch dir kund;
Färbte Mittags dir als guter
Rheinwein deine Wangen rot;
Oder ließe mich als Butter
Streichen auf dein Vesperbrot.

Bald berührt ich, armer Schlucker,
  Deine Nase als Flakon,
Oder diente dir als Zucker,
  Wenn du naschest, zum Bonbon!
Spannte dann, gleich Pergamente,
  Meine Haut zum Zeichnen ein,
Ach, und wenn du maltest, könnte
  Ich wohl gar dein Pinsel sein!

Gern deckt ich in Assembleen
  Dir den Busen, als Linon,
Oder hing in süßen Wehen
  Dir am Hals *en Medaillon*:
Doch zu meiner Freuden Fülle,
  Schönste, wünscht ich mir allein
Unter deines Bettes Hülle
  Eine Nacht – ein Floh zu sein.

Aloys Blumauer
TROSTGEDICHT FÜR DIE KLEINEN

O du, bei dem Mama Natur,
Als sie dich einst edierte, nur
Ein klein Format genommen,
O hadre darum nicht mit ihr.
Dein Duodezformat wird dir
Gewißlich wohl bekommen.

Die Kleinheit ist nicht stets ein Fluch,
Man findet als ein Taschenbuch
Entree in Damensäcken,
Sie stecken so was willig ein
Und denken sich dabei, was klein
Ist, läßt sich leicht verstecken.

Drum kommen auch, um dort zu sein,
Die größten Männer, winzig klein
Und *en taille douce ad lucem,*
In Duodez erschien Voltaire
Und der noch größere Homer,
Kroch einst sogar *in nucem.*

Um so zu sein wie Diogen,
Brauchst du dich nicht erst umzusehn.
Nach einer Weisheitstonne,
Du kriechst, geführt von der Natur
In einen Damenreifrock nur
Und legst dich an die Sonne.

Zu dem stößt auch der kleine Mann
Viel seltner als der große an,
Kriegt selten blaue Flecken,
Und ist die Türe noch so klein,
Der kleinste Mann schlüpft leicht hinein,
Der große bleibt oft stecken.

Ein großer Mann vermag zwar mehr,
Allein die Kleinen hat der Herr
Einst selbst in Schutz genommen,
Und hält die fromme Dame sich
An Gottes Wort, so läßt sie sich
Gewiß den Kleinen kommen.

Auch sind in aller Damen Mund
Die kleinen Männchen leicht und kund,
Stets allerliebste Dinger,
Was klein ist, heißt ein artig Ding,
Und Jungfern stecken ihren Ring
Nur an den kleinen Finger.

Drum freu dich, daß du winzig bist,
Denn wiß, ein allzugroßer ist
Viel schlimmer dran hienieden,
Er geht auf weiten Wegen nur,
Dir aber sind von der Natur
Die engeren beschieden.

Johann Gabriel Bernhard Büschel

ERINNERUNG

An Henrietten

Von dir getrennt und deinem Kuß,
und all dem seligen Genuß,
der einst uns so beglückte,
bleibt nichts zurück – der Myrtenkranz,
der unsre Stirnen schmückte,
liegt blätterlos und ohne Glanz
zerstückt zu unsern Füßen. –
O laß uns durch Erinnerung
und durch den zauberischen Schwung
der Phantasie ein Glück genießen,
das allzu früh für uns entwich,
und laß im Traum uns wonniglich
fest aneinander schließen

Gedenk der wonnevollen Zeit,
als ich in süßer Trunkenheit
dein weiches Knie entblößte,
als ich mit kühner Jünglingshand
den goldnen Gürtel löste,
und dann die Burg der Liebe fand.
Gedenke dann an jenes Sträuben,
an deine holde Schüchternheit,
es mögte stets von unserm Streit
die Spur auf jenen Lippen bleiben,
die tausendmal mein Mund berührt,
eh' du, zum Widerstehn schon schwächer,
den schärfsten Pfeil aus Amors Köcher
in deine Grotte selbst geführt.

Noch jetzt, berauscht von Phantasien,
fühl ich die bleiche Wange glühen,
von der das Rot der Jugend wich,
noch jetzt beginnt ein Bach zu rinnen,
der längst schon träg und langsam schlich.

O Mädchen, Mädchen, denk ich dich,
so kocht aufs neu in meinen Sinnen
der Liebe Glut, von stiller Lust
hebt mächtiger sich meine Brust,
und wünscht aufs neu mit dir zu ringen
und auf den purpurnen Altar
dir neue Opfer darzubringen,
der einst der Herd für meinen Erstling war.

O welch ein Rausch, geliebte Henriette,
o welch ein Taumel nahm uns ein,
als ich zuerst, mich dir zu weihn,
dich hin zu deinem weichen Bette
mit liebevollen Armen trug,
und meine Hand um deine Lenden schlug,
und gern mich ganz in dich verloren hätte!

Wie rollten unsre Augen nicht,
es schwand vor unsern feuchten Blicken
die ganze Welt, der Sonne Licht,
ach alles, alles schwand – nur nicht
dies wonnige, dies göttliche Entzücken,
das noch nach vielen Jahren bleibt,
und jetzt das Blut in meinen Wangen
in schnellern Kreisen heftig treibt,
um wieder Freuden zu verlangen,
die keine Gottheit geben kann,
weil längst der Quell der Lebensfreuden
nach unruhvollem trüben Scheiden
in Träumerein der Nacht verrann.

Noch denk ich immer mir die Szene,
wo ich zuerst die heiße Träne
der Wollust in den weichen Schoß
des liebesiechen Mädchens goß.
Auch du gedenkst gewiß der Stunden,
wo ich dein Heiligtum entdeckt,
und durch die schönste aller Wunden

mit Purpur dein Gewand befleckt,
wo du der Liebe Glück empfunden,
wo deine weiche Lilienhand
zuerst den Pfeil der Liebe fühlte,
und mit der goldnen Locke spielte,
bis daß er schnell vor dir verschwand,
und sich in deinem Schoß versteckte,
und zärtlich von dem Rosenrand
den Tau geheimer Liebe leckte.

Vielleicht erscheint noch einst die Zeit,
wo ich dich, Holde, wiedersehe,
und jenen Kampf der Zärtlichkeit
mit neuer Jünglingskraft bestehe.
Vielleicht, gewiß – gewiß – ich sehe
dein Heiligtum im Traume schon,
und ernte dort den Minnelohn,
nach dem ich jetzt vergebens flehe.

Dante Gabriel Bernhard Büschel

AN DIE VENUS

Nimm mich auf in deinem Heiligtume,
Laß mich küssen die geweihte Blume,
Die ein lockichtes Gebüsch beschützt.
Führe mich zur purpurfarbnen Grotte,
Wo dem weltberühmten kleinen Gotte
Heiße Wollust stumm zur Seite sitzt.

Reiche mir der Liebe Taumelschale,
Daß mein Lied dir meinen Dank bezahle,
Daß mein Opfer nur der Wahrheit treu,
Nicht der Abdruck törichter Gefühle,
Nicht ein Traum vom süßen Minnespiele,
Nein, begeistertes Entzücken sei.

Laß mich sterben in verliebten Küssen,
Und in Doris' Armen mich zerfließen,
Wenn ihr Schoß nach meinem Taue lechzt,
Dunkel das erstarrte Aug' umhüllet,
Lebensopfer meinem Pfeil entquillet,
Und aus ihrer Brust die Wollust ächzt.

Dann so will ich deine Freuden singen,
Opfer dir auf deinem Altar bringen,
Opfer der entflammten Jugendkraft;
Täglich mich im Liebesrausch entzücken,
Täglich Mädchenkränze dir zerpflücken,
Kleine Kränze wahrer Jungferschaft.

Locken, die von Lebenstropfen glänzen,
Sollen deinen Weihaltar bekränzen,
Wo sie Rosenquellen einst umlaubt.
Mädchenblut soll ihn mit Purpur färben,
Und ich selbst will hier im Kämpfen sterben,
Wenn das Alter mir die Kräfte raubt.

Dante Gabriel Bernhard Büschel

DIE WUNDERWERKE

Wer hat die Arschback ausgestopft,
Die sich so prall anfühlt und klopft?
Der große Sattler hats getan,
Der Pferdelenden polstern kann.
Der hat die Arschback ausgestopft,
Die sich so prall anfühlt und klopft.

Wer hat den Arsch mit Pelz geziert
Und ihn mit Klunkern ausstaffiert?
Der große Kürschner hats getan,
Der Hermeline schwärzen kann.
Der hat den Arsch mit Pelz geziert,
Und ihn mit Klunkern ausstaffiert.

Wer pflanzte mir zum Zeitvertreib
Den schönen Stengel vor den Leib?
Der große Gärtner hats getan,
Der dicken Spargel treiben kann.
Der pflanzte mir zum Zeitvertreib,
Den schönen Stengel vor den Leib.

Wer ist es, der genähet hat,
Den Wunderbeutel ohne Naht?
Der große Beutler hats getan,
Der solche Kunst allein nur kann.
Der ist es, der genähet hat,
Den Wunderbeutel ohne Naht.

Wer drechselte fürwahr nicht klein
Die Eier voller Dotter drein?
Der große Drechsler hats getan,
Der Straußeneier drechseln kann.
Der drechselte fürwahr nicht klein,
Die Eier voller Dotter drein.

Friedrich von Schiller
KASTRATEN UND MÄNNER

Ich bin ein Mann! – wer ist es mehr?
Wers sagen kann, der springe
Frei unter Gottes Sonn einher
Und hüpfe hoch und singe!

Zu Gottes schönem Ebenbild
Kann ich den *Stempel* zeigen,
Zum Born, woraus der Himmel quillt,
Darf ich hinunter steigen.

Und wohl mir, daß ichs darf und kann!
Gehts Mädchen mir vorüber,
Rufts laut in mir: Du bist ein Mann!
Und küsse sie so lieber.

Und röter wird das Mädchen dann,
Und 's Mieder wird ihr enge –
Das Mädchen weiß, ich bin ein Mann,
Drum wird ihr 's Mieder enge.

Wie wird sie erst um Gnade schrein,
Ertapp ich sie im Bade?
Ich bin ein Mann, das fällt ihr ein,
Wie schrie sie sonst um Gnade?

Ich bin ein Mann, mit diesem Wort,
Begegn' ich ihr alleine,
Jag ich des Kaisers Tochter fort,
So lumpicht ich erscheine.

Und dieses goldne Wörtchen macht
Mir manche Fürstin holde,
Mich ruft sie – habt indessen Wacht,
Ihr Buben dort im Golde!

Ich bin ein Mann, das könnt ihr schon
    An meiner Leier riechen,
Sie donnert wie im Sturm davon,
    Sonst würde sie ja kriechen.

Zum Feuergeist im Rückenmark
    Sagt meine Mannheit: Bruder.
Und herrschen beide löwenstark
    Umarmend an dem Ruder.

Aus ebendiesem Schöpferfluß,
    Woraus wir Menschen sprudeln,
Quillt Götterkraft und Genius,
    Nur leere Pfeifen dudeln.

Tyrannen haßt mein *Talisman*
    Und schmettert sie zu Boden,
Und kann ers nicht, führt er die Bahn
    Freiwillig zu den Toten.

Pompejen hat mein Talisman
    Bei Pharsalus bezwungen,
Roms Wollüstlinge Mann für Mann
    Auf *teutschen* Sand gerungen.

Saht ihr den Römer stolz und kraus
    In Afrika dort sitzen?
Sein Aug speit Feuerflammen aus
    Als säht ihr Hekla blitzen.

Da kommt ein Bube wohlgemut,
    Gibt manches zu verstehen –
»Sprich, du hättst auf Karthagos Schutt
    Den Marius gesehen!« –

So spricht der stolze Römersmann,
    Der Bub tät fürbaß eilen;
Das dankt der stolze Römersmann,
    Das dankt er seinen *Pfeilen*!

Drauf täten seine Enkel sich
Ihr Erbteil gar abdrehen,
Und huben jedermänniglich
Anmutig an zu krähen. –

O Pfui und Pfui und wieder Pfui
Den Elenden! – sie haben
Verlüderlicht in *einem* Hui
Des Himmels beste Gaben,

Dem lieben Herrgott sündiglich
Sein Konterfei verhunzet
Und in die Menschheit schweiniglich
Von diesem Nu gegrunzet,

Und schlendern elend durch die Welt,
Wie Kürbisse von Buben
Zu Menschenköpfen ausgehöhlt,
Die Schädel leere Stuben!

Wie Wein, von einem Chemikus
Durch die Retort' getrieben:
Zum Teufel ist der Spiritus,
Das Phlegma ist geblieben.

Und fliehen jedes Weibsgesicht,
Und zittern, es zu sehen, –
Und dörften sie – und können nicht!
Da möchten sie vergehen! –

Und wenn das blonde Seidenhaar,
Und wenn die Kugelwaden,
Wenn lüstern Mund und Augenpaar
Zum Lustgenusse laden,

Und zehenmal das Halstuch fällt,
Und aus den losen Schlingen,
Halbkugeln einer bessern Welt,
Die vollen Brüste springen, –

Führt gar der höllsche Schadenfroh
Sie hin, wo Nymphen baden,
Daß ihre Herzen lichterloh
Von diebschen Flammen braten,

Wo ihrem Blick der Spiegelfluß
Elysium entziffert,
Arkana, die kein Genius
Dem Aug je bloß geliefert,

Und *Ja*! die tollen Wünsche schrein,
Und *Nein*! die Sinne brummen –
O Tantal! stell dein Murren ein!
Du bist noch gut durchkommen! –

Kein kühler Tropfen in den Brand!
Das heiß ich auch beteufeln!
Gefühl ist ihnen Kontreband,
Sonst müssen sie verzweifeln!

Drum fliehn sie jeden Ehrenmann,
Sein Glück wird sie betrüben –
Wer keinen Menschen machen kann,
Der kann auch keinen lieben.

Drum tret ich frei und stolz einher
Und brüste mich und singe:
Ich bin ein Mann! – Wer ist es mehr?
Der hüpfe hoch und springe.

Novalis

ICH WEISS NICHT WAS

BALLADE

Jüngst als Lisettchen im Fenster saß,
Da kam Herr Filidor
Und küßte sie,
Umschlang ihr weiches, weißes Knie;
Und sagt ihr was ins Ohr,
Ich weiß nicht was.

Dann gingen beide fort, er und sie,
Und lagerten sich hier,
Im hohen Gras
Und triebens frei in Scherz und Spaß;
Er spielte viel mit ihr,
Ich weiß nicht wie.

Zum Spiele hatt er viel Genie,
Er triebs gar mancherlei,
Bald so, bald so,
Da wars das gute Mädel froh,
Doch seufzte sie dabei,
Ich weiß nicht wie?

Das Ding behagt dem Herren baß
Oft gings *da capo* an?
Doch hieß es drauf,
Nach manchem, manchem Mondenlauf,
Er hab ihr was getan;
Ich weiß nicht was.

Friedrich von Schlegel
ZEHN SONETTE

Um meiner Mannheit Tiefgang auszuloten,
Ging ich mit nacktem Glied zu Keuschgesinnten.
Ich glaubte, diese deutlichste der Finten
Sei zwingender als Zahlen oder Zoten.

Ich trat zu Mädchen unversehns von hinten,
Sprach sanft sie an und spielte den Zeloten.
Dann fragt' ich plötzlich, wann sie denn den roten
Gewaltherrn hätten und wie lang sie minnten.

Sie sehn verdrehten Auges auf den Stecken,
Der ihnen doch galant entgegensteht.
Ich hebe Röcke, sie darauf zu stülpsen,

Zuerst wollt' würgen, schreien sie und rülpsen,
Dann fließt die Lust und alles Weh vergeht,
Bis sie zu tief gekitzelt drauf verrecken.

Du meine Hand bist mehr als alle Weiber,
Du bist stets da, wie keine Frau erprobt,
Du hast noch nie in Eifersucht getobt,
Und bist auch nie zu weit, du enger Reiber.

Ovid, mein Lehrer weiland, hat dich recht gelobt,
Denn du verbirgst in dir ja alle Leiber,
Die ich mir wünsche. Kühler Glutvertreiber,
Dir hab' ich mich für immer anverlobt.

Ich stehe stolz mit dir im Raume
Und streichle meine bläulichrote Glans;
Schon quirlt sich weiß der Saft zum Schaume.

So zieh' ich aus Erfahrung die Bilanz:
Die Zweiheit freut mich nur im Wollusttraume,
Sonst paart sich meine Faust mit meinem Schwanz.

Der rauhe Ost, der früh nach Rom mich jagte,
Wurd dort zum Zephyr hyacinthner Lüste.
Und keiner, der nur immer Mädchen küßte,
Rühm seinen Schwanz, daß er im Himmel ragte.

Auch mich erregen noch die herben Brüste,
Kampan'scher Mädchen, doch wie oft verzagte
Mein Meerschaum an dem fremden Golf und klagte,
Daß ohne recht Verständnis diese Küste.

Wie anders schmiegte sich der Arsch des Knaben
Dem Schwanz in liebend rundlichem Gehaben!
Kein Weib hat so behende mit der Zunge,

Die Eichel mir geleckt wie dieser Junge.
O könnt ich doch an deinem Marmorhintern,
Mein Knabe, viele Monde überwintern!

Von allen Männern, die dich je bedrohten,
Bin ich der Geilste. Sieh mich zitternd an.
Ich zerre deine Brüste Spann für Spann
Und werde sie auf deinem Rücken knoten. –

Auch deine Füße knüpfe ich daran
Und binde deine weißen kleinen Pfoten,
Und wenn den Leib du röchelnd mir geboten
Bewunderst du in mir den starken Mann.

Und wenn du schreist, dann schlitz ich deinen runden
Und weichen Leib mir auf mit kaltem Streiche.
Dann saugen sich die Lippen deiner Wunden

Um meinen Schwanz, daß ich vor Lust erbleiche.
Jedoch mein Glück, es reift nicht aus zu Stunden:
Du riechst schon sehr, mein Opfertier, nach Leiche.

So liegst du gut! Gleich wird sich's prächtig liegen,
Wie klug mein Rat. Ich schiebe meinen Dicken
In dein bemoostes Tor. Man nennt das »Ficken«.
Du fragst: warum? Davon laß mich jetzt schweigen!

Schon seh' ich Schmerz in deinen blauen Blicken.
Das geht vorbei. Du mußt zurück dich neigen,
Gleich wird dein Blut dir jubeln wie die Geigen
Von Engeln, welche ihre Brüste schicken

In bebender Musik zum Ohr der Welt.
Famos! Du einst dich mir in bravem Schaukeln,
Die Schenkel schmiegen pressend, es umgaukeln

Mich Düfte, die mich locken in die Unterwelt.
Ein Stoß und Schrei! – die weißen Glieder zittern
Im Kampf wie Apfelblüten in Gewittern.

Ich flehe dich um Wunden und um Male
Von deinen Händen, die mich heilig sprechen.
Du sollst das Glied, das du gesaugt, zerbrechen,
Das steif geragt in deine Kathedrale.

Schlürf aus den Quell, der einst in weißen Bächen
In deinen Kelch gespritzt beim Bacchanale.
Gieß jetzt die letzte Kraft in deine Schale,
An meinem Blute magst du dich bezechen!

Nimm scharfe Peitschen und geglühte Zwingen,
Schlag fester und zerquäle meine Hoden!
Laß tiefsten Schmerz das höchste Glück mir bringen!

Mein Stöhnen preist dich brünstiger als meine Oden,
Und wenn die letzten Schreie dich umschlingen,
Hörst du den Dank des seligen Rhapsoden.

Der Müllerknabe schiebt hinauf zur Mühle
Auf seinem Karren einen Mühlenstein,
Und in die Öffnung schob er glatt hinein
Sein steifes Glied und schaffte so sich Kühle.

Die blonde Müll'rin sieht's im Sonnenschein,
Und trotz der unerträglich dumpfen Schwüle
Läuft sie hinab, daß prüfend sie's befühle.
Sie faßt und fühlt, es ist von Fleisch und Bein.

»Na hör mein Junge«, ruft sie sehr brutal,
»Was soll die Schweinerei mit deinem Schweif?
Ist das die Prüfung, die ich dir befahl,

Ob du auch würdig wärest für mein Bett?«
Doch er zeigt nur die Inschrift um den Reif,
Und ach! sie liest gerührt: »Elisabeth.«

Ich wurd erlöst zum Weltweib umgeschaffen,
Des irren Wandrers letzte höchste Feier.
Ich rag' ins Dämmerlicht verhüllt vom Schleier
Der Sterne mit den beiden Mondagraffen.

Zur Erde send ich meinen Himmelsgeier,
Der ruft die letzten geilen Menschenaffen.
Ich werde meine Röcke höher raffen
Und alle grüßen als willkommene Freier.

Ich höre schon ihr heisres Brunstgeschrei,
Die Schweife zucken und die Zungen lallen,
Begattend dünken sie sich schicksalsfrei.

Doch, werden sie in meine Scheide fallen,
Dann will ich sie Kometen gleich mit kurzen
Und hellen Knallen in den Weltraum furzen.

Verschüchtert von des Purpurbetts Umschlingung
Horcht die Prinzessin in die schwarzen Ecken.
Ihr dünkt ein schalkhaft kichernd Necken
Ein seltsam Künden fürstlicher Begattung.

Der Prinz harrt zweifelnd seiner Kraft Erwecken
Und früh vertaner Jugend Rückerstattung;
Wie peinlich würde heute die Ermattung
Die junge Frau aus der Umarmung schrecken!

Er droht des frechen Narren hüstelnd Lachen,
Flucht seiner Jugend mongbeglänztem Nachen
Und glaubt nicht mehr an schwarzer Kräuter Sieden.

Denn selbst die sonst so treuen Kanthariden,
Sie haben ihren Wirkungspol verrückt
Und reichen nur, daß er den Nachtstuhl schmückt.

Ich höre fern das Plätschern deiner Wasser,
Ich fühl' mein Herz in meine Hode sinken.
Es drängt mich, wieder dein Pipi zu trinken,
Weil ich ein ruchlos raffinierter Prasser.

Man lügt, daß deine gelben Quellen stinken!
Mich macht dein Duft, wenn ich sie schlürfe, blasser.
Ich möcht' ein Kieselstein, ein ewig nasser,
In deinen Fluten selig schimmernd blinken.

So wirst du mir, Geliebte, ganz zu eigen,
Wie brünstig in des Marterbergs Ersteigen
Im Abendmahle Einer Gott verwandt.

In deiner Krypta ein verschwiegner Brand,
Laß züngeln mich in allen roten Winkeln
Und zischend sterben in topasnem Pinkeln.

V

Des Weibes Leib ist ein Gedicht

HEINRICH HEINE

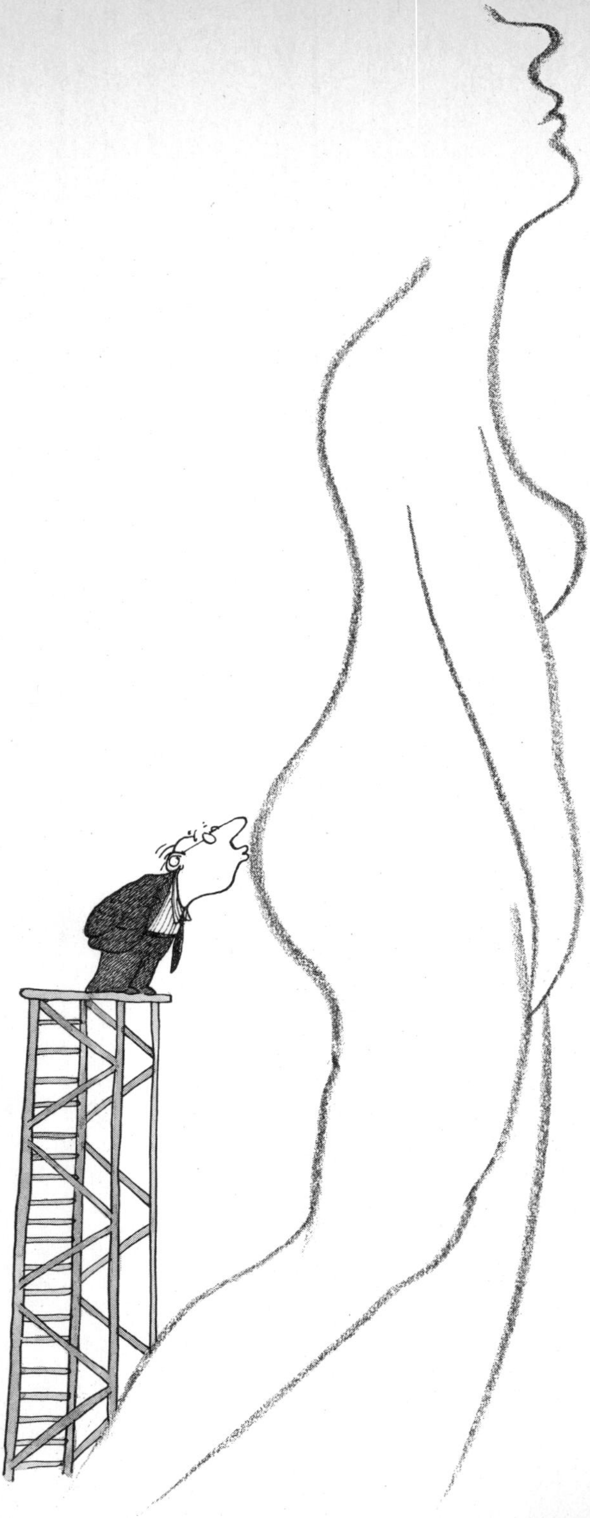

Clemens Brentano

LIEBESNACHT IM HAINE

Um uns her der Waldnacht heilig Rauschen
Und der Büsche abendlich Gebet,
Seh ich dich so lieblich bange lauschen
Wenn der West durch dürre Blätter weht.

Und ich bitte: Jinni holde, milde
Sieh ich dürste, sehne mich nach dir
Sinnend blickst du durch der Nacht Gefilde
Wende deinen süßen Blick nach mir.

Ach dann wendet Jinni voll Vertrauen
Ihres Lebens liebesüßen Blick
Mir ins wonnetrunkne Aug' zu schauen
Aus des Tages stillem Grab zurück.

Und es ist so traulich dann, so stille
Wenn ihr zarter Arm mich fest umschlingt
Und ein einz'ger liebevoller Wille
Unsrer Seelen Zwillingspaar durchdringt.

Nur von unsrer Herzen lautem Pochen
Von der heil'gen Küsse leisem Tausch
Von der Seufzer Lispel unterbrochen
Ist der Geisterfeier Wechselrausch.

Auf des Äthers liebestillen Wogen
Kömmt Diane dann so sanft und mild
Auf dem lichten Wagen hergezogen
Bis ihn eine Wolke schlau verhüllt,

Und sie trinket dann an Latmus' Gipfel
Ihrer Liebe süßen Minnelohn
Ihre Küsse flüstern durch die Wipfel,
Küssend, nennst du mich Endymion.

Liest auch wohl mit züchtigem Verzagen
Meiner Blicke heimlich stille Glut
Und es sterben alle deine Klagen
Weil die Liebe dir am Herzen ruht.

Fest umschling ich dich von dir umschlungen
Stirbt in unsrem Arm die rege Zeit
Und es wechseln schon des Lichtes Dämmerungen
Starb schon Gestern wird schon wieder heut.

Wenn die lieben Sterne schon ermatten
Wechseln wir noch heimlich Seligkeit
Träumen in den tiefen dunklen Schatten
Flehend und gewährend Ewigkeit.

Fest an dich gebannt in dich verloren
Zähle ich an deines Herzens Schlag
Liebestammelnd jeden Schritt der Horen
Scheidend küsset uns der junge Tag.

Friedrich Rückert
AMOR EIN BESENBINDER

Ich, der schönste Besenbinder,
Welcher je durchzog das Land,
Binde nur für schöne Kinder,
Schöne Kinder seid zur Hand!
Besen von dem besten Schnitte,
Besen von der feinsten Sitte,
Besen voll von Zauberkraft,
Wie sie euch kein andrer schafft.

Häßliche, gebückte, lahme,
Alte, die gekehrt ihr Teil,
Bleibet fern von meinem Krame,
Euch ist hier kein Besen feil.
Meine Besen keck von Schwunge
Regen sich allein für junge,
Und für euch nur, sehet ihr?
Euch zu kehren fort von hier.

Du mit träumerischem Wesen,
Weiß ich doch, was dir gebührt,
Daß du brauchest einen Besen,
Welcher sich von selber rührt.
Hier will ich dir einen geben,
Brauchest nicht die Hand zu heben,
Magst ihm zusehn wohlgemut,
Wie er seine Arbeit tut.

Du mit dem gerümpften Näschen,
Bin ich anders recht belehrt,
Wohl gefiele dir ein Beschen,
Das vor fremden Türen kehrt;
Nimm mein niedlichstes von allen,
Geh und tu nach Wohlgefallen!
Machst du's nur fein säuberlich,
Lobt auch deine Arbeit sich.

Du mit lächelndem Erröten,
Eines werd ich wohl gewahr,
Daß du bist in großen Nöten
Vor zu großer Freierschar.
Nimm den Besen meinetwegen,
Der das Haus dir rein mag fegen;
Alle Freier feg er fort,
Lasse dir den liebsten dort.

Aber du, die ewig neue,
Der nichts altes wohlgefällt;
Daß die Gabe dich erfreue,
Nimm den Besen, der nicht hält.
Alle Nacht in Stücken geh er,
Alle Morgen neu ersteh er,
Und vergessen sei's dabei,
Daß es doch der alte sei.

Du zuletzt, o meine Liebe,
Die mich selbst zum Gott gemacht;
Daß für dich das beste bliebe,
Hab' ich schon zuvor bedacht.
Aus dem Busen, der es hegte,
Wo ich dir zurück es legte,
Statt des Besens nimm zum Preis
Dieses schönste Myrtenreis.

In dem freundlichen Bezirke
Deiner stillen Häuslichkeit,
Wo es schaffe, wo es wirke,
Zaubr' es dir Zufriedenheit!
Alle Sorgen von dir feg es,
Nie kein Stäubchen dir erreg es;
Ja, und mach' ich dir's zu kraus,
Feg auch mich als Kehricht aus!

Friedrich Rückert
DIE GLÜCKLICHE GÄRTNERHAND

Welch ein Gärtner auf Erden kann sich rühmen
Solcher glücklichen Hand wie ich! Ein schönes
Bäumchen streichelt' ich, um den jungen Wildling
Mir zu schmeidigen, täglich mit den Händen.
Unterm Streicheln, o Wunder, sind am glatten,
Schlanken, hölzernen Stämmchen unversehens
Mir zwei Äpfelchen in die Hand gewachsen.

Franz Grillparzer

CHERUBIN

Wer bist du, die in meines Herzens Tiefen,
Die nie der Liebe Sonnenblick durchstrahlt,
Mit unbekannter Zaubermacht gegriffen?
Wer bist du, süße, reizende Gestalt?
Gefühle, die im Grund der Seele schliefen,
Hast du geweckt mit magischer Gewalt,
Gefesselt ist mein ganzes, tiefstes Wesen,
Und Kraft und Wille fehlt, das Band zu lösen!

Seh ich der Glieder zarte Fülle prangen,
Entstellt durchs schöngeschmückte Knabenkleid,
Das süße Rot der schamgefärbten Wangen,
Die blöde, knabenhafte Schüchternheit,
Das dunkle, erst erwachende Verlangen,
Das brennend wünscht und zu begehren scheut,
Den Flammenblick, scheu in den Grund gegraben:
So scheinst du mir der reizendste der Knaben!

Doch seh ich dieses Busens Wallen wieder,
Verräterisch durchs neid'sche Kleid gebläht,
Des Nackens Silber, gleich des Schwans Gefieder,
Vom reichen, seidnen Lockenhaar umweht,
Hör ich den hellen Klang der Zauberlieder,
Und was ein jeder Sinn noch leis' erspäht,
Horch ich des Herzens ahnungsvollen Tönen:
So nenn ich dich die Krone aller Schönen.

Schlicht diesen Streit von kämpfenden Gefühlen,
Bezähme dieses siedend heiße Blut,
Laß meinen Blick in diesen Reizen wühlen,
Laß mich der Lippen fieberische Glut
In dieses Busens regen Wellen kühlen;
Und meiner Küsse räuberische Flut
Soll das Geheimnis dir im Sturm entreißen,
Welch ein Geschlecht du würdigst, sein zu heißen.

August Graf von Platen
ZWEI SONETTE

Glaub mir, noch denk ich jener Stunden stündlich,
Wo ich zum erstenmale dir das zarte
Geheimnis deines Sieges offenbarte,
Im Liede kühn, allein verlegen mündlich.

Dein jetz'ger Wille scheint mir unergründlich:
Weil jene Schüchternheit sie nicht bewahrte,
Hör ich dich klagen, unsre Lieb' entarte,
Und ihr Verlangen nennst du keck und sündlich.

O, daß die Blume nicht umsonst verdüfte,
Laß Wang' an Wange hier uns ruhn im Düstern,
Und Brust an Brust gedrängt, und Hüft' an Hüfte.

Horch! wie es säuselt in den alten Rüstern:
Durchschwärmt vielleicht ein Elfenchor die Lüfte,
Wollüstig weichen Brautgesang zu flüstern?

Allein im stillen völlig sich beglücken,
Und sich verstehn, wenn Tausende zugegen,
Vorüber an einander sich bewegen,
Und so verstohlen sich die Hand zu drücken:

Dann mit den Blicken weilen voll Entzücken,
Wo tausend Reize drängen sich entgegen,
Auf Stirn und Aug' und Lippen, die sich regen
Und auf des schönen Wuchses Meisterstücken:

Nicht schnöd' vom Durst nach Liebe hingerissen,
Vielmehr der Gunst versichert, wechselseitig,
Umfassen sich mit ruhigem Gewissen;

Um nichts Besorgnis hegen anderweitig,
Und hoffen, nie was man gewann, zu missen:
Dies Glück ist mein, das macht mir keiner streitig!

Carl Müller, genannt Saumüller

DER KOMET IM JAHRE 1819

In seinem Taubenkobel hoch
Saß Meister Winterbrand
Als weltberühmter Astrolog,
So wie als Arzt bekannt.
Der blickt empor zum Sternenheer,
Und ach! erschrickt so sehr.

Ein Unglücksbote, ein Komet,
Zeigt sich gen Westen hin,
Der Schwanz jedoch gen Bayern steht,
Was führt wohl der im Sinn,
So dachte dieser Wundersmann,
Ein Selbstgespräch begann:

Als Anno 80, spricht er, sich
Hat ein Komet gezeigt,
Da war ganz Bayern fürchterlich
Zur Hungersnot geneigt.
Der Zwölferlaib drei Batzen galt,
Ich selbst hab'n so bezahlt.

Und Anno 93 war
Der zweite mir bekannt,
Da wütete in diesem Jahr
Viehseuch im ganzen Land.
Und selbst, was mich zu Tränen rührt,
Die Hauskatz ist krepiert.

Auch 1800 neune ward
Ein solcher Stern erkannt.
Ein Krieg entstand und drückte hart
Mit Truppen unser Land.
Denn bald darauf bekamen wir
Zwei Bayern ins Quartier.

Und der bedeutet Hungersnot,
Glaubt mir's auf meine Ehr.
So sprich er, zieht ein Stückchen Brot
Hervor, ihm schmeckts so sehr,
Wollt von der Hungersnot nix sagn,
Mir iß nur um mein Magn.

Und nimmt von einem Oberarm
Ein hohles Knochenrohr,
Blickt immer hin, daß Gott erbarm,
Hinauf zum Sternenchor.
Geht endlich auf und ab und spricht:
»Der Schwanz gefällt mir nicht!«

Lisettchen hörte ober ihr
Den Monolog des Herrn,
Und schleicht sich leise an die Tür,
War eben nicht mehr fern,
Als er die dunkeln Worte spricht:
»Der Schwanz gefällt mir nicht!«

Entsetzlich, sprach sie, nimmermehr,
Das kann ohnmöglich sein,
Mein braver tugendhafter Herr!
Der wäre nicht mehr rein,
Und doch sein eigner Mund es spricht:
»Der Schwanz gefällt mir nicht!«

Da muß ich überzeugen mich,
Sonst glaubt ichs nimmermehr.
Sie lenkt die Schritte in die Küch,
Besinnt sich hin und her –,
Und endlich tragt sie gleich darauf
Das Nachtg'schirr ihm hinauf.

Als der das hübsche Mädchen sieht
Beim Mondessilberschein,
So nimmt er sie beim Hals und zieht
Aufs Bettchen sie hinein,
Und drückt sie denn in seine Arm –
Dem Astrolog ward warm –,

Und zögernd wagt er sich hervor
Mit seinem Instrument.
Und drückt dasselbe noch zuvor
Lisettchen in die Händ,
Doch reizlos wie ein Wintertag
Blieb der in seiner Lag.

Sie streichelt ihn so sanft dabei
Und glaubt nun werd' es gehn,
Doch der bleibt seiner Form getreu
Und wollt nicht auferstehn,
Da seufzt der Astrolog im Bett:
»Ach, wär ich der Komet.«

Und Lischen, als sie endlich sah,
Daß zwar ihr Herr noch rein,
Doch zu dem Liebsgeschäfte da
Nicht tauglich müsse sein,
Steht auf und lächelt, geht und spricht:
»Jaja! der Schwanz gefällt mir nicht!«

Heinrich Heine
DIANA

Diese schönen Gliedermassen
Kolossaler Weiblichkeit
Sind jetzt, ohne Widerstreit,
Meinen Wünschen überlassen.

Wär ich, leidenschaftentzügelt,
Eigenkräftig ihr genaht,
Ich bereute solche Tat!
Ja, sie hätte mich geprügelt.

Welcher Busen, Hals und Kehle!
(Höher seh' ich nicht genau.)
Eh' ich ihr mich anvertrau,
Gott empfehl ich meine Seele.

Heinrich Heine

DAS HOHELIED

Des Weibes Leib ist ein Gedicht,
Das Gott der Herr geschrieben
Ins große Stammbuch der Natur,
Als ihn der Geist getrieben.

Ja, günstig war die Stunde ihm,
Der Gott war hochbegeistert;
Er hat den spröden, rebellischen Stoff
Ganz künstlerisch bemeistert.

Fürwahr, der Leib des Weibes ist
Das Hohelied der Lieder;
Gar wunderbare Strophen sind
Die schlanken, weißen Glieder.

O welche göttliche Idee
Ist dieser Hals, der blanke,
Worauf sich wiegt der kleine Kopf,
Der lockige Hauptgedanke!

Der Brüstchen Rosenknospen sind
Epigrammatisch gefeilet;
Unsäglich entzückend ist die Zäsur,
Die streng den Busen teilet.

Den plastischen Schöpfer offenbart
Der Hüften Parallele;
Der Zwischensatz mit dem Feigenblatt
Ist auch eine schöne Stelle.

Das ist kein abstraktes Begriffspoem!
Das Lied hat Fleisch und Rippen,
Hat Hand und Fuß; es lacht und küßt
Mit schöngereimten Lippen.

Hier atmet wahre Poesie!
Anmut in jeder Wendung!
Und auf der Stirne trägt das Lied
Den Stempel der Vollendung.

Lobsingen will ich dir, o Herr,
Und dich im Staub anbeten!
Wir sind nur Stümper gegen dich,
Den himmlischen Poeten.

Versenken will ich mich, o Herr,
In deines Liedes Prächten;
Ich widme seinem Studium
Den Tag mitsamt den Nächten.

Ja, Tag und Nacht studier ich dran,
Will keine Zeit verlieren;
Die Beine werden mir so dünn –
Das kommt vom vielen Studieren.

Eduard Mörike

ERSTES LIEBESLIED EINES MÄDCHENS

Was im Netze? Schau einmal!
Aber ich bin bange;
Greif ich einen süßen Aal?
Greif ich eine Schlange?

Lieb' ist blinde
Fischerin;
Sagt dem Kinde,
Wo greift's hin?

Schon schnellt mir's in Händen!
Ach Jammer! o Lust!
Mit Schmiegen und Wenden
Mir schlüpft's an die Brust.

Es beißt sich, o Wunder!
Mir keck durch die Haut.
Schießt's Herze hinunter!
O Liebe, mir graut!

Was tun, was beginnen?
Das schaurige Ding,
Es schnalzet da drinnen,
Es legt sich im Ring.

Gift muß ich haben!
Hier schleicht es herum,
Tut wonniglich graben
Und bringt mich noch um.

Eduard Möricke
NIMMERSATTE LIEBE

So ist die Lieb'! So ist die Lieb'!
Mit Küssen nicht zu stillen:
Wer ist der Tor und will ein Sieb
Mit eitel Wasser füllen?
Und schöpfst du an die tausend Jahr'
Und küssest ewig, ewig gar,
Du tust ihr nie zu Willen.

Die Lieb', die Lieb' hat alle Stund'
Neu wunderlich Gelüsten;
Wir bissen uns die Lippen wund,
Da wir uns heute küßten.
Das Mädchen hielt in guter Ruh',
Wie's Lämmlein unterm Messer;
Ihr Auge bat: »Nur immer zu!
Je weher, desto besser!«

So ist die Lieb'! und war auch so,
Wie lang' es Liebe gibt,
Und anders war Herr Salomo,
Der Weise, nicht verliebt.

Anastasius Grün
DIE BRÜCKE

Eine Brücke kenn ich, Liebchen,
Drauf so wonnig sich's ergeht,
Drauf mit süßem Balsamhauche
Ew'ger Frühlingsodem weht.

Aus dem Herzen, zu dem Herzen
Führt der Brücke Wunderbahn,
Doch allein der Liebe offen,
Ihr alleinig untertan.

Liebe hat gebaut die Brücke,
Hat aus Rosen sie gebaut!
Seele wandert drauf zur Seele,
Wie der Bräutigam zur Braut.

Liebe wölbte ihren Bogen,
Schmückt ihn lieblich wundervoll;
Liebe steht als Zöllner droben,
Küsse sind der Brückenzoll.

Süßes Mädchen, möchtest gerne
Meine Wunderbrücke schaun?
Nun es sei, doch mußt du treulich
Helfen mir, sie aufzubaun.

Fort die Wölkchen von der Stirne!
Freundlich mir ins Aug' geschaut!
Deine Lippen leg an meine:
Und die Brücke ist erbaut.

Aus dem »Verbesserten Porstischen Gesangbuch«

Nicht von des Mannes Kraft und Lieb,
ach nein, bloß durch des Geistes Trieb
empfängt die keusche Jungfrau hier,
es wohnt ein göttlich Heil in ihr.

O Wunder, das kein Mensch versteht,
Daß eine Jungfrau schwanger geht,
Der Leib wird schwer durch Gottes Kraft,
Doch unversehrt die Jungfrauschaft.

Wilhelm Busch

DAS GLÖCKLEIN IM WALDE

Ein Kirchlein steht im Waldrevier,
Da klingt ein Glöcklein für und für,
Das Glöcklein läutet bim, bim!

Ein Knabe und ein Mägdelein,
Die wandeln da im Abendsein,
Im Frühlingswinde rauscht der Baum,
Die zwei, sie wandeln wie im Traum.
Das Glöcklein läutet bim, bim!

Der Knabe sprach: O Mägdlein lieb!
Warum bist du so still und trüb?
Das Glöcklein läutet bim, bim!

Die Maid, sie sprach: Ich bin so stumm
Und weiß doch selber nicht warum.
Mein Herz das klopft und will nicht ruhn
Als sollt' ich etwas Böses tun,
Und ist mir wieder doch so wohl,
So wonniglich, so ahnungsvoll!
Bald möcht' ich dies, bald möcht' ich das
Ich möchte wohl und – weiß nicht was.
Das Glöcklein läutet bem, bem!

Der Knabe zu derselben Stund
Der küßt die Maid wohl auf den Mund;
Das Glöcklein läutet bem, bem!

Im Abendwinde rauscht der Baum,
Die Zwei, sie wandeln wie im Traum,
Das Gras ist grün, der Wald ist dicht,
Ich s a h die zwei – und s e h sie nicht.
Das Glöcklein läutet bum, bum!

Das Glöcklein klingt bald dumpf, bald klar,
So lieb, so süß, so wunderbar,
Bim bim, bem bem, bum bum!

Julius Langbehn
HOCHZEITSNACHT

Siehst du den Bräutigam dort ruhn
Auf weichgetürmtem Pfühl?
Und ihm die Braut den Willen tun
In süßem Hochzeitsspiel?

Wie Arm in Arm und Brust an Brust
Und Leib an Leib sich fügt;
Und voll der allerhöchsten Lust –
An Saft und Mark
So fest und stark –
Sich ein Gefäß des Lebens ins andre sehnend schmiegt?

Das schmeckt so süß,
Wie's Paradies:
O könnt es ewig währen!
Jedoch es muß des Menschen Kraft
Und Leidenschaft
Den Menschen neu gebären.

Des Werdens Strom ergießt der Mann
In seines Weibes Schoß;
Und neues Leben ringt sich dann
Aus ihrem Leibe los.

Julius Langbehn
SPIEL DES WINDES

Sausend fuhr der Sturmgott durch die Lüfte,
Schüttelnd seine blitzgewohnten Locken.

Und er griff sich eine von den schönsten Wolken;
Ihre weiße Haut und ihre blauen Augen,
Sie gefielen ihm so sehr –
Schleppt sie mit sich fort in seine Kammer;
Wirft sie auf sein weites breites Lager,
Daß sie bang erschrickt.

Und nachdem er seinen grauen Zottenmantel
Abgelegt, gesellt er sich zu ihr;
Schlingt um ihren Hals die starken Arme;
Beuget seine Hüften auf die ihren
Und ergießt die süße Kraft in sie.

Schwül eratmend, fühlt sie bald ein leises Beben
Sich durch ihren gluterfüllten Körper senken –
Und sie weiß nun, was die Liebe ist.

Sidonie Grünwald-Zerkowitz
SCHAMHAFTIGKEIT

Du schiltst mich: kalt, ohne wahres Empfinden,
Indessen Höllenlohen sich winden
Mir durch den Leib, darin zu ringen
Mit der – Scham, die sie dämpfen möcht und bezwingen!

Durchs Innerste wogt mir ein glühendes Drängen
In eines mit dir mich zu vermengen, –
Mit dem ganzen Sein dich zu umfassen,
In jede Pore dich einzulassen!

Wie, nur ihre Schönheit als einzige Hülle,
Die Erde sich bringt in nackter Fülle
Dem glühenden Sonnenstrahl entgegen:
So möcht' ich in deine Arme mich legen!

. . . Ja, liehe ein Traum mir seine Hände,
Den Gürtel zu lösen mir von der Lende . . .
Zum Werke der Liebe das Kleid mir zu schürzen . . .
Den Kampf mit meiner Scham mir zu kürzen!

Und bettete mich der Traum auf das Kissen . . .
Ohn' daß ich, wie's geschah . . . müßt wissen!
Möcht Traumes zauberhaftes Walten
Indessen die Seele umfangen mir halten,

Indes, bis ich auf schweigsamem Pfühle
Süß deinen Odem wirken fühle! –
. . . Der Traum der Scham die Augen verbände
Und ich – im Himmel mich befände!

Sidonie Grünwald-Zerkowitz

Mitten, mitten im Küssen
Ist das Hemd mir zerrissen,
Ob auch der Gurt nicht hat wollen
Mir von den Lenden rollen ...

Das Hemd mit dem großen Risse,
Der einließ mir deine Küsse,
– Zeuge von meinem Schenken –
Bewahr ich als Angedenken;

Bewahr es zum Angedenken
An das heilige erste – Michschenken ...
An die reiche, die selige Stunde
An deinem Herzen und Munde.

Nicht soll es am Leib mir mehr hangen,
Wird er von dir nicht umfangen!
Das Hemd mit dem Riß ich verwahre –
Man lege mir's an auf der Bahre!

Daß, sollt ein Grab mich umgeben,
Wo du nicht ruhst daneben,
Mich umweh', wo das Hemd zerrissen,
Die Spur von deinen – Küssen!

Hermann Conradi

WAS FRAG ICH NACH ZEIT UND STUNDE

Was frag ich nach Zeit und Stunde,
Wenn an deiner Brust ich lieg –
Wenn ich küsse von deinem Munde
Der Liebe süßseligen Sieg!
Wenn ich küsse die weißen Brüste,
Den knospenden, schwellenden Leib –
Was frag ich nach Zeit und Stunde
Bei solch holdem Zeitvertreib!

Was frag ich nach Zeit und Stunde,
Rast ich auf Linnen, schneeweiß,
Bei dir und trink dir vom Munde
Der Liebe süßseligen Preis!
Da füllt mich ein großes Genügen,
Mein wildes Begehren versinkt . . .
Was frag ich nach Zeit und Stunde,
Wenn die Welt wie verschollen mich dünkt!

VI

Ja, da muß man
sich doch einfach hinlegen
Ja, da kann man doch nicht kalt
und herzlos sein.

BERTOLT BRECHT

Richard Dehmel
VENUS PRIMITIVA

O daß der Kuß doch ewig dauern möchte,
– starr stand, wie Binsen starr, der Schwarm der Gäste;
der Kuß doch ewig, den ich auf die Rechte,
tanztaumelnd dir auf Hals und Brüste preßte!

Nein, länger duld' ich nicht dies leere Sehnen,
ich will nicht länger in verzücktem Harme
die liebekranken Glieder Nächtens dehnen;
»O komm, du Weib!« entbreit ich meine Arme ...

Oh komm! noch fühlt dich zitternd jeder Sinn,
vom heißen Duft berauscht aus deinem Kleide,
fühlt wogend glühn, du Flammenkönigin,
im Aschenflor um dich die Kupferseide.

Gieß aus in mich die Schale deiner Glut!
ich dürste nach der Sünde: nach dem Grauen
vor dieses Feuerregens wilder Brut,
vor diesen Weh'n, die wühlend in mir brauen.

Es schießt die Saat aus ihrem dunklen Schoß,
die lange schmachtend lag in spröder Hülle;
ich will mich lauter blühn, lauter und los
aus meiner dumpfen Brunst zu Frucht und Fülle!

Satt werden will ich meiner scheuen Lust:
oh komm, du Weib! nimm auf in deine Schale
die Furcht, die Sehnsucht dieser jungen Brust;
noch trank ich nie den Rausch eurer Pokale ...

Auf Nelkendüften kommt die Nacht gezogen,
o kämst auch du so süß und so verstohlen:
so mondesweiß dich in die Sammetwogen,
den Purpurflaum der schwärzlichen Violen,

die ich dir streun will, an mich her zu betten,
daß alle meine Mächte an des Weibes
enthüllten Göttlichkeiten sich entketten,
versink ich – in den Teppich – deines – Leibes!

Richard Dehmel
VENUS PERVERSA

Auch vorbei; und sieben Kreuze
hinter Jede! mein Gelüst ging irr.
Aber – ich brauche tiefere Reize:
Dich: komm, liebe dich vor mir!

Dich nur, dich nur: deine genossenen Blicke
und deine bittende Scham und deine treuen
Hände lieb ich ... ja, entzücke
mich mit deinen Rasereien!

Oh du! wenn die Knospen deiner müden
Brüste unter deinen tastenden Fingern
wieder schwellen, wie in jüngern
Nächten ... oh du, keinen Frieden

ließ mir's: meine eigenen Freuden
sind mir Schaum, der bitter ist!
aber du, wenn du so stöhnst und glühst,
will ich mich an deiner Wildheit weiden:

wie du gleich verlassnen Bräuten
deine Sehnsucht nach mir stilltest,
wenn du tief in deinen Heimlichkeiten
mit berauschten Armen wühltest –

wühlst ... stillst ... Seele, bricht dein Blick?
oh du: laß mich diesen Blick genießen,
dies Verröcheln von Lippen bis zu Füßen,
recke dich nicht so starr zurück –

Ekelt dich? Ah –: fühlst du nun auch den reifen
Menschen? bist du satt der Kuhnatur?! –
Und wir fliehen, wir begreifen
den Triumph der Unnatur ...

Arno Holz

ER DURCHHECHELT AUCH DIE WEIBRICHINS

QWODLIBET

Amor / du verflixter Bube /
kömbstu mir schon auff die Stube /
sälbst wenn ich beym Ocksen bin?
Marsch! Ich kann dich itzt nich bräuchen /
scheer dich draussen zu den Sträuchen /
oder auch zu Fillis hin!
Ihren Sizz vollkommner Lüste /
ihre Wunder-volle Brüste
lege einem Andren bey;
mag sie schmollen oder lachen /
oder auch mir Hörner machen –
dihses ist mir einerley!

Erst so sehn die Mäntscher auß /
als ob von dem sälben Dauß
mindestens die *Gracien* stammen;
bald so märckt man sie fast rund /
sind sie würcklich so gesund?
Spähter werden sie dan Ammen.
Das Bürtzel-Spihl auff Stoß und Stich
verstehn sie fast zu dapfferlich!

Flammaris mit fünfzehn Jahren
dhut noch zihmlich unerfahren /
doch schon ist das süße Wesen
in Romänen höchst belesen /
und schon offt hat ihr getraumt /
daß sie wem waß eyn-geraumt!

Siebzehn-jähricht
Stichel-hähricht!
Kükkt man solcher auff das Mihder /
schlägt sie nicht die Augen nihder!

Mädrichins kan ich blohß leiden
wohl-gesittet und bescheiden /
Dörtgen / das nach jedem schuhlt /
scheint mir drümb schon abgebuhlt!

Bambrette wird mir schon zu breit /
sie stammt noch aus der Schweden-Zeit;
drümb legt sie auch so ohnverdrossen
sich Frosch-Laich auff die Sommer-Sprossen.
Für ihren auß-gestopfften Busen
verhüllen schaudrend sich die Musen;
Der Himmel schänck ihr einen Mann /
ihr kommen sonst die Schaben dran!

Barbettgen ist sogar schon bartig /
wenn man sie küsst / so wird man schartig /
auß ihrer Elen-langen Nase
droppts wie auß einer Wasser-Blase.
Ihr Maul von angenehmer Bläue
gleicht mehr schon einer Vogel-Schäue;
darbey so kan sie kaum noch buhsten /
sie blagt ein heischrer Krüchel-Husten.
Ein andrer suche ihr nach Flöhen
auff den belihbten Busen-Höhen /
mein Hertz erzittert schon und bebt /
sorbald sich blohß ihr Dünn-Tuch hebt!

Dringen ist for mir zu simpel.
Ich gläube gar / sie küsst blohß Gimpel.
Man siht es ihr nicht an vom Weiten /
doch hat sie schöne Einzelheiten.
Ich so gäb sie jeden Falls
for ein Qwäntgen Attisch Saltz;
blohß zu Fleisch und blohß zu Bein
kan ich nicht rächt zährtlig seyn!

Celinde ümb ihr bißgen Waden
helt sich zu schade for die Maden.

Seit Kloridan sich ihr entrissen /
will sie von keinem mehr waß wissen.
Nur Eins kan sie von all den Nympffen /
ihr Maul biß auff den Absazz rümpffen.
Zeit fehlt mir und Bappihr /
sonst schrihb ich ihr!

Dihses scheint mir gantz gewiß /
ein Luder ist auch Lysilis!
Zwar hat sie schrökklich vihl Erfahrung /
doch fliht sie ümmer noch die Paarung.
Inssonderlich uns Dheologen
zeigt sie sich eusserst ohngewogen;
ich gläub / sie geht auff Lug und Drug /
sie dhut mir nicht modest genug!

Floris / dihses schlaue Biest /
fast am mehrsten mich verdriesst.
Kan schon einer von ihr sagen /
daß sie ihm waß ab-geschlagen?
Kaum so hat sie wen allein /
gönnt sies ihm vergnügt zu seyn;
gleich so nimbt sie weich und warm
ihn in ihren Schwahnen-Arm!

Mechthildgen geht auff schwehren Füßen /
sie muß ihr Freundlich-seyn itzt büßen.
Von jedem Bawian und Holuncken
lihß sie sich in die Brühe tuncken;
bey solcher zeig ich wenig Eyffer –
fy Teix / da ligt noch frembder Geiffer!

Wo auff des *Parnass*es Spizzen
die geneundte Schwestern sizzen /
kan ich mir itzt kaum vergeben
mein verfluchtes Buhler-Leben!
Meine vor gemachte Lieder
sind mir gantz und gar zuwihder;

ein Knaster-Pfeiffgen / ein Coffee
sind mir mein eintzges *Recipe.*
Meine annoch grüne Jugend /
gönn ich fortab blohß der Dugend;
darfor so kröhnt einst mein Gebein
ein zubespizzter Marmol-Stein!

Arno Holz

ER VERLUSTIRT SICH ÜBER DIE KLEINE KLORIS

ODE JAMBICA

Die kleine Kloris wollte/
oho!
daß ich sie küssen sollte/
soso.

Das Mihder stund ihr offen/
oho!
so hatt ich sie bedroffen/
soso.

Im Lazz die beyde Schlehen/
oho!
kunt ich ihr grade sehen/
soso.

Darzwischen stach dem Mäußgen/
oho!
ein kleines Nelcken-Sträußgen/
soso.

Ihr Mund auff meinem jukkte/
oho!
worbey sie nicht mahl zukkte/
soso.

Du lihber / lihber Junge!
oho!
Sie biß mir auff die Zunge/
soso.

Nicht Indjens Pärlen-Pläzze/
oho!
dauscht ich for solche Schmäzze/
soso.

Darbey so kam mein Finger/
oho!
ihr an die beyde Dinger/
soso.

Sie waren brall wie Zwettschen/
oho!
ich hub sie an zu knettschen/
soso.

Da kunte sie's nicht lassen/
oho!
mich gleich-falls zu ümbfassen/
soso.

Gern sah ich solche Driebe/
oho!
schon rein aus Menschen-Liebe/
soso.

Was nüzzen mir wo Beeren/
oho!
wenn andre sie verzehren/
soso.

Flinck glitt ich rischel-ruschel/
oho!
ihr in die Purpur-Muschel/
soso.

Ümb mich in ihre Gaben/
oho!
rächt innig zu begraben/
soso.

Erst dhat sie wie Dorinde:
oho!
»Nein / wie ich sowaß finde!«
soso.

Doch bald so kunt ich spühren/
oho!
ihr wonnigliches Rühren/
soso.

Die Läden draussen knarrten/
oho!
sie wusste hundret Arten/
soso.

So zekkten sich nicht Spazzen/
oho!
so lihbten sich zwo Razzen/
soso.

Cupido wikkel-wakkel/
oho!
Cupido hihlt die Fakkel/
soso.

Biß *Titan* wihder strahlte/
oho!
und uns mit Goldt bemahlte/
soso.

Arno Holz

ER BELAUSCHT DIE VENEREM MITSAMBT DÄME MARTIO

ODE JAMBO-TROCHAICA

Wie so lihb ists auff der Welt
unter einem Baum-Gezelt/
wenn man wihder sich entpeltzt
mitten unter Bluhmen weltzt!

Horch/wie sich die kleinen Bihnen
embsig ihrer Zeit bedihnen!
Ihr klug sechs-geekktes Hauß
somsen sie so eyn-wie auß.

Der bemooste Sommer-Wald
kraust sich wihder wohl-gestalt/
Wikken wrikken kwer-feldeyn/
reuch blohß/wie sie lihblich seyn!

Schwanck auff wanckem/ranckem Reisgen
bluhstert sich ein kekkes Zeisgen;
wie seyn Schnäbelgen ihm blizzt/
daß es schon zum Pfeiffen spizzt!

Zweene/so sich itzt derwischen/
wollen sich durchauß vermischen/
Gänßgens zuppt der Gänserich/
alles lihbt und duppelt sich.

Wo die rosa Pfirsche stehn/
lässt sich *Venus* nakklicht sehn.
Amor/ das vertrakkte Schizzgen/
zihlt ihr grad ins Pudel-Mizzgen!

Bäkkgens/Oehrgens/Kinn und Mund/
alles glützt an ihr wie rund/
ihre Schultern/ihre Waden
sind mit Helffen-Bein beladen!

Ihrer Öpffel-blancken Brüste
Wunder-schönes Schau-Gerüste
hat sie sälbst und mit Bedacht
sich auß Liljen-Milch gemacht!

Ihre glatt-gewölbten Weichen
lassen sich mit nichts vergleichen!
Ach/und wie erst füllt mit Glükk
vollends dich ihr Achter-Stück!

Mars/ der ohngeschlachte Hund/
naht sich ihr vom Hindter-Grund;
schreyend hupfft so auff alß nihder
das verbuhlte Lufft-Gefihder!

Ihre himmlisch bralle Brust
bebt und zittret schon für Lust/
süsser Schrekkniß steht sie voll/
waß mit ihr geschehen soll!

Heimlich pflökkt er und verholen
Tulpen/Jeßmen und Violen;
gleichsamb seyner sälbst beraubt
zirkelt er sie ihr ümbs Haupt!

Ihre Wundrens-würdge Länge
bringt ihn selig ins Gedränge!
Wie sie kikkert! Wie sie lacht!
Wie sie ihm Karäßgens macht!

Ihre Bietzgins/ihr Bopo/
alles an ihr macht ihn fro/
blinckert/flinckert her- und hin/
ach/ihr lihben Eugelchin!

Himmel/nein! wie er sich zihrt/
gantz in sie veramoriert!
Weyl schon alles bey ihm stimmt!
Weyl ihm schon das Pfeiffgen glimmt!

Fäßt verstrikkt in ihre Haare/
ihre mehr alß göldne Waare/
wird er bey-nah fast zu kühn;
ihrer Beyder Bakken blühn!

Huy/nuhn hat er was entdekkt/
waß ihm mehr wie Zokker schmekkt!
Huy/nun helt ihm seyne Hand
den gelihbten Gegenstand!

Kaum so kann sie sich noch wehren/
kann das Fleisch das Fleisch entpehren?
Kaum so stößt sie noch zurükk
jen so offt besungnes Glükk! –

Mein Gott/waß ist denn daß?
Blumps/bortzeln sie ins Graß!
Itzt hat er waß ersehn!
Es ist ümb ihn geschehn!

Schon schlingt sich Bein ümb Bein/
o angenähme Pein!
Zwey rohte Wollust-Rohsen
erschließen ihm ihr Gosen!

Ümb ihre Wollen-weichen Flancken
siht man verlihbt den Lemmel rancken/
und unterdessen grahst seyn Gaul
durch Finger-Huht und Löwen-Maul!

Fast steht man wie betäubt/
ist sowaß hihr verläubt?
Sie läßt ihn nicht mehr lohß
auß ihrem Rohsen-Schooß!

Sie schluchzt/ach du/ach du/
sie lässt ihm alles zu/
sie haucht/ *mon cher enfant/*
j'espère/vous êtes content?

In solchen Pärlin-Ketten/
wer möchte nicht sich betten?
O Zokker-sühßer Tod/
wann endet deine Noht?

Der Meißgens Zizizi/
der Lärchen Dirili/
der Döbber hin- und her/
sie höhren garnichts mehr!

Ihr Sinn ist ohne Sinn/
sie kälbren/dalbren/dahlen;
Apell/ wirff deinen Pinsel hin
und wegre dich/es ab-zumahlen!

Ricarda Huch
DREI GEDICHTE

Ich werde nicht an deinem Herzen satt,
Nicht satt an deiner Küsse Glutergießen.
Ich will dich, wie der Christ den Heiland hat:
Er darf als Mahl den Leib des Herrn genießen.
So will ich dich, o meine Gottheit, haben,
In meinem Blut dein Fleisch und Blut begraben.
So will ich deinen süßen Leib empfangen,
Bis du in mir und ich in dir vergangen.

Wie Laodamiens Gatte für drei Stunden
Vom Nebelschoß des Todes losgebunden,
Erschienest du, wie einst mir zu gehören;
Und da ich noch mit innigstem Beschwören
An deinem traumesschweren Leibe sauge,
Senkst du in meine Brust zum letztenmal
Mit dunkler Kraft das mitternächtge Auge,
Und tauchst hinunter in die leere Qual.

Schwill an, mein Strom, schwill über deine Weide,
umschlinge Haupt und Stamm zu dir hinab.
Daß sich kein Blatt aus deiner Flut mehr scheide,
Taucht sie die Zweige schluchzend in dein Grab.
Daß dich doch dürstete, wie sie verschmachtet!
Verzehre sie, wie sie dich trinken will!
In dich gebogen, ganz von dir umnachtet,
von dir verschlungen wird die Seele still.

Frank Wedekind
DIE HUNDE
ELEGIE

Es waren einmal zwei Hunde,
Wie war das Herz ihnen schwer!
Sie liefen wohl eine Stunde
Hintereinander her.

Sie hofften, in liebendem Bunde
Werd ihnen leicht und frei,
Und waren doch nur zwei Hunde,
Und keine Hündin dabei.

Das ist die soziale Misere,
Die Sphinx in der Hundewelt,
Daß man vom Hundeverkehre
Die Hündinnen ferne hält.

Die Hündinnen werden ja häufig
Gleich nach der Geburt ersäuft,
Und wird eine Hündin läufig,
Verhindert man, daß sie läuft.

Man läßt sie aus ihrem Kerker
Tag und Nacht nicht heraus;
Knurrend liegt Bella im Erker
Zu Füßen der Tochter vom Haus.

Lisettchen starrt in die Zeilen
Und zittert wohl mit den Knien,
Zuckt mit den Lippen bisweilen,
Und beide denken an ihn.

Wallt man im Familienvereine
Sonntags vors Tor hinaus,
Bella geht an der Leine
Zugleich mit der Tochter vom Haus.

Hier rücken heran die Studenten,
Dort naht sich Nero galant;
Wie wird von beiden Enden
Die arme Leine gespannt!

In einem Rudel Hunde
Kam schließlich man überein,
Es möge nun in der Runde
Jeder mal Hündin sein.

Das Auge, angstvoll, trübe,
Schweift ferne zum Horizont,
Als spräch's: Und das hat der Liebe
Himmlische Macht gekonnt.

Der kleine Fritz ging vorüber
Und sagte: Lieber Papa,
Sage mir doch, du Lieber,
Was machen die Hunde da?

Papa entgegnet: Das nennt man,
Darf dir nicht sagen wie;
An diesen Greueln erkennt man
Das lausige Hundevieh.

Frank Wedekind
ILSE

Ich war ein Kind von vierzehn Jahren,
Ein reines, unschuldsvolles Kind,
Als ich zum erstenmal erfahren,
Wie süß der Liebe Freuden sind.

Er nahm mich um den Leib und lachte
Und flüsterte: Es tut nicht weh –
Und dabei schob er sachte, sachte
Mein Unterröckchen in die Höh'.

Seit jenem Tag lieb ich sie alle,
Des Lebens schönster Lenz ist mein;
und wenn ich keinem mehr gefalle,
Dann will ich gern begraben sein.

Frank Wedekind

DAS LIED VOM GEHORSAMEN MÄGDLEIN

Die Mutter sprach in ernstem Ton:
Du zählst nun sechzehn Jahre schon;
Drum, Herzblatt, nimm dich stets in acht,
Besonders bei der Nacht.
Verlier dich von dem Lebenspfad
Nie seitwärts ins Geheg,
Geh immer artig kerzengrad
Den goldenen Mittelweg.

Da kommt nun in der Dämmerstund'
Des Pulvermüllers Heinrich und
Küßt mich – mir ward gleich angst und bang –
Wohl auf die rechte Wang':
O Heinrich, das verbitt ich mir;
Sieht's Mutter, setzt es Schläg'.
Am allerbesten wählen wir
Den goldenen Mittelweg.

Und plötzlich schreit er glutentflammt:
Ich führe dich zum Standesamt! –
Schweig, sag ich, unverschämter Wicht;
Dahin bringst du mich nicht! –
Da flüstert er und freut sich schier,
Weil ich's mir überleg:
Nun gut, mein Schatz, dann wählen wir
Den goldenen Mittelweg.

Und wenn ich nun zur Ruh' mich leg',
Mir träumt vom goldenen Mittelweg;
Mein Spielzeug macht mir kein Pläsier,
Ich gäb' es gern dafür,
Gäb meine Schuh', mein Röcklein fein,
Weiß Gott, ich gäb noch mehr;
Hätt nie geglaubt, daß ich solch ein
Gehorsam Mägdlein wär.

Frank Wedekind
MORGENSTIMMUNG

Leise schleich ich wie auf Eiern
Mich aus Liebchens Paradies,
Wo ich hinter dichten Schleiern,
Meine besten Kräfte ließ.

Traurig spiegelt sich der bleiche
Mond in meinem alten Frack;
Ach, die Wirkung bleibt die gleiche,
Wie das Kind auch heißen mag.

Wilhelmine, Karoline,
's ist gesprungen wie gehupft,
Nur daß hier die Unschuldsmiene,
Dort dich die Routine rupft.

Otto Julius Bierbaum
EIN DUETT

Schwül war die Nacht, und dumpfe Wetter grollten,
Wir saßen beide in der feuchten Laube,
Allwo der Liebe Taumellust wir zollten –
Sie trug von Seidenklunkern eine Haube.
Der Springbrunn plätscherte so traumverschwommen,
Der Mond erschien bleich, wie ein alter Dreier.
Da fuhr es mir durch's zage Hirn beklommen,
Und ich ergriff die alte Dichterleier:
Grausames Lieb, ist's wahr, ganz wahr, daß Leute,
Tagtäglich zweimal essen, satt sich essen?
Ich kenne andre, die der Bauchgier Beute,
Gar viermal jeden Tag sich stopfend fressen.
»Ich aber«, sprach sie, »kenne, so da hungern,
Und dennoch ihre Kräfte aufwärts recken,
Und deren Schwänze dennoch niemals lungern
(Drum operieren ewig sie durch Lecken).

So folge ihnen, hebe meine Hülle,
Und flöße Wollust mir in meine Glieder,
Füll aus die Möse!
Fülle, fülle, fülle!!!
Doch fülle nicht nur viermal! Fülle wieder!!
Dein Penispilz er schwille, schwille, schwille,
Boa konstriktorhaft mög Saft er gießen!
Und ob mir berstend auch zerkrach' die Nille –
Wenn wir in Wollustsaft zusammenfließen.«
Ich aber sprach: bläh deine Falten, blähe!
Und du, du sprachst: steif' steifer deinen Schwanz –
Er werde härter, stehe, stehe, stehe,
Gischt sprühe deines Hahnes Lustgekrähe!
O sterbe so im Fickefackeltanz!!

Otto Julius Bierbaum
WERBUNG

I
Sie sprach:
Hernach!
Er flog –
Sie trog.

II
Er sprach:
Ich möchte!
(O Schmach –
Der Schlechte!)
Sie lachte.
Ich auch!
(Der Achte
Im Bauch!)
Es passen
Die beiden
Sehr gut
Zusammen!
Was hassen
Und neiden?
Jung Blut
Muß rammen!
Denn los!
Famos!
Sie nicken
Und neigen,
Und ficken
Und schweigen.
Und krachen dir auch die Weichen:
Geh hin und tue desgleichen!

Max Dauthendey
DIE LEIERN DER WOLLUST

In kleinen Cafés, hinter farbigen Scheiben, ist ein Treiben von
Kastagnetten und Tamburinengeklingel
Und vom Getingel der Silber- und Glasperlenketten an fetten,
üppigen Frauen,
Die sich aufgestellt, wie fleischige Pflanzen, die sich im Blauen
aufbauen
Und sorglos und ohne Gedanken für die vier Winde tanzen.
Von ihren Gesichtern fiel Schleier und Binde, und doch sind sie
nur wie lächelnde Blinde
Und stehen da zur irdischen Feier fürs Blut und sind der Wollust
Leier
Und tun den Fingern der Männer gut, die, ohne nach Herzen
zu fragen,
Versteckt wie die Wilddiebe, lüstern und schonungslos jagen.
Wie den Hengsten die Nüstern zittern, wenn sie die Stuten
wittern,
So drängen sich unter Flüstern, zwischen roten düstern Feuern,
zwischen Häuserschatten und Mond,
Die Männer in Massen hin in den Gassen und zwischen Gemäuern.
Es ist ein Kichern und Fassen, und gelassen in den Fensterbogen
wogen die Busen der Frauen,
Und auf den Treppen, an jedem Haus, sitzt, in hellen Kleidern,
Schar bei Schar,
Sieht unverlegen und klar hinaus und hält geöffnet zur Wollust
Busen und Haar.

Ludwig Thoma
GLEICHGÜLTIGKEIT

Als ich gestern lag in meinem Bette,
Klopfte es so gegen Mitternacht.
Meine Meinung war, es sei Jeannette,
Und natürlich hab' ich aufgemacht.
Leise kam es jetzt hereingeschlichen,
Setzte sich an meines Bettes Rand,
Hat mir über meinen Kopf gestrichen
Mit der ziemlich großen, dicken Hand.
Doch ich merkte bald an ihren Formen:
Dieses Weib ist ja Jeannette nicht,
Deren Hüften nicht von so enormem
Umfang sind und solchem Schwergewicht.
Trotzdem schwieg ich. Denn ich überlegte:
Nicht das *Wer*, das *Wie* kommt in Betracht,
Außerdem, die Absicht, die sie hegte,
War entschieden löblich ausgedacht.
Was bedeutet dieserhalb ein Name?
In der Liebe ist das einerlei.
Man verlangt nur, daß es eine Dame
Und von angenehmem Fleische sei.

Stefan George
VON EINER BEGEGNUNG

Nun rufen lange schatten mildre gluten
Und wallen nach den lippen kühler welle
Die glieder die im mittag müde ruhten –
Da kreuzest unter säulen Du die schwelle.

Die blicke mein so mich dem pfad entrafften
Auf weisser wange weisser schläfe sammt
Wie karg und scheu nur wagten sie zu haften –
Der antwort bar zur kehrung ja verdammt!

An süssem leib im gang den schlanken bogen
Sie zur umarmung zaubertoll erschauten ·
Dann sind sie feucht vor sehnen fortgezogen
Eh sie in deine sich zu tauchen trauten.

O dass die laune dich zurück mir brächte!
Dass neue nicht die fernen formen stören!
Wie ward es mir gebot für lange nächte
Treu zug um zug dein bildnis zu beschwören!

Umsonst · ein steter regen bittrer lauge
Benezt und bleicht was mühevoll ich male.
Es geht . . . wie war dein haar und wie dein auge?
Es geht und stirbt in bebendem finale.

Stefan George
GEBETE I · II

All den tag hatt ich im sinne
Klang der wirklichen drommete ·
Hob die hand nur dass sie flehte
Und den mund um deine minne.

Kam ein opfer sonder makel
Freudiger zu deinem herde?
Reiner von der Welt beschwerde
Tret ich nie vor dein mirakel.

Der dies glühen in mir fachte
Dass ich ihm mich nur bequeme:
Mach mich frei aus starrem lehme!
Sieh ich klage · sieh ich schmachte!

Endlich löse und beschwichte!
Hör mich bitten · hör mich werben!
Gib die wonne dir zu sterben
Wo ich dir am nächsten pflichte!

Nicht verzögre · nicht verdamme!
Dir gehör ich: nimm und fodre
Dass ich fliesse dass ich lodre
Ganz in deiner weissen flamme!

Ist uns dies nur amt: mit schauern
Zu vernehmen dein gedröhn
Und im staub vernichtet kauern
Vor dir Furchtbarer der Höhn?

Warum schickst du dann die sommer
Wo wir schnellen frei und nackt?
Wo sich nachbar nennt dein frommer ·
Helle raserei ihn packt?

Was erlaubst du uns die räusche
Wo der stolz allmächtig pocht ·
Uns in Deine nähe täusche ·
All dein tosen in uns kocht –

Wirbel uns aus niedrer zelle
Sternenan entführt geschwind:
Deinesgleichen in der welle
In der wolke in dem wind?

Karl Kraus
DER EROTIKER

Fiel ihm ein Liebesglück in seinen Schoß,
so war er im Erlebnis gar nicht tüchtig;
und nie genoß er es in vollen Zügen,
wenn es gelang, den Gatten zu betrügen.
Der Glückliche, er war ja ahnungslos –
dagegen jener für ihn eifersüchtig.

Oft hat er, wenn sonst alles hätt' geklappt,
die Frau beim Ehebruch mit sich ertappt,
und den Beweis hielt er in seinen Armen.
Hier half kein Leugnen. Da er's selbst gesehn,
so mußte sie, was sie getan, gestehn;
und seine Liebe kannte kein Erbarmen.

August Stramm
FREUDENHAUS

Lichte dirnen aus den Fenstern
die Seuche
spreitet an der Tür
und bietet Weiberstöhnen aus!
Frauenseelen schämen grelle Lache!
Mutterschöße gähnen Kindestod!
Ungeborenes
geistet
dünstend
durch die Räume!
Scheu
im Winkel
schamzerpört
verkriecht sich
das Geschlecht!

August Stramm
VERHALTEN

Meine Augen schwingen in deinen Brüsten
Dein Haupt beugt glutrot weichen Schatten
Drauf!
Der Atem schämigt hemmend
Das Gewoge.
Mich krallt die Gier
Und herbe Dünste bluten
In seinen Ketten
Rüttelt
Der Verstand.
Fein
Knifft die Scheu die Lippen lächelnd
Kälter!
Mein Arm nur
Faßt
Im Schwung
Dich
Heißer heiß!

August Stramm
TRIEB

Schrecken Sträuben
Wehren Ringen
Ächzen Schluchzen
Stürzen
Du!
Grellen Gehren
Winden Klammern
Hitzen Schwächen
Ich und Du!
Lösen Gleiten
Stöhnen Wellen
Schwinden Finden
Ich
Dich
Du!

Rainer Maria Rilke

SIEBEN GEDICHTE

I

AUF einmal faßt die Rosenpflückerin
die volle Knospe seines Lebensgliedes,
und an dem Schreck des Unterschiedes
schwinden die linden Gärten in ihr hin.

II

DU hast mir, Sommer, der du plötzlich bist,
zum jähen Baum den Samen aufgezogen.
(Innen Geräumige, fühl in dir den Bogen
der Nacht, in der er mündig ist.)
Nun hob er sich und wächst zum Firmament,
ein Spiegelbild das neben Bäumen steht.
O stürz ihn, daß er, umgedreht
in deinen Schooß, den Gegen-Himmel kennt,
in den er wirklich bäumt und wirklich ragt.
Gewagte Landschaft, wie sie Seherinnen
in Kugeln schauen. Jenes Innen
in das das Draußensein der Sterne jagt.
Dort tagt der Tod, der draußen nächtig scheint.
Und dort sind alle, welche waren,
mit allen Künftigen vereint
und Scharen scharen sich um Scharen
wie es der Engel meint.

III

MIT unsern Blicken schließen wir den Kreis,
daß weiß in ihm die wirre Spannung schmölze.
Schon richtet dein unwissendes Geheiß
die Säule auf in meinem Schamgehölze.

Von dir gestiftet steht des Gottes Bild
am leisen Kreuzweg unter meinem Kleide;
mein ganzer Körper heißt nach ihm. Wir beide
sind wie ein Gau darin sein Zauber gilt.

Doch Hain zu sein und Himmel um die Herme
das ist an dir. Gieb nach. Damit
der freie Gott inmitten seiner Schwärme
aus der entzückt zerstörten Säule tritt.

IV

SCHWINDENDE, du kennst die Türme nicht.
Doch nun sollst du einen Turm gewahren
mit dem wunderbaren
Raum in dir. Verschließ dein Angesicht.
Aufgerichtet hast du ihn
ahnungslos mit Blick und Wink und Wendung.
Plötzlich starrt er von Vollendung,
und ich, Seliger, darf ihn beziehn.
Ach wie bin ich eng darin.
Schmeichle mir, zur Kuppel auszutreten:
um in deine weichen Nächte hin
mit dem Schwung schooßblendender Raketen
mehr Gefühl zu schleudern, als ich bin.

V

WIE hat uns der zu weite Raum verdünnt.
Plötzlich besinnen sich die Überflüsse.
Nun sickert durch das stille Sieb der Küsse
des bittren Wesens Alsem und Absynth.

Was sind wir viel, aus meinem Körper hebt
ein neuer Baum die überfüllte Krone
und ragt nach dir: denn sieh, was ist er ohne
den Sommer, der in deinem Schooße schwebt.
Bist du's bin ich's, den wir so sehr beglücken?
Wer sagt es, da wir schwinden. Vielleicht steht
im Zimmer eine Säule aus Entzücken,
die Wölbung trägt und langsamer vergeht.

VI

WEM sind wir nah? Dem Tode oder dem,
was noch nicht ist? Was wäre Lehm an Lehm,

formte der Gott nicht fühlend die Figur,
die zwischen uns erwächst. Begreife nur:
das ist mein Körper, welcher aufersteht.
Nun hilf ihm leise aus dem heißen Grabe
in jenen Himmel, den ich in dir habe:
daß kühn aus ihm das Überleben geht.
Du junger Ort der tiefen Himmelfahrt.
Du dunkle Luft voll sommerlicher Pollen.
Wenn ihre tausend Geister in dir tollen,
wird meine steife Leiche wieder zart.

VII

WIE rief ich dich. Das sind die stummen Rufe,
die in mir süß geworden sind.
Nun stoß ich in dich Stufe ein um Stufe
und heiter steigt mein Samen wie ein Kind.
Du Urgebirg der Lust: auf einmal springt
er atemlos zu deinem innern Grate.
O gieb dich hin, zu fühlen wie er nahte;
denn du wirst stürzen, wenn er oben winkt.

Theodor Däubler

MESSALINA

Die Wache wandelt vor dem Kaiserzelte.
Ein halbes Flackern streift die nackten Nebel,
Der Mohrenhauptmann mit dem Silbersäbel,
Den mein Befehl vor unsre Ruhe stellte,
Wird unter Bannerträgern stumm beharren,
Bis laute Stunden durch die Täler knarren.
Wie friedlich die gesternten Fahnen siegen!
Zu ihren Stimmen werden Pilger beten.
Wer wagte es, an mich heranzutreten?
Um Sonnen sollen sich Kometen schmiegen!
Noch hat kein Aal in mir sich festgebissen,
Doch uns gehört die Finsternisgebärde
Der zugesumpften alten Feuererde:
Ich kann das glatte Tier nicht lange missen!
Soldaten! Überfällt mich eine Ratte?
Der Staub hat sich in meinen Bauch gefressen.
Beinah ein Aas, doch bissig noch, vermessen,
Bis ich das alte Tier im Leib bestatte!
Der Henker soll die Rattenfalle packen,
Die Bartgestalt vor mir zu Tod verletzen.
Den Vorhang auf! Gesteht das Sternentsetzen!
Ein Drache krallt sich in den Riesennacken
Von breiten längst verzuckten Silberwelten.
Die toten Berge krümmen sich im Bogen,
Da kommen Sternengeier angeflogen,
Doch sie ergreifen ihre Beute selten:
Ein Mann! Ich kann den Anschlag nicht ertragen!
Verteidigt meine Brüste gegen Sonnen!
Des Weibes Wunde wird die Welt verklagen,
Sie blutet fort und hat noch nie begonnen.
Verhängt das Zelt! Ich atme unter Stufen,
Ich höre Jünglinge herübertreten;
Ihr seid willkommen und doch ungerufen,
So habt den Gang von schweigsamen Kometen.
Du Heißgeliebter, leg mir deine Hände

So schwer wie Kupfer auf die blauen Brüste,
So fühle ich durchsüßt die beiden Brände
Und deiner Jugend sternende Gerüste.
Wie weit du reichst, ich darf dich kaum umklammern.
Dein Jubel kann in meine Flanken schweifen.
Den eignen Leib, nun muß ich ihn begreifen!
Da treten Wachen aus versunknen Kammern,
Sie sollen mein Geheimnis lechzend wissen,
Von Wollustwölfen wird die Brust zerbissen!
Die Decken weg! Gestirne kühlen Wunden!
Wie sanft, die Sonne lachend zu erheben!
Wie leicht die Sterne zwischen Zähnen schweben:
Ich seufze unter losen Wollusthunden.
Den Mond erhalte ich von einem Knaben.
Sein schwacher Atem kräuselt Silberschmerzen,
Das schmale Boot beträufeln Jubelherzen,
Von allen Fingern funkeln Freudengaben:
Mein Schlaf ein Kind, der Mann ist das Erwachen,
Die Sterne töten sich in meinem Lachen!

Else Lasker-Schüler
SINNENRAUSCH

Dein sünd'ger Mund ist meine Totengruft,
Betäubend ist sein süßer Atemduft,
Denn meine Tugenden entschliefen.
Ich trinke sinnberauscht aus seiner Quelle
Und sinke willenlos in ihre Tiefen,
Verklärten Blickes in die Hölle.

Mein heißer Leib erglüht in seinem Hauch,
Er zittert, wie ein junger Rosenstrauch,
Geküßt vom warmen Maienregen.
– Ich folge Dir ins wilde Land der Sünde
Und pflücke Feuerlilien auf den Wegen,
– Wenn ich die Heimat auch nicht wiederfinde ...

Else Lasker-Schüler

TRIEB

Es treiben mich brennende Lebensgewalten,
Gefühle, die ich nicht zügeln kann,
Und Gedanken, die sich zur Form gestalten,
Fallen mich wie Wölfe an!

Ich irre durch duftende Sonnentage ...
Und die Nacht erschüttert von meinem Schrei.
Meine Lust stöhnt wie eine Marterklage
Und reißt sich von ihrer Fessel frei.

Und schwebt auf zitterden, schimmernden Schwingen
Dem sonn'gen Tal in den jungen Schoß,
Und läßt sich von jedem Mai'nhauch bezwingen
Und giebt sich der Natur willenlos.

Rudolf Alexander Schröder

ZWEI GEDICHTE

Ich bin verlangend. Dieses heißt
So viel wohl als: Ich bin geboren.
Ich liebe. Dies Geständnis weist,
Du habest dich aus dir verloren.

Sei glücklich, wenn dir noch bekannt,
Wohin dein Herz dir weggeschwunden,
Und wenn du dein verlorenes Pfand
In einem lieben Schoß gefunden.

Irgendwie ist doch ein Glück
In der Einsamkeit,
Zieht das Herze sich zurück
Aus Verdruß und Streit.

Machte mich von allem los,
Bleibe gern allein;
Bin ich nicht in ihrem Schoß,
Will ich einsam sein! –

Heinrich Lautensack
ZEUGUNG

Wieder fesselt mich dein Bild,
Mutter meines jungen Weibes,
an der Frühfrucht deines Leibes
blieb ich seltsam ungestillt.

Komm mit deinen Frauenhänden:
kniend küßt du meinen Schoß,
kniend löst du meiner Lenden
unterbundne Wünsche los.

Du mit deinen Frauenhänden.

Leben, das ans Leben drängt,
Säfte, Kräfte, ohne Ende:
sieh, nun sind dir deine Hände
lebenswundervoll besprengt.

Leben, das das Leben sucht,
heiße Blüten, weiße Brände:
bald, bald tragen deine Hände
Frucht . . .

Heinrich Lautensack

ONAN

Das ist mein Leib, mein Lebenslied,
das ist die ewigtraurige Gebärde.
Mir im Gehirn erwuchs ein weher Glied
als das des Ungestilltsten dieser Erde . . .

Heinrich Lautensack

VOM ÜBERMUT EINER TÄNZERIN ZUR NACHT

So hantiert ein stämm'ger Fischer
tief gebückt in seiner Zill'n
an sein'm Netz –

die Beine breit –

mit den Schuhen schier ausgleitend
rechts und links die Seitenwänd'
schier hochgleitend –

und die ganze Zill'n, die wackelt dabei wie ein einzig's Brett –
so wie ich jetz', jetz' und jetz'
von dem gepflasterten Boden der Besinnung verlassen
und die gache Böschung der Gesittung einfach rrrrunterg' rauscht
in dein'm Bett steh – in . . . dein'm Bett –

Segel, mein Korsett,
so war ich dir noch nie zu Will'n.

Joachim Ringelnatz

AM BARREN

Alla donna tedesca

Deutsche Frau, dich ruft der Barrn,
Denn dies trauliche Geländer
Fördert nicht nur Hirn und Harn,
Sondern auch die Muskelbänder,
Unterleib und Oberlippe.
Sollst, das Hüftgelenk zu stählen,
Dich im Knickstütz ihm vermählen.
Deutsches Weib, komm: Kippe, Kippe!

Deutsche Frau, nun laß dich wieder
Ellengriffs im Schwimmhang nieder.
So, nun Hackenschluß! Und schwinge!
Schwinge! Hurtig rum den Leib!
O, es gibt noch wundervolle
Dinge. Rolle vorwärts! Rolle!
Rolle rückwärts, deutsches Weib.

Deutsche Jungfrau, weg das Armband!
In die Hose! Aus dem Rocke!
Aus dem Streckstütz in den Armstand,
Nun die Flanke. Sehr gut! Danke!
Deutsches Mädchen, Hocke, Hocke!

Mußt dich keck emanzipieren
Und mit kindlichem »Ätsch-Ätsche«
Über Männer triumphieren,
Mußt wie Bombe und Kartätsche
Deine Kräfte demonstrieren.
Deutsches Mädchen – Grätsche! Grätsche!

Joachim Ringelnatz

FREIÜBUNGEN

GRUNDSTELLUNG

Wenn eine Frau in uns Begierden weckt
Und diese Frau hat schon ihr Herz vergeben,
Dann (Arme vorwärts streckt!)
Dann ist es ratsam, daß man sich versteckt.
Denn später (langsam auf den Fersen heben!)
Denn später wird uns ein Gefühl umschweben,
Das von Familiensinn und guten Eltern zeugt.
(Arme beugt!)
Denn was die Frau an einem Manne reizt,
(Hüften fest – Beine spreizt! – Grundstellung)
Ist Ehrbarkeit. Nur die hat wahren Wert,
Auch auf die Dauer (Ganze Abteilung kehrt!).
Das ist von beiden Teilen der begehrteste,
Von dem man sagt: (Rumpfbeuge) Das ist der allerwerteste.

Joachim Ringelnatz
PIPI

Es drängt mich, dein Pipi zu trinken,
und sieh, nun trinke ich bereits.
O welch Genuß bei deinem Beinespreiz,
o wie die Wasser hurtig blinken.
Ich möchte ganz darin versinken.
– Es ist nicht wahr, daß deine Wasser stinken. –
Nun hörst du auf? O pfui, welch Geiz!

Ernst Stadler

IN DER FRÜHE

Die Silhouette deines Leibs steht in der Frühe dunkel vor dem
trüben Licht
Der zugehangnen Jalousien. Ich fühl, im Bette liegend,
hostiengleich mir zugewendet dein Gesicht.
Da du aus meinen Armen dich gelöst, hat dein geflüstert
»Ich muß fort« nur an die fernsten Tore meines Traums
gereicht –
Nun seh ich, wie durch Schleier, deine Hand, wie sie mit leichtem
Griff das weiße Hemd die Brüste niederstreicht ...
Die Strümpfe ... nun den Rock ... Das Haar gerafft ...
schon bist du fremd, für Tag und Welt geschmückt ...
Ich öffne leis die Türe ... küsse dich ... du nickst, schon fern,
ein Lebewohl ... und bist entrückt.
Ich höre, schon im Bette wieder, wie dein sachter Schritt im
Treppenhaus verklingt,
Bin wieder im Geruche deines Körpers eingesperrt, der aus den
Kissen strömend warm in meine Sinne dringt.
Morgen wird heller. Vorhang bläht sich. Junger Wind und Sonne
will herein.
Lärmen quillt auf ... Musik der Frühe ... sanft in Morgenträume
eingesungen schlaf ich ein.

Ernst Stadler

IN DIESEN NÄCHTEN

In diesen Nächten friert mein Blut nach deinem Leib, Geliebte.
O, meine Sehnsucht ist wie dunkles Wasser aufgestaut vor
    Schleusentoren,
In Mittagstille hingelagert reglos lauernd,
Begierig, auszubrechen. Sommersturm,
Der schwer im Hinterhalt geladner Wolken hält. Wann kommst
    du, Blitz,
Der ihn entfacht, mit List befrachtet, Fähre,
Die weit der Wehre starre Schenkel von sich sperrt? Ich will
Dich zu mir in die Kissen tragen so wie Garben jungen Klees
    in aufgelockert Land. Ich bin der Gärtner,
Der weich dich niederbettet. Wolke, die
Dich übersprengt, und Luft, die dich umschließt.
In deine Erde will ich meine irre Glut vergraben und
Sehnsüchtig blühend über deinem Leibe auferstehn.

Max Brod

DAS SCHÖNE MÄDCHEN SPRICHT

Ich bin die Blüte der Welt.
Tausende langen nach mir,
Ich neige mich zu dem, der mir gefällt.

Meine Augen sind feuchte Funken.
Sie warnen, sie locken
Zu einem Brand, in den schon mancher sinnlos hingesunken.

Meine Arme sind glühende Säulen
Und mit einem zarten Streicheln
Wissen sie, den stärksten Willen totzukeulen.

Meine Finger sind Krallen,
Aber so angenehm!
Die Herzen lächeln, die geritzt und ewig blutend niederfallen.

Meine Hände sind Blumendolden,
Und wie seltsame Insekten
Schwirren die Ringe daran, klirren verliebt und golden.

Mein Mund ist von Düften schwer.
Was ich rede, duftet . . .
Und meine Stimme kommt wie Glockenton von einem Wollust-Dome her.

Meine Brüste sind Vöglein, die schlafen,
Zusammengeduckt, mit weichem Gefieder
Und müde von den vielen Küssen, die sie trafen.

Meine Knochen sind weiße Flöten.
Darum dringt eine himmlische Musik
Aus meinen Bewegungen. Die Knaben hören und erröten.

Mein Schoß ist feucht und heiß,
Erreger der köstlichsten Freuden,
Die ich an meines Freunds verzückten Mienen abzulesen weiß.

Und wie bedaur ich dann,
Daß ich dies allerhöchste Glück
Nur an dem andern sehn, niemals es selbst genießen kann.

Paul Boldt

FRIEDRICHSTRASSENDIRNEN

Sie liegen immer in den Nebengassen,
Wie Fischerschuten gleich und gleich getakelt,
Vom Blick befühlt und kennerisch bemakelt,
Indes sie sich wie Schwäne schwimmen lassen.

Im Strom der Menge, auf des Fischers Route.
Ein Glatzkopf äugt, ein Rotaug' spürt Tortur,
Da schießt ein Grünling vor, hängt an der Schnur
Und schnellt an Deck einer bemalten Schute,

Gespannt von Wollust wie ein Projektil!
Die reißen sich aus ihm wie Eingeweide,
Gleich groben Küchenfrauen ohne viel

Von Sentiment. Dann rüsten sie schon wieder
Den neuen Fang. Sie schnallen sich in Seide
Und steigen ernst mit ihrem Lächeln nieder.

Danny Gürtler
LESBISCHE LIEBE

Komm her, du schöne Lesbierin,
Laß mich an dir gesunden,
Berausche meinen wilden Sinn,
Dein Kuß soll mich verwunden!

Zerfleisch' im Kuß die Brüste mir,
Das rote Blut soll rinnen.
O, sätt'ge deine wilde Gier,
So mußt du um mich minnen.

Hast alle Wünsche du erfüllt,
Will Schwester ich dich nennen.
Mit heißer Glut wie du so wild,
Lesbisch für dich entbrennen!!

Danny Gürtler

WIE SÜSS IST DOCH DIE SÜNDE!

Du birgst dein Haupt an meiner Brust,
Schlingst um mich deine Arme beide,
Bist ganz erfüllt von heißer Lust,
Du duldest, daß ich dich entkleide.

Ich beiße dir die Lippen wund
Mit sinnlich wilden Feuerküssen –
Ein selig Stöhnen gibt sich kund,
Ein wahnsinnig allmächtig Müssen.

Jetzt ist's mit der Vernunft vorbei,
Ich kann nicht länger an mich halten,
Das letzte Band reiß ich entzwei –
O, laß den Gott der Liebe walten!

Sprich es doch aus, was mich belebt,
Daß es mir Seligkeit verkünde,
Ein Wonneschauer mich durchbebt –
O Weib, wie süß ist doch die Sünde!

Danny Gürtler
SADISMUS

Mit seiner Nilpferdpeitsche
Schlug er sein schönes Weib –
Mit seiner Nilpferdpeitsche
Zerfetzt' er ihren Leib.

Und als sie blutend vor ihm lag,
Da hat er sich wiedergefunden –
Gesättigt kniet er neben ihr
Und küßt glühend ihre Wunden.

Gottfried Benn
KARYATIDE

Entrücke dich dem Stein! Zerbirst
die Höhle, die dich knechtet! Rausche
doch in die Flur! Verhöhne die Gesimse –
sieh: durch den Bart des trunkenen Silen
aus einem ewig überrauschten
lauten einmaligen durchdröhnten Blut
träuft Wein in seine Scham!

Bespei die Säulensucht: toderschlagene
greisige Hände bebten sie
verhangenen Himmeln zu. Stürze
die Tempel vor die Sehnsucht deines Knies,
in dem der Tanz begehrt!

Breite dich hin, zerblühe dich, oh, blute
dein weiches Beet aus großen Wunden hin:
sieh, Venus mit den Tauben gürtet
sich Rosen um der Hüften Liebestor –
sieh dieses Sommers letzten blauen Hauch
auf Astermeeren an die fernen
baumbraunen Ufer treiben; tagen
sieh diese letzte Glück-Lügenstunde
unserer Südlichkeit
hochgewölbt.

Gottfried Benn
D-ZUG

Braun wie Kognak. Braun wie Laub. Rotbraun.
Malaiengelb.
D-Zug Berlin-Trelleborg und die Ostseebäder.

Fleisch, das nackt ging.
Bis in den Mund gebräunt vom Meer.
Reif gesenkt, zu griechischem Glück.
In Sichel-Sehnsucht: wie weit der Sommer ist!
Vorletzter Tag des neunten Monats schon!

Stoppel und letzte Mandel lechzt in uns
Entfaltungen, das Blut, die Müdigkeiten,
die Georginennähe macht uns wirr.

Männerbraun stürzt sich auf Frauenbraun:

Eine Frau ist etwas für eine Nacht.
Und wenn es schön war, noch für die nächste!
Oh! Und dann wieder dies Bei-sich-selbst-sein!
Diese Stummheiten! Dies Getriebenwerden!

Eine Frau ist etwas mit Geruch.
Unsägliches! Stirb hin! Resede.
Darin ist Süden, Hirt und Meer.
An jedem Abhang lehnt ein Glück.

Frauenhellbraun taumelt an Männerdunkelbraun:

Halte mich! Du, ich falle!
Ich bin im Nacken so müde.
Oh, dieser fiebernde süße
letzte Geruch aus den Gärten.

Albert Ehrenstein
MORGENGEBET

Nun sind schon alle Huren müd.
Noch wach im leeren Freudenhaus
Wischt sich mit dem verschlafnen Glied
Die Ärmste ihre Augen aus.
O Vater, der du über Wolken stehst,
Dein Menschvolk sonst hoch übergehst,
Der uns in lumpige Lust verstieß,
Beschütze uns vor Syphilis.

Albert Ehrenstein

JUNG WIKINGS HOLMGANG

Der Preußenkönig sprengt aufs Postamt,
Da war der Schalter zu,
Eitel Mettwurst verlor allhie sein Verstand –
Fahr hin in süßer Ruh!
Wer pirscht in wüster Nacht
Um sein verwildert Grab?

Herr Penismund zornzeucht
Sein Tjostblutschwert mit vielkühnem Mut,
Schnitt Wunden in seynen Barbart,
Eilf Eisbärserker rollmopsten sich schwarz
Allda,
Dies ist so Reckenart.

Grün Inge blies zum Kampf auf dem Kamm.
Was blickst du so bleich wie Käsekalk?
Erblondend ward ihr rot;
Auf der Walstatt blieb ein' Laus
Wohl tief in dem Schwamm –
Die Memmin stellt sich tot.

So rufet Trauer aus Heerhorns Bauch,
Der Skalde thrant methmüd –
Ganz Stabreimland am Bettelstab!
Weh ach zu End schier geht die Mär o auch:
Der Barde gehrt in die Bar gar prüd.

Albert Ehrenstein

DIE WEISSE ZEIT

Ich sehnte mich nach Weibern ärschig, brüstig,
Nach einem weichen Bauche Lager bildend,
Den daunenzarten Küsten
Eines schlanken Mädchens,
Umwarb, durchsuchte körperliche Tiefen
Und fand das Nichts, zu Fleisch gestaltet.
Empfangen, abgeschlagen von ehernen
Oder butterweichen, ewig gleichen Gliedern,
Gebrechlich knochigen wie auch ganz dicken
Kühen, von Wogeeuter rings umhängt,
Sog ich, sog mich die Lust.
Aber die weiße Zeit brach ins Haar mir,
Herz und Hirn verfärbend,
Und in mein dumm zerlebtes Leben fuhr
Der Strahl: »Real ist alles,
Nur die Welt ist's nicht!«

Georg Heym
ABENDS

Es ist ganz dunkel. Und die Küsse fallen
Wie heißer Tau im dämmernden Gemach.
Der Wollust Fackeln brennen auf und wallen
Mit roter Glut dem dunklen Abend nach.

Das Fieber jagt ihr Blut mit weißem Brand,
Daß sie sich halb schon seinem Durst gewährt.
Sie bebt auf seinem Schoß, da seine Hand
In ihrem Hemd nach ihren Brüsten fährt.

Hinten, im Vorhang, in der Dunkelheit
Steht auf das Bett, der Hafen ihrer Gier.
Wie Wolken auf dem Meere lagert breit
Darauf der Dunst von schwarzem Elixier.

Wie wird es sein? Sie friert in seinem Arm,
Der ihren nackten Leib hinüberträgt.
Es zittert auf in ihrem Schoße warm,
Um den er wild die beiden Arme schlägt.

Ihr blondes Haar brennt durch die Nacht, darein
Die tiefe Hand des feuchten Dunkels wühlt.
Der Sturm der Wollust läßt sie leise schrein,
Da seinen Biß sie in den Brüsten fühlt.

Alfred Lichtenstein
EROTISCHES VARIETÉ

Auf offner Straße in der Nacht
Entkleidet sich ein Kneipenwirt.
Ein Ingenieur ist aufgebracht,
Der sich bei seinem Weib verirrt.

Nach gleichgesinnten Viechern schielt
Ein homosexueller Hund.
Ein Greis, der mit sich selber spielt,
Merkt: Allzuviel ist ungesund.

In schmutzig grüner Tunke hockt
Ein blauer Syphilitiker.
Ein Boxer bebt. Ein Baby bockt.
Verstiert fault ein Zylinderherr.

Ein Auto bringt ein Fräulein um.
Ein Junge bricht ein Mädchen an.
Verbittert ist ein Mensch. Warum?
Weil er nicht coitieren kann.

Alfred Lichtenstein
VERGNÜGTES MÄDCHEN
ZU EINEM BILD

Sieh doch, so ein feines Luder!
Diesmal hatt' ich wirklich Schwein.
Sein Gesicht ist weiß wie Puder –
Louis, nimm ihn! Laß mich sein . . .

Wird sich noch ein Bein ausrenken –
Oder schlägt an einen Pfahl –
Hui, der wird sein Lebtag denken
An den heut'gen Karneval.

Kannst ihn ganz allein behalten . . .
Daß dich nur kein Wachmann faßt –
Geh doch zu der Sau, der alten,
Die du ja viel lieber hast.

Ich find alle Tage einen
Neuen Freund . . . ich brauch dich nicht.
Louis schielt nach meinen Beinen,
Schimpft. Und schlägt mich ins Gesicht:

»Wirst du gleich ihn bei den Füßen
Fassen . . . Quatsch nicht . . . So . . . Gradaus.
Warte, Schleimstück, du sollst's büßen,
Kommst du erst mit mir nach Haus!«

Mich ergreift ein tolles Fieber.
Hiii – ich freu' mich fürchterlich.
Endlich wieder ist mein lieber
Süßer Schieber geil auf mich.

Klabund

Ich lieb ein Mädchen, welches Margot heißt,
Sie hat zwei Brüste wie zwei Mandarinen.
Wenn wir der holden Göttin Venus dienen,
Wie gern mein Mund in diese Früchte beißt.

Ich lieb ein Mädchen, welches Margot heißt.
Doch wer sie liebt, muß sie zuweilen prügeln.
Es läßt sich leicht nicht ihre Wildheit zügeln,
Wenn man sie tändelnd nur als Eva preist.

Ich lieb ein Mädchen, welches Margot heißt,
Bewandert in den Liebesdialekten,
Die schon die alten Phrygier entdeckten.
(Gebenedeit sei ihr antiker Geist!)

Ich lieb ein Mädchen, welches Margot heißt.
Sie wohnt in einem schmutzigen Bordelle,
Man zieht an einer rostigen Klingelschelle,
Worauf Madam den Gast willkommen heißt.

Ich lieb ein Mädchen, welches Margot heißt.
Ich liebe diese ganz allein, nur diese.
Der Louis fand die passende Louise –
Bis man die Scherben auf den Müllplatz schmeißt . . .

Klabund

Ich schlage schamlos in die Tasten.
Die Ampel tönt. Es zwitschert das Bordell.
Die schlanken Knaben bleich vom langen Fasten
Erheben kühl sich vom kastalschen Quell.

Sie werfen ab die wolligen Gewänder,
Die Hemden kurz, die Mütter einst genäht.
Sie schweben engverschlungne Negerländer,
In denen palmengleich die Liebe steht.

Es neigen sich mit ihren schmalen Mündern
Die Huren in den unerfahrenen Schoß,
Und sie empfangen von den blassen Kindern
Lächelnd ihr gutes oder schlimmes Los.

Kurt Tucholsky
MISSACHTUNG DER LIEBE

Ach, Tante Julla, du in Neu-Ruppin
liest schaudernd von Berliner Scheußlichkeiten,
und wie die Damen ihre Glieder spreiten,
und denkst: Dies Sündenbabylon Berlin!
    Und deine Äuglein öffnen sich in Lüsten,
    weil deine Kaffeeschwestern gerne wüßten
    von einem Paar, gelagert Bein an Bein ...
        Wie mag das sein?

Ach, Tante Julla – komm mal an die Spree.
Und sieh dir dieses Wogen aus der Nähe,
ganz aus der Nähe an, wie ich es sehe.
Und denk dir nur ein Chambre séparée.
    Sie quietscht. Der Kellner schummelt. Dünne Geigen
    verleiten sie, sich ziemlich ganz zu zeigen.
    Ein Mieder noch und noch ein Brüstchenlein ...
        Was kann da sein –?

Ach, Tante Julla – wir sind nicht blasiert.
Und doch: wie eng ist dieser Markt der Liebe!
Der liebt die Knaben, jener schätzt die Hiebe,
und der ist nur von Zöpfen enchantiert.
    Die Themis bullert mit Moralgesetzen.
    Man muß Erotik nicht so überschätzen.

Bleib nur in deinen bürgerlichen Träumen,
du hast hier nämlich gar nichts zu versäumen.
Bleib, Tante Julla, in dem Stübchen klein –
    Was kann da sein –?
        Was kann da wirklich sein –?

Kurt Tucholsky

WIDER DIE LIEBE

Die brave Hausfrau liest im Blättchen
von Lastern selten dustrer Art,
vom Marktpreis fleißiger Erzkokettchen,
vom Lustgreis auch mit Fußsackbart.

Mein Gott, denkt sich die junge Gattin,
mein Gott! welch ein Spektakulum!
»Das schlanke Frauenzimmer hat ihn ...«
Ja was? Sie bringt sich reinweg um.

O Frau! Die Phantasie hat Grenzen,
sie ist so eng – es gibt nicht viel.
Nach wenigen Touren, wenigen Tänzen
ists stets das alte, gleiche Spiel.

Der liebt die Knaben. Dieser Ziegen.
Die will die Männer laut und fett.
Die mag bei Seeoffizieren liegen.
Und der geht nur mit sich ins Bett.

Hausbacken schminkt sich selbst das Laster.
Sieh hin – und Illusionen fliehn.
Es gründen noch die Päderaster
›Verein für Unzucht, Sitz Berlin‹.

Was kann der Mensch denn mit sich machen!
Wie er sich anstellt und verrenkt:
Was Neues kann er nicht entfachen.
Es sind doch stets dieselben Sachen ...
Geschenkt! Geschenkt!

Hans Leip
KLEINES KUSSBREVIER

Jungfernschüchtern, zart und blaß
dieser Kuß weiß noch nicht, was

Wer die Lippen zu sehr knifft
meistens nicht das Rechte trifft

Mit der Unterlippe küßt
einer, der verdrießlich ist

Nur der kindlich reine Tor
stülpt das Mundwerk knallend vor

Angezündet Feuer lischt
wer den Kuß mit Spucke mischt

Wer nicht schmatzt und wer nicht schnaubt
Küsse wie Rosinen klaubt

Fest und prall, halb toll, halb zart
dieser Kuß hat rechte Art

Blitzt Rubin, ein Tröpflein Blut
freu dich, Kind, der Liebesglut

Süß gestohlen, Licht und Wein
solcher Kuß bleibt nicht allein

Dämpfend das Vernünftigsein
heizt er unversehens ein

hebt die scheue Brust und strafft
den beherzten Liebesschaft

Kurz und wild, verwegner Ort
dieser Kuß brennt ewig fort.

Hans Leip

NACHTSTÄNDCHEN AUF SEE

Meer und Winde sind zur Ruhe
Stine Abendhauch
Zieh nun aus die Silberschuhe
und die Bluse auch

Liebe, sprach der Engelmacher
ist nur Träumerei
Dennoch sind wir umso wacher
wenn wir schlafen bei

Will das Boot nicht munter schwingen
schwingen wir dafür
bis wir in uns zärtlich dringen
bis zur Himmelstür

Oder bis ins Höllenfeuer
das ist einerlei
Dieses sagt dir dein getreuer
Maat Johannes Krei.

Walter Mehring

DER COITUS IM DREIMÄDERLHAUS

MEIN NEUESTES GEDICHT MIT EINER EINLAGE: DIE NEUE NATIONALHYMNE

Peitsch Dir den Hintern lila, mein süßer Fratz
Mondschein die kahle Platte (und ich lausche dem Graswuchs)
Wo einst das Halali der Hofjagd – –
(Läuse sind phänomenalstes Dammwild)
Du Staatskokotte Germania
Mir krabbelt grad eine die Heerstraße lang
Wie einst im Mai nach Potsdam
Da kann kein Kaiser und kein König
Nur graue Salbe
1,25 garantiert rein
Aus den ehemaligen Beständen der Schloßapotheke.
Hab Dir nich Kleene
Immer feste druff
(Sprach Prinz Eugen der edle Ritter
Pour le mérite vom Gardekorps)
Und Zieten aus dem Busch
Auch die Republik braucht Soldaten
(Noske lächelt verschämt
Wenn der Deutschnationale schwarz-weiß flaggt)
Cäcilie mein Engel,
Lüfte das Hemd, Heut ist Kaisers Geburtstag
Wir machen 'ne Extratour
Nach Amerongen
Hintenrum
Alte 175er
Ich rechne auf Euch!
Regiment Reinhard wohldiszipliniert mit fünf Mark täglicher Löhnung
(Nicht zu verwechseln mit Arthur Kahane vom Deutschen Theater)
Und die Büchse der Pandora
Oder Allzeit
Schußbereit
Ja der Deutsche Soldat trifft immer ins Schwarze
Wo es am blondsten ist.

Sei gegrüßt Du mein schönes Sorrent
Ach kitzle mir mal am Hosenlatz
Mensch Ebert in Weimar!
Na Dickerchen willste mal
Letzte Liebe von Joethe
Kinder und Volksbeauftragte die Hälfte
Ohne Trinkgeldzwang
Ober 'ne Schale Jungfernhaut
Und tüchtig Melange drüber
Der Herr ist noch neu
Und denn rin ins Vergnügen!
Familienbad die Nationalversammlung.

Es braust ein Ruf wie Donnerhall
Wie Schwertgeklirr und Wogenprall:
Ein deutsches Weib, ein deutscher Suff,
Ach Männe hak mir mal die Taille uff!

Bertolt Brecht
SAUNA UND BEISCHLAF

Am besten fickt man erst und badet dann.
Du wartest, bis sie sich zum Eimer bückt
Besiehst den nackten Hintern, leicht entzückt
Und langst sie, durch die Schenkel, spielend an.

Du hältst sie in der Stellung, jedoch später
Sei's ihr erlaubt, sich auf den Schwanz zu setzen
Wünscht sie, die Fotze aufwärts sich zu netzen.
Dann freilich, nach der Sitte unsrer Väter
Dient *sie* beim Bad. Sie macht die Ziegel zischen
Im schnellen Guß (das Wasser hat zu kochen)
Und peitscht dich rot mit zarten Birkenreisern
Und so, allmählich, in dem immer heißern
Balsamischen Dampf läßt du dich ganz erfrischen
Und schwitzt dir das Geficke aus den Knochen.

Bertolt Brecht
LIEBESLIED

Man muß schon Schnaps getrunken haben
Eh man vor deinem Leibe stand
Sonst schwankt man ob der trunknen Gaben
Von schwachen Knien übermannt.

O du, wenn im Gesträuche kreisend
Der Wind die Röcke flattern läßt
Und man, das weiche Tuch zerreißend
Die Knie zwischen deine preßt.

Den Abendhimmel macht das Saufen
Sehr dunkel, manchmal violett.
Dazu dein Leib im Hemd zum Raufen
In einem breiten weißen Bett.

Die Wiese schwankt nicht nur vom Trinken
Wenn man in deinen Knien liegt.
Der dunkle Himmel will versinken
Indem er sanft sich schneller wiegt.

Und deine weichen Knie schaukeln
Mein wildes Herz in deine Ruh
Und zwischen Erd und Himmel schaukeln
Wir leichtgeschwellt der Hölle zu.

Bertolt Brecht

WAHRE BALLADE VON EINEM WEIB

Weil ich ihr nicht genug ins Hemde griff
Wiewohl ich's wahrlich oftmals machte, pfiff
Sie kalt dem nächsten Louis mit dickem Kopf
Der füllte grinsend ihr den Häutetopf.
Ich aber liege mit zerbrochener Nase
Verrückt und brüllend auf der schwarzen Straße.

Ein Jahr, so sagt sie allen, sei zu viel
Auch kriegt man Hängebrüste ohne Gliederspiel.
Mit einem Rücken sei sie halb nur und
Mit mir sei es doch nur ein Seelenbund.
Ich aber, weit entfernt jetzt von Emphase
Empfand: Es hängt mein Herz an diesem Aase.

Ihr ist es gleich, sie zeigt es unverhüllt
Ob sie der eine, ob der andre füllt.
Voll muß sie sein! Mich aber macht nicht keusch
Daß ich es weiß: so feil ist Weiberfleisch!
Ich kann dies feile Fleisch noch nicht verschmerzen:
So tief sitzt die Kanallje mir im Herzen!

Bertolt Brecht

ÜBER INDUKTIVE LIEBE

F. Bacon gewidmet,
der die induktive Methode
in die Naturwissenschaften einführte.

Der große Bacon baute auf Versuche.
’s wär Zeit, sie in die Liebe einzuführen.
Vielleicht, wir finden, wenn wir uns berühren:
Wir liegen gerne unter einem Tuche.

Und meine Hand, die deine Brüste fand
Sag: ist sie angenehm? Wenn wir’s nur wüßten!
Vielleicht dem Schoß nicht, aber doch den Brüsten?
Vielleicht dem Schoß, und diesem nur die Hand?

Nur dürfte weder Wollen noch Verwehren
Bei dem Versuch das letzte Wort bedeuten.
Erfreuen sollten wir, wenn wir uns freuten.
Aus dem Genießen wachse das Begehren.
Gestattete sie, daß er sie begattet
Ist ihm, sich nicht zu gatten, auch gestattet.

Jürgen Eggebrecht
DE SÖTE KOST

Sneewitte Kehl,
Roden Mund.
Darto twee Brüstgens
prick un rund.

Se stahn to Höchten
stief. Ick will
de söte Ros!
Bliev jümmer still.

Von Büschken is ehr Nest umsömt.
Dat Venusdierken lätt mi rin.
Herut ut mi to ehr, dat strömt,
dat lacht hell up, mi so to Sinn!

De Morn weiht üm de Klockenknupp?
De Lev hätt Tied genog.
Maak as ne Patt dat Mul wiet up
un schrie – de Hahn kreiht ohk.

Manfred Hausmann

VON ANGESICHT ZU ANGESICHT

Komm doch und setz dich auf mich, rittlings, zum kyprischen Opfer!
Lehn meinen Schenkeln dich an, die ich zur Schräge gestellt!

So ist es gut. Ich verspüre sie kaum, die Last deiner Hüften.
Schmieg die pentelischen Knie rechts mir und links an die Brust!

Ach, du weißt es nicht und kannst es auch, Atthis, nicht wissen,
wie es das Auge entzückt, wie es das Herz mir erregt,

wenn das Glück, das die Göttin dir schenkt, und das angstvolle Fragen
in dem Lächeln sich zeigt deines geliebten Gesichts.

Die so oft mich verführt, die feine Schwellung der Lippen
teilt sich ein wenig und läßt seufzend den Atem hindurch.

Hilflos suchen die Augen umher mit zitternden Lidern,
während in ihrem Gold grünliche Funken entstehn.

Eine Strähne fällt des zerrütteten Haars auf die Schläfe,
wie du vornübergeneigt, Reiterin, schneller dich regst.

Schneller hüpft auch das liebliche Paar deiner Brüste mit ihren
rosigen Monden, von selbst drängen die Knospen sich vor.

Da berührt Aphrodites Hand deinen Schoß, und ein Leuchten,
das ich noch nie gesehn, heiligt dein Mädchengesicht.

Mich durchzucken zugleich die glühenden Blitze des Himmels.
Dein entrücktes Gesicht, Göttliche, macht mich zum Gott.

Manfred Hausmann

UNTERRICHT

Bäuchlings lag sie und schmal im Dunkel der Nacht auf dem Lager.
Nur wie ein Dämmern von Gold nahm ich den Rücken noch wahr.

Und ich schrieb, auf den Arm gestützt, mit der Kuppe des Fingers
fragend ein Zeichen darauf, ob sie es fühlte und riet.

»Das ist ein Gamma.« – »Und das?« – »Ein Alpha, nein warte, ein Lambda.«
»Rate, wie's weitergeht!« Aber sie winkte nur stumm

mit dem geteilten Rund. Da schrieb ich den Namen zu Ende.
»Glauke«, schrieb ich und schrieb »Zauberin, Tochter des Pan,

der mit Syrinxgesang die scheue Dryade verlockt hat
eines einsamen Baums, daß sie ihm nicht widerstand.«

Zeichen reihte mein Finger an Zeichen und Wörter an Wörter.
Aber jeweils den Punkt setzte ich weich mit dem Mund.

Immer wölbte sie dann den Rücken und drängte ihn wohlig
gegen den weilenden Kuß, bis ich den Mund wieder hob.

Vieles hätte ich noch zu schreiben gewußt und zu küssen.
Doch nach dem fünften Punkt drehte sie langsam sich um:

»Wisse, ich habe sie alle erfühlt und verstanden, die Wörter.
Nur das Geschehnis des Punkts ist mir geheimnisvoll noch.

Habe Geduld mit mir und weihe mich ein in dies Zeichen
tiefer von Mal zu Mal, bis ich das Tiefste erkannt.«

Lächelnd streckte sie sich von den Brüsten bis hin zu den Hüften:
»Jene Tafel ist voll. Nimm nun mit dieser vorlieb.«

Erich Kästner
MORALISCHE ANATOMIE

Da hat mir kürzlich und mitten im Bett
eine Studentin der Jurisprudenz erklärt:
Jungfernschaft sei, möglicherweise, ganz nett,
besäß aber kaum noch Sammlerwert.

Ich weiß natürlich, daß sie nicht log.
Weder als sie das sagte,
noch als sie sich kenntnisreich rückwärtsbog
und nach meinem Befinden fragte.

Sie hatte nur Angst vor dem Kind.
Manchmal besucht sie mich noch.
An der Stelle, wo andre moralisch sind,
da ist bei ihr ein Loch . . .

Erich Kästner

EINE ANIMIERDAME STÖSST BESCHEID

Ich sitze nachts auf hohen Hockern,
berufen, Herrn im Silberhaar
moralisch etwas aufzulockern.
Ich bin der Knotenpunkt der Bar.

Sobald die Onkels Schnaps bestellen,
rutsch ich daneben, lad mich ein
und sage nur: »Ich heiße Ellen.
Laßt dicke Männer um mich sein!«

Man darf mich haargenau betrachten.
Mein Oberteil ist schlecht verhüllt.
Ich habe nur darauf zu achten,
daß man die Gläser wieder füllt.

Wer über zwanzig Mark verzehrt,
der darf mir in die Seiten greifen
und (falls er solcherlei begehrt)
mich in die bess're Hälfte kneifen.

Selbst wenn mich einer Hure riefe,
obwohl ich etwas Beßres bin,
das ist hier alles inklusive
und in den Whiskys schon mit drin.

So sauf ich Schnaps im Kreis der Greise
und nenne dicke Bäuche Du
und höre, gegen kleine Preise,
der wachsenden Verkalkung zu.

Und manchmal fahr ich dann mit einem
der Jubelgreise ins Hotel.
Vergnügen macht es zwar mit keinem.
Es lohnt sich aber finanziell.

Falls freilich einer glauben wollte,
mir könne Geld im Bett genügen,
also: Wenn ich die Wahrheit sagen sollte,
müßt ich lügen!

VII

Ich hab genug.
Komm. Zieh dich aus.

GÜNTER GRASS

Wir werden
dem Geschlechtsakt schon
hinter die Schliche
kommen . . .

ERICH FRIED

Hans Wolffheim

JAPANISCH-DEUTSCHE DREIZEILER

Variation

Schlag deine Schenkel
Nahan um den Nacken mir,
Startfrei zum Einstich.

Trinkspruch

Skål meinem Bolzen,
Schlingert dein Bauch, dein Popo
Quer übers Bett hin.

Metamorphose

Groß steigst du hinein,
Kehrst ans Licht du dann zurück,
Wie – ein Wichtelwurm?

Nur Mut!

Mitwisserin Hand,
Greif eine Lustrute an,
Greif dir solch Kerlchen!

Harter Flirt

Slipless im Maxi,
Dich zu erleichtern wie mich,
Probst du den Kopfstand?

Memento

Lust allen Lüsten,
Eh es anschleicht, das Alter,
Eh anschleicht der Tod.

Fritz Grasshoff
ANTRAG

Komm in meine Miete,
fall mir in den Dill,
süße Stalaktite
von Tripstrill.

Laß dich von mir malen,
geliebte Bekanntschaft!
In der Horizontalen
bist du wie Landschaft.

Dein Bauch ist ein Flecken
im schönsten Kanton.
Der Markt hat drei Ecken
und eine kleine Pension.

Vom Campanile, fern
läuten Zitonen.
Da, ums Verrecken gern,
möchte ich wohnen!

Fritz Grasshoff

LIEBESGESTÄNDNIS EINES APACHEN

Dich zu lieben vor allen Damen,
bin ich verdammt.
Ich pinkelte deinen Namen
in den Schnee vor dem Standesamt.

Ich könnte ihn mir in den Bast
mit dem Messer schreiben.
Nur weil du nichts davon hast,
laß' ich es bleiben.

Du bist ohne Treue
aber voll Zunder im Moos!
Wie ich mich allemal freue,
geht die Ladung los!

Ich weiß, du hast einen Stich
in die linke Brust erhalten,
einen Stich mit dem Knief auf dem Strich,
von einem betrunkenen Balten.

Laß mich dir den zweiten versetzen
in die rechte Partie –
aus reinem Ergötzen
an der Symmetrie!

Ich weiß, du läßt es geschehen,
weil die Liebe dich treibt.
Der Schmerz wird vergehen.
Die Erinnerung bleibt.

Fritz Grasshoff

FRÜHLINGSERWACHEN
ODER
GUTER RAT AN AUSGEREIFTE JUNGFRAUEN

Es duftet mild nach Gasanstalt.
Der Koks dampft in den Loren.
Im Telegrafenstangenwald
wird ein neuer Frühling geboren.

Klopft erst der kleine Mann im Ohr,
wird euch zu eng der Slip,
und raunts auf jedem Korridor
von Knutsche und von Strip –:

dann schäkert mir nicht ungekämmt!
Stelzt wie auf Anthrazit!
Und will der Chef mit unters Hemd,
seid nett und nehmt ihn mit.

Der süße Lenz, kaum ist er da,
sind die klügsten Wölfe malle.
Und jeder lupus in vagina
sitzt einmal in der Falle.

Karl Krolow
DIE LIEBE

Die Wetterfahnen stehen auf Rosa.
Es ist die Farbe der Kondome,
die als Ballons am Himmel treiben.
Hinter jedem Gesträuch
werden sie aufgelassen.

Aus den Bodenwellen
schlagen Flammen.
Das Gras brennt,
wo der Abdruck eines Körpers
im Abend vergeht.

Dann kann man Paare sehen,
die ihr Vergnügen aneinander
dem Wind anvertrauen.
Er entführt Schenkel und Schultern
ins Ungewisse.

Auf dem Heimwege fallen einigen
die Gefühle ein, die
sich gegen die Landschaft
nicht durchsetzen konnten.

Karl Krolow

BÜRGERLICHES GEDICHT

Sein bürgerlicher Schwanz,
der für Geld mir
von hinten hoch kam
in die offene Dose,
hinderte mich nicht,
Gefühl für den Gegenstand
zu haben, der für Geld
in mir tätig war,
ruhig und mit Gefühl
für Zeit, die Geld ist,
während mir das Loch
langsam naß wurde und ich
mich hüftaufwärts immer stärker
nach vorn krümmen mußte,
stehend, während er stehend
seinen Stempel an die Gebärmutter drückte,
heiß und langsam, und seine Eier
irgendwo hinter mir schaukelten,
ich nach hinten griff und
zwischen Daumen und Mittelfinger
die Hoden preßte, bis er für Geld
entlud und mir sein Inneres
langsam aus meinem Paradies lief,
langsam die Innenfläche
des linken Oberschenkels herunter,
und ich mich wieder
aufrichtete.

1

Nimm sie langsam, wenn die Titten
fest aus ihrer Bluse stehn,
dir zur Brust, fahr mit ihr Schlitten,
laß ihr Lochhaar kräftig wehn.

Fahr ihr durch die schöne Wolle,
die schon naß vor Freude ist,
zeig's ihr, wenn die Liebesknolle
zwanzig Zentimeter mißt.

Schick ihr deinen langen Bengel
durch die offne Fotzentür.
Mach, daß sie den roten Stengel
heftig auch von hinten spür'.

Laß das Spargelwasser laufen,
wenn sie dir am Prügel lutscht.
Ihre Knospen kannst du taufen,
ist der Laban ausgerutscht.

Aber vor dem großen Knaller
reite sie dir tüchtig ein,
bürst' die Möse mit Geballer,
hoble ihr das Dingsda fein.

Gib ihr stehend das Vergnügen,
putze ihr das Ärschchen blank,
stoße nach mit vollen Zügen,
Mach sie nach dem Pinscher krank,

den sie durch die Hose streichelt,
der ihr in die Hand gespuckt,
hochgewachsen, hart geeichelt,
eh er untern Rock geguckt.

II

Blas ihr unter ihre Schürze
eine schnelle Melodie.
Jeder Knüppel steckt in Kürze
in der richtigen Partie.

Vorher prüfe ihre Dattel,
mach sie mit dem Finger reif.
Auch im weichsten Damensattel
halt dein heißes Eisen steif.

Leg sie dir auf deinen Pimmel,
laß ihn in ihr Kleinfleisch ein.
Jeder Besen ist im Himmel,
fegt er ihr die Wäsche rein.

Bring den Schraubstock zwischen ihren
beiden Schenkeln hoch hinauf.
Wenn du sie auf allen Vieren
vor dir hast: drück ihr den Knauf

mit Gefühl durch ihre Backen
in den feinen Hinterhof.
Wenn die Bodendielen knacken,
bleib auf beiden Ohren doof.

Hast du ihr das Feld beackert
und den Stecken oft gepflanzt,
daß sie immer wilder gackert,
wenn du ihr ins Fell gestanzt

deines Buben stramme Stärke,
die ihr Haut und Haar durchnäßt,
geh getrost an neue Werke,
die sie dich verrichten läßt.

Karl Krolow
SONETT

Hol den Ständer langsam aus dem Latze,
laß dir mit dem roten Dolche Zeit!
Vorher wirf sie schnell auf die Matratze.
Leg ihr ihren Blätterteig bereit

Und bespringe sie mit einem Satze.
Mit dem Lulatsch kommst du bei ihr weit.
Grabe immer tiefer nach dem Schatze
Zwischen ihren strammen Schenkeln, reit'

Unter dir das heiße Fleisch der Stute.
Lasse ihr vom Safte deiner Rute
Alles warm in die Pastete dringen.

Sorge immer neu für's einzig Gute.
Nimmt sie deinen Pipin in die Schnute,
Laß die Engel ihr im Himmel singen.

Hans Carl Artmann

eine wäscherin von gamaschen
trägt trauer im gesicht –
ach, keine zeit zum naschen
bis ans jüngste gericht ...

ein eleganter stutzer
tritt durch die tür herein:
und sind meine gamaschen
auch wieder tipptopp rein?

gewiß, mein gnädiger mister,
oh witwendemut hold!
sie blinkern und sie blankern
wie frischgewichstes gold.

und über die stiefletten
gewandt stülpt der galan
die beigen sportgamaschen
blickt drauf die wäschrin an:

ich bin ein weiberjäger,
durchweibere die welt,
ob jungfrau, gattin, witwe,
ich lieb, was mir verfällt!

wollt ihr die meine mimen
für eine halbe stund?
der mensch weilt auf der erden,
der mond im himmelsrund.

der schönen witwe augen
sehn stumm den stutzer an:
wer will gamaschen tragen,
der schaff sich solche an!

den fant durchzucket böses,
oh jekyll mister hyde . . .
er dringt ihr an den busen,
reißt ihr herab das kleid.

ha, herzeloser stutzer,
was hast du heut vollbracht?
die nacht ward dir zum tage,
der muntre tag zur nacht.

eine wäscherin von gamaschen
trägt trauer im gesicht –
ach, keine zeit zum naschen
bis ans jüngste gericht . . .

Erich Fried

MENE MENE TEKEL

An der Abortwand
nackt zwischen Kot und Samen
hängen die Herzen
durchbohrt von Pfeilen
tropfend von Blut
        Über und unter ihnen
        und rechts und links
        gilt nichts!
        Schlechte Einsamkeit
        gut für der Menschen Geschlecht
Ungeliebte kratzen mit Bleistift und Messer
Worte und Bilder
und stiften Keuchen und Lachen
mit tickenden Schläfen
mit Fingern braun von Tabak
        Nachbar
        Nachbar
        lege dein Aug an die Öffnung
        lege dein Ohr an die Ritze
        der Wand die dich schützt
Beichtstuhl des Leibes
öffentliches Geheimnis
Im Namen des Tieres
entgürte auch du
deine Lenden
        Im Namen der Notdurft
        wirf auch du deinen Samen
        in der Einsamen Namen gezählt und gewogen
        und zu leicht
        an die gefundene Wand

Erich Fried

DOPPELWUNSCHTRAUM

Das Kissen
trieft schon
auf dem Emma
geöffnet
liegt

Ihr Otto
in ihr
auf und ab
eine schmierölig
grunzende Pumpe

In Emmas
geschlossenen Augen
pfählt sie
der Kellner
Ivan

In Ottos
leerer Faust
Ivans Hoden
langsam
zerquetscht

Erich Fried
SCHWEIN DES ANSTOSSES

Wer nicht Anstoß
zum Stoßen
findet
der fühlt sich oft
abgestoßen
wenn vom Stoßen
die Rede
oder das Bild ist

Wir aber
stoßen an
auf das Stoßen
dann glaubt uns jeder
daß uns der Bock stößt
und nicht etwa
schon der Wurm

Helmut Heißenbüttel
GEDICHT ÜBER PHANTASIE

Öl Schweiß Gerüche Schweißkolben Treppengeruch
Bettgeruch da muß man die Hand die anfaßt umfaßt
um Hartes um Weiches Metall Zebedäi reinschicken
sich hin und her gerollt Kastanien Kopf ganz wie sagt

man voll von schmutzigen schmutzige Phantasie ge-
steigert zu dem Bedürfnis zu sagen von mannifaltig
Verwicklung in der sich konkret durch die Umstände
auseinandergebogener Schenkel verrenkt Geschmack

der Pulpa Klitorides Anastatica Hierochuntica Dös-
chen zu bürsten es tun Nummer schieben Stoßgeschäft
verkrampfte Vagina aus Angst Kinder zu kriegen die
Sacknaht zu lecken die immer die gleiche Figur kopf-

über verzerrt kürzer sich außer von unten geschraubter
Hintern stumm sich verschiebende Phase verbraucht
unverbraucht schlapp ausgehöhlt ausgearbeitet
schwach besetzt und kräftig ausgebildet schwach aus-

gebildet und kräftig besetzt sperrbeinig sperrfleischig
Spalt spalten glatt kalt weich heiß Rückbezug Rücken-
zug besonders ermüdend Ausschweifungen vor dem
Spiegel Damenbesuch nur an Nachmittagen Schlüpfer-

jagd als Verntil and the question as to how many times
a night a man can do it is a favorite topic of grau
still des Juli morgens Wand lila sperrbeinig auseinan-
dergebogen talsohlenflach naß erschöpft was ist der

des Sexuellen Tropfenglanz Zauber warum so gro-
ßen ersten Blicks dans des cas pareils sperrbeinig
sperrbildrig fenstersturzläuternd c'est toujours un-
bedacht blindlings die gleiche Sache

Kurt Marti

O RÖSI DU NUSS

ZYKLUS ZÄRTLICHER ALBERNHEITEN

1

rösi
du
nuß
du
fee
du
feenuß
seit
je

2

o
rösi
du
eros
ion
meiner
ruh
du

3

rösi
wie
bohrst du
uns doch
in den zahn
dieser zeit
manch zeitloses
loch

4

blühst
im zehrosenteich
palamür
rösi
als schönste
zehrose
mir

5

rösi
du rilke-fan
rilkest doch viel zu schön
um immerzu brav
und allein
niemandes schlaf
unter so viel lidern
zu sein

6

mir wässert
o rösi
der mund
nach deinen
rund
hundert
rosigen
pfund

7

rösi
o spass
du wendig
und schnappenden munds

bis dass
wir vierhändig
spielen
mit uns

8

o rösi
wie rund
dein körper
mir aalt
damit
mein mund
ihn zärtlich
bemalt

9

AUU
ich bin
doch kein
schnitzel
rösi
zügle
die zähne
ein bitzel

10

welch
ein gebimmel
o rösi
wenn du
dich selbst
lustig
als himmel
über mich
wölbst

11

küsse
die küssen begegnend
in deinem Geschlecht sich verloren
o rösi
wie schlägst du
die schenkel mir segnend
und weich um die ohren

12

im
ekstasen
fieber
wie süss
die rösigen
nasen
stüber
des knies

13

überstrahlst
die gewohnte
prosa
der triebe
o rösi
du monte
rosa
der liebe

14

hätte
nur jeder
ein krabbelröschen
wie dich

mit lustigem
zappelmöschen
bei sich –
ich glaube die leute
wären besser als heute

15

wer
o rösi
beschriebe
die wohllust
des wohllauts
der liebe?

16

ganz
von dir
durchdut
rösi
ruht
sich
gut

17

ach
wie weisst du
zärtlich durchtrieben
mit binnenmuskeln
den muskel der liebe
für und für
zu lieben
in dir

18

mit deinem
körper fühlen
zu können
rösi
ach wunderbare
das wäre
erst die wahre
liebe zu nennen

19

o rösi
wie hat mir
liebe sublim
ihr sehr schönes bein
gestellt –
die härchen an ihm
sind fein
die feinsten
der welt

20

komm
wir zwei
wir gründen
eine partei
deren parole
programmt:
WERDET MITEINANDER
ZÄRTLICH
WIE SAMT

21

stolzer
als ein monarch

wache ich
rösi
über dein
sanftes
geschnarch

22

leuchtender noch
trat der vollmond
herfür
rösi
ach träumte ich doch
deine träume
mit dir

23

so traut da
umbeint
wenn atem
und schlaf
uns hautnah
vereint

24

morgenstund
hat
blond
im mund

25

o rösi
wie zappelst
du bäuchlings
und streckst

mir den po
damit
ich dich so

26

ein tag
mit liebesakt
begonnen
ist
rösi
schon so gut
wie ganz gewonnen

Ernst Jandl
DOPPELCHOR

es mann spielst unser frauen mit nur schilfharfe
gehst ans fingerspitzen und vorbei es.
es frau spielst unser männer mit nur klarinettich
knopfst an und bläst ein immer lied aus es.
es mann spielst unser frauen mit nur momentharmonika
sperrst um und pfeifst schlüsselrüssel.
es frau spielst unser männer mit nur es violinerin
stellst an diriganten hin und wickelst den orchaster aus.

Ernst Jandl

BEI NACHT

die liebe ist abgewischt.
das licht ist ausgelöscht.
rücken an rücken übernachten
die geliebten.

HOFFNUNG

in die effnung
vier dein glied ein
glicklich zu sein

glick

glick

Ingeborg Bachmann
LIEDER AUF DER FLUCHT VII

Innen sind deine Augen Fenster
auf ein Land, in dem ich in Klarheit stehe.

Innen ist deine Brust ein Meer,
das mich auf den Grund zieht.
Innen ist deine Hüfte ein Landungssteg
für meine Schiffe, die heimkommen
von zu großen Fahrten.

Das Glück wirkt ein Silbertau,
an dem ich befestigt liege.

Innen ist dein Mund ein flaumiges Nest
für meine flügge werdende Zunge.
Innen ist dein Fleisch melonenlicht,
süß und genießbar ohne Ende.
Innen sind deine Adern ruhig
und ganz mit dem Gold gefüllt,
das ich mit meinen Tränen wasche
und das mich einmal aufwiegen wird.

Du empfängst Titel, deine Arme umfangen Güter,
die an dich zuerst vergeben werden.

Innen sind deine Füße nie unterwegs,
sondern schon angekommen in meinen Samtlanden.
Innen sind deine Knochen helle Flöten,
aus denen ich Töne zaubern kann,
die auch den Tod bestricken werden . . .

Günter Grass
MÄRZ

Schon wieder mischen sie Beton.
Von rostiger Armierung taut
die letzte Hemmung, Fertigteile
verfügen sich und stehen stramm:
Komm. Paß dich an. Komm. Paß dich an.
    Als meine Wut den Horizont verbog,
    als ich den Müll nicht schlucken wollte,
    als ich mit kleinen spitzen Verben
    Bereifung schlitzte, – Warum parken Sie? –
    als ich den Pudding durch ein Haarsieb hetzte
    und ihm sein rosa Gegenteil bewies,
    als ich mir Schatten fing, als Schattenfänger
    bezahlt, danach veranlagt wurde,
    als ich die Nägel himmelwärts
    durch frischgestrichne Bänke trieb,
    als ich Papier, mit Haß bekritzelt,
    zu Schiffchen faltete und schwimmen ließ,
    als Liebe einen Knochen warf
    und meine Zunge sich Geschmack erdachte,
    als ich beschloß, die Gürtelrose zu besprechen,
    nur weil im Welken noch drei Gramm Genuß,
    als ich, es nieselte, die Bronze leckte
    und schwellenscheu die Fotzen heilig sprach,
    als meine Finger läufig wurden
    und längs den Buden jedes Astloch deckten,
    als ich die Automaten, bis game over,
    bei kleinen Stößen Klingeln lehrte,
    als jede Rechnung unterm Strich
    auf minus neunundsechzig zählte,
    als ich bei Tauben lag und schwören mußte:
    Nie wieder werde ich mit Möwen! –
    als ich ein Ohr besprang, um Ablaß bat:
    Zu trocken sind die Engel und zu eng! –
    als nur noch Kopfstand mir Vokabeln gab:
    Ich liebe dich. Ich liebe dich. –

Als Winterfutter aus den Mänteln
geknöpft und eingemottet wurde,
als sich das Treibhaus bunt erbrach –
Lautsprecher in den März gestellt –,
als Kitzel Krätze Fisch und Lauch
sich stritten, brach der Frühling aus:
Ich hab genug. Komm. Zieh dich aus.

Paul Wühr

Noch sitzen die Brüste am Körper ganz
ordentlich zwar die Hände am Bauch
des Faßes

unter der Höhensonne jodelt jedoch
der Bub schon über den Tannen als
aus der Milch

die Butter geworden aber wer weiß
was ein Holzlöffel ist als sie sich
schaufeln läßt

und unter der bunten Schürze werden
solche Geschichten dicker als sie
stehen können

aber geschrieben hat sie im Karwendel
das Leben

Anise Koltz
MEINE HAUT

Meine Haut
ist eine Trommel
du wirst mir von ferne gemeldet
der Wald fliegt vor uns auf
wie eine Schar wilder Vögel

meine Haut
ist ein Schmugglerpfad
eine Hütte
die ich dir hergerichtet habe

Anise Koltz

LASS DEINE HÄNDE AUF FAHRT GEHEN

Laß deine Hände auf Fahrt gehen
sie sind Piratenschiffe
sie rauben und plündern

du wirst in mir
einen Waffenraum entdecken
ein Pulverfaß
und drei verweste Ratten

Anise Koltz
DU BIST DER HABICHT

Stoß zu mir ins Gras
du bist der Habicht
der trägt mein Blut
über die Wälder

hörst du den Klageruf
meiner Lust
in deinen Fängen

Hans Magnus Enzensberger
ICH BIN, WAS DU VERGESSEN HAST

Ich bin die Hure an der Bar,
die ich vor hundert Jahren war.

Ich bin, was du vergessen hast.
Der ausgestorbene Palast,

der Mund bin ich, der dich verzehrt.
Ich bin die Nacht, die wiederkehrt.

Ich war, ich werde sein, ich bin
die maulbeerfarbne Negerin,

das Meer, das dir zu Füßen schäumt.
Ich bin der Hund, der von dir träumt.

Das Haschisch bin ich, das du rauchst.
Ich bin der Strom, den du verbrauchst.

Ich bin der Tropf, an dem du hängst,
der Haufen Geld, an den du denkst.

Ich bin das Auge, das dich sieht,
die Zarin, die vor dir hin kniet,

und die dich in die Wüste schickt.
Ich bin der Stricher, der dich fickt.

Ich bin dein Engels und dein Marx.
Ich bin der Deckel deines Sargs,

das Fleisch, das du zu Abend ißt.
Ich bin dein Abgott und dein Mist.

Ich bin, ich werde sein, ich war
die Fledermaus in deinem Haar.

Cyrus Atabay
DER LUST INS BUCH

Erkauft mit der Syphilis,
die in meinem Blut schlummert,
habe ich den Eintritt
in ein Schauspiel,
in dem stattfindet der Orgasmus,
das Grande Finale
einer Schmiere.

Max Bolliger
HITZE

Hitze,
reglos
im verdunkelten Zimmer.
Nackt liegen
unter Staubgeleisen.
Eine Reise
mit Bildern
versponnen,
erregt,
Samen,
der den Nabel füllt,
warm
über die Lenden fließt. –
Einsamkeit,
erschreckt
vom Ruf
spielender Kinder.

Walter Helmut Fritz

MIT ZÄHNEN, MIT HAUT UND HAAREN

Du hast einen Körper,
der seine Müdigkeit
rasch vergisst.

Ich kenne dich,
ich kenne dich nicht.

Aber ich weiss,
es ist schön,
wenn wir einander
zugewandt sind

mit Zähnen,
mit Haut und Haaren.

Wolfgang Hädecke

VORM EINSCHLAFEN ZU SPRECHEN

Gib deinen Mund – wir fallen schwer und langsam
ins feiste Kraut, ins Nest der blauen Käfer,
wir haben Farn und Wurzel an den Hüften
und einen Mond im Auge: blaß und rund.

Nimm mich beim Hals – mir klopfen alle Adern,
mir schwemmt die Müdigkeit das Blut vom Herzen,
ich wärme Worte, atme Nacht und sinke
an dir vorbei und mondwärts auf den Schlaf.

Bleibst du noch wach? Wir schwimmen durch die Wasser
des Traumes zwischen Tang und Fels und Fisch:
ich – schweres Boot und Algen an den Planken,
du – Segel, weiß und leicht in großem Wind.

Günter Kunert
KLEINES GEDICHT

Nun strafft sich alles wieder,
was schlaff gewesen ist:
gewiß das Glied der Glieder
für eine kurze Frist.

O kurze Frist der Liebe,
da man sich selbst vergißt
und nur mit seinem Triebe
die Zeitlichkeit durchmißt.

Günter Kunert
UTOPISCHER EROS

Der weise Engel hat uns einst gelehrt:
durch Arbeit wuchsen Menschen selbst aus Affen.
Die Hand hat uns gemacht. Die Hand hat uns ernährt.
Wir schufen sie indem wir mit ihr schaffen.

Doch haben wir noch nebenbei Privatorgane
zum Beispiel: die man bei der Zeugung nötig hat.
Die bringen uns jedoch nicht vorwärts wie ich ahne
denn nie erscheint ihr Bild in einem Massenblatt.

Drum fordert daß man sie gemeinsam nützt
um sie zu Volksorganen zu gestalten
auf deren Nutzung jedermann das Recht besitzt
sein Teil vom allgemeinen Teile zu erhalten.

Peter Rühmkorf

Es ist der gleiche Betrug,
Ob ich dichte oder pisse,
Es geht jeder Atemzug
Ins Ungewisse.

Hoch 1070 Millibar
Mittelschweden.
Laßt uns noch etwas über dein Haar,
Über unseren Atem reden.

Noch etwas Glück getankt,
Geruch von Heu, ungemessen.
Eine Hand, die dir in die Hose langt,
Läßt dich alles vergessen.

Rührt dich noch der Verlust
Der schönen Systeme?
In deine Hühnerbrust
Münden die großen Ströme.

Peter Rühmkorf
TAGELIED

An springt der Sommer – mitten durch den Reifen,
– noch einmal trägt mein Glück –
Verweile doch und laß dich auch begreifen,
mein Pfauen-Augen-Blick –
Es ist das Stundenglas nicht umzukehren
und was die Parze spinnt ...
Das Leben, das wir beide so verehren,
es rast – es rinnt.

Es traut kein Bürger, segnet uns kein Paster,
kein Richter stimmt mit ein.
Es muß, mein Kind, nicht immer gleich das Laster,
es kann auch Liebe sein.
Denn was sich liebt, das spottet der Erfahrung,
und was sich fesselt, gibt sich aus der Hand.
Dein Arsch hängt über mir wie eine Offenbarung:
gesammelt – und entspannt.

Verdammter Morgen, bleiche Abschiedsstunde,
wenn uns der Schweiß gefriert.
Dein Finger paßt so schön in meine Wunde,
faß rein, daß sie sich spürt.
Und Biß um Biß sich aneinanderreihend
machen der Seele die Gestalt bewußt.
Scharf wie Makrelen, Plankton seihend,
schlürfen wir uns die Seufzer aus der Brust.

Die Nacht ist hin, die Dinge sind so sausend
(Ein Kuß noch draufgepappt)
Eh uns der schwarze Müllmann 1:100 000
im Acheron verklappt ...
Ein Blutsturz, gut, so steigt er, so verstrullt er;
Schmerzböen, Tränenschauer, immer hinterher!
Das nimmt das Wasser alles auf die leichte Schulter;
das trägt die Flut ins Meer –

Horst Bienek

OBSZÖN

ich glaub
lieber Arnold
jeder seriöse autor
möchte vertreten sein
in einer anthologie pornografischer literatur
wie – vielleicht – jeder pornograf davon träumt
wenigstens mit einem satz
in den literaturgeschichten
– zumindest im KLG –
erwähnt zu werden

überprüfend
meinen bestand an pornografie
entdecke ich
daß mein kopf voll davon ist
mein schwanz
meine zonen
die erogenen (hi-hi-)
und daß ich manchmal
des nachts
zwischen elf und drei uhr
das praktiziere was man in bürgerlichen kreisen immer noch
pornografie nennt
entdecke aber – jetzt im augenblick –
meinen egoismus
der nicht will
daß andere daran teilhaben
und ich weiß
immer ist irgendwo ein kramberg
der darauf lauert
bettgewohnheiten zu rezensieren

Jaja wenn ich an meine versuche denke
wenn ich daran denke
an die tiefen unüberbrückbar

die sich auftun zwischen dem ausführen und dem aufschreiben
und – vor allem – nachdem ich Bukowski
                                        gelesen habe
merke ich
                    daß wir noch ein stück abendland sind

Freilich
                    auch ich kann
mit lauter stimme ausrufen
                    es lebe der permanente fick
                    es lebe die permanente fick-revolution
(und niemand wird da sein der mir widerspricht)
                                        beides sind formen der vita activa
o ja ich könnte erzählen von einer burroughs'schen utopie
                    in der die eine hälfte der menschheit
                    die andere in den arsch vögelt
                    und vor lauter lust
                    verginge allen die aggression die exploration
die kolonisation die administration die ex-kommunikation

Aber wer glaubt mir das
                    wer sieht nicht dahinter
                                        die provokation
um der provokation willen
                                        vielleicht
um herrn zimmermann oder die bundesprüfstelle aufzustören
                    da gibt es schon eine menge junger autoren
die nur das wollen nichts anderes und nichts mehr
und die schon zahlreich in Ihrer antho vertreten sein werden
                    aber das ist nicht mein fall

Ich schreibe weiter
                    meine gedichte
                         vielleicht wie gerade jetzt
                         über die sprache:

das beschäftigt mich
wie kann man
jenseits von lettristischer sprachimpotenz
über die sprache reflektieren

Ich rede nicht vom sieg
weil ich niederlagen erlitten habe
ich spreche nicht von der schönheit
weil mein körper mit narben bedeckt ist
ich weigere mich den gesang zu rühmen
weil meine kehle verstummt ist
ich setze die worte nebeneinander
weil ich schweigen möchte
ich spreche die sätze vor
weil ich ihr wesen angeben will
das wesen des satzes angeben heißt das wesen aller
beschreibung angeben also das wesen der welt
die sprache folgt mir nach
ist immer hinter mir
schattensprache

das meine ich
hier enthüllt sich die sprache auf obszöne weise
sprachpornografie – obszön
obszönobszönobszönobszönobszönobszönobszönobszönobszönob

Andreas Okopenko

LIEBESLIED AN EINE GUTENTWICKELTE ZWÖLFJÄHRIGE

Mädi komm her
ich bin ein Frotteur
ich reib mein Glied
an deinem Kleid
dein Kleid ist so dünn
und dein Orsch ist so breit

ich reib und reib
du bist ja ein Weib
dein Kleid ist so kurz
und du läßt einen Furz
du denkst an Latein
und dein Loch ist so klein

ich reib ihn groß
an deinem Schoß
und wollt es wär weiter drinnen bloß
ich fick und fick
und du bist so schön dick
dein Speck im Genick
und dein Schweinsäugleinblick
du bist mir so teuer
wie gern ich dich scheuer

ich möchte dich ficken
an Wange und Rücken
an deinem Bimbam
an Brust und an Damm
an Kinn und Gesäß
und in deinem Gefäß
und mit einem Kabel
zugleich auch im Nabel

es ist heut so heiß
und mein Schwanz dir am Steiß
und dir ist so heiß
und drum riechst du nach Schweiß
ich reib meine Achsel
an deiner Achsel
und kuschle mein Haxel
ganz eng an dein Haxel

ich fick und fick
und fick mich ins Glück
wenn ich dich zerdrück
geb ich keinem ein Stück
ich laß alle dem Prick
meinem reibenden raubenden
alles dir glaubenden
seligkeitsschnaubenden Prick.

Andreas Okopenko

JÜNGLING FICKT DICKE SCHREBERGÄRTNERIN VOM GESÄSS AUS

Die Unterwäsche stinkt nach Weib. Ich glühe.
Der herrliche Popo! Jetzt halt dich ruhig
und antwort nicht auf meine Worte, kusch.

Jetzt glaube ich, ich bin in einem Filmstar.
Wie fest noch deine Hinternmuskeln sind!
»Ich wollte ohnehin einmal zum Film.« Kusch.

Dein Damm ist so schön fett und so schön schweißig.
Jetzt glitsch ich gleich den dicken Lippen zu.
Ich bin begeistert. »Ich tus auch gern.« Kusch.

Mein Fingerspiel mit deinen Brustballonen.
Ich denke an die selige Marilyn.
Du bist so reif. »Ich werde sechzig.« Kusch.

Und wie mich deine vielen Haare kitzeln.
Du bist ein Mädchen in der vollen Blüte.
»Ich fühl mich ja auch jung, Geliebter.« Kusch.

Jetzt hab ich deine Clitoris betupft.
Du wogst jetzt unter mir wie eine junge Frau.
»Mich hat ja auch schon lang mehr keiner . . .« Kusch.

Und jetzt, ich kann mich selber kaum mehr halten,
jetzt gehts ins feuchte große Loch hinein.
Daß du so zärtlich sein kannst . . . »Rotzbub, kusch. Genieß!«

Andreas Okopenko

ICH MÖCHTE NUR DIE MUTZENBACHER KOSTEN

Ich habe beinah alle Welt durchkämmt,
es ging oft zu wie in den Operetten:
Ich schnüffelte in jedes Frauenhemd,
zog meine Schleimspur über alle Betten,

ich schlief mit Riesin und mit Mißgeburt,
mit Kommissarinnen im Fernen Osten
und hab die eigenen Töchter schon verhurt.
Jetzt möcht ich nur die Mutzenbacher kosten.

Ich ging mit einem Känguruh zu Bett
und wachte auf bei einer Hirschkokotte;
dem Siamkätzchen machte ich Minette
(seither heiß ich bei ihr der Polyglotte),

ich habe es schon bis zum Floh gebracht
und gab der Elefantin meinen Pfosten.
Jetzt hab ich nur noch einen Wunsch zur Nacht:
Ich möcht einmal die Mutzenbacher kosten.

Die Weltgeschichte sonst ist mir egel:
Kleopatra soll weiter Balsam hüten;
Hoheit und Zofen aus dem Escorial,
die Königinnen mit gefärbten Füten,

die Pompadours, die Girls vom Montparnasse
in Särgen, die bestehen und verrosten,
sie alle spritz ich nicht mehr warm und naß.
Ich möchte meine Mutzenbacher kosten.

Natürlich weiß ich, der Verzicht ist ganz.
Ihr Fleisch ist aus, sogar für Nekrophile.
Kein Trick ermöglicht es dem prallsten Schwanz,
daß er mit weggefressenen Dingern spiele.

Doch kommt einmal ein Wissenschaftler drauf
im Westen oder eher noch im Osten,
bin ich der erste, daß ich mir sie kauf.
Dann werde ich die Mutzenbacher kosten.

Gerhard Rühm
THUSNELDA-ROMANZEN

der finger einer hagern nonne
die sich heimlich hergeschlichen

fährt der schlafenden thusnelda
flink und tief mit heilger kraft

in die unberührte scham
um mit langem spitzem nagel

die noch blühenden organe
nun für immer zu zerstören

---

thusneldas scham hat feine fächer
wo hinein
liegt sie im bette

sacht von unten winzge würmer
die den süssen arsch bewohnen
züngelnd schlüpfen

sie liegt da
geschlossnen auges
starr mit zugepressten lippen

während ihre schenkel zuckend
sich ein wenig
wenig öffnen

füllet sich geheim die scheide
die von grauser lust befeuchtet
mit dem wühlenden gewimmel

denkt sie ihres toten vaters
der im Kirchhof fault bedeckt
von tausend abertausend würmern

---

mit seinem finger in der scheide
doch bedeckt von einem kleide
macht thusnelda eine reise

und sie reibt die schenkel leise
an den konsul muss sie denken
wohin sie den fuss auch setzt

denn sein abgetrennter daumen
den er ihr mit geilem gaumen
tief zum abschied eingeführt

kalt erstarrt sie reizt und schürt
bis sie eilt und seufzt und hetzt
jäh die wehe lust sie netzt

Kurt Sigel
SPASS

Wollen wir du
und ich ne
Menge Spaß
du wollen wirs
treiben
du und ich ne
Weile treiben
vorn und seit-
wärts
lustig treiben
wolln wir
fragt
er lieber
Himmel warum fragt
er noch ich
will ja will
nen Spaß ja
lieber
Himmel Spaß ne
Menge ich und
er na
endlich
greift er endlich
tut was streichelt
macht
das Spaß ne
Masse Spaß oh
lieber
zittert ach der
zittert
bis er mal den
Schlüpfer
endlich
Angst nee
Spaß ja

was denn will
das Ding
nich hart zu
weich ja
lieber Himmel hängt
das ach
und zittert das
ist mir ein schöner
doch
jetzt
kommt er langsam
kommt ein
schöner
komm oh
komm schon
endlich ah ein
Spaß ne dolle
Masse
Spaß

Kurt Sigl
LIEDCHE VOM SIESSE ZEITVERTREIB

Du bist mein klaaner Ruff-un-runder
dei Bett des iss mein nackter Leib
ich treib es bund du treibst es bunder
merr spiele Zeitvertreib

Un wenn de jäh den Mond zerbeißt
weil dich e wildes Stöhne packt
in rosa Wolke schwimmt de Geist
mein Stern iss abgesackt

Doch kommst de uff de hechste Giwwel
dort wo die Wollust parkt
versink ich mit em letzte Ziwwel
verrenkt im Herzinfarkt

Günter Herburger

PROGRESSIVE THEOLOGIN

Da war sie,
dort,
Brillanz, Tonhöhe und Schärfe,
alles stimmte,
sie hat gesprochen, ein Brustformat,
das mich rührte.

Der kleine gespannte Mund,
in dessen Winkeln Speichelpfropfen standen,
versprach eine Menge Tapete.
Mädchen, habe ich gesagt, Mädchen,
hol über,
hol über,
ich kenne deinen Rock, deine Strümpfe,
an denen die Schließen in die
gottverdammten Schenkel drücken,
und wie du den Gabelfinger abdrückst,
Sellerie im Gaumen teilst,
das saure Säftchen kringelt
im Papillenritz.
Mädchen, ja doch, keine Anstrengung,
Theologie ist etwas, das Spaß macht,
gongt, sumpft,
international ausgebaut mit dem Finger
auf die international wunde Stelle zeigt,
in der wir uns tummeln,
ein Kellner brät das Fett.
Ich will Überraschungen,
wenn Jesus Christus auf der Zunge liegt,
schnell, ein Windhund,
der bald verdirbt.

Die soziale Progression wird billiger
im Grade der Ehrlichkeit,
Bekenntnisse, Schuldgefühle,

der kleine runde Frauenbauch springt
am Bildrand vor.
Rockbund, Gürteldorn,
mein Fummelfinger,
der Helligkeit und Flocken regelt,
zupft und tümpelt,
auf dem Tisch will ich dich sehen,
gespreizt,
im Anschlag das Mikrofon,
das dich
befriedigt,
befriedigt,
bis in christliche Unendlichkeit,
und Pillen-Paule, gleichmäßig
schaut er zu.

Helmut Mader

ONANIE

DREI STROPHEN NACHT

Der Jüngling spannte auf eine Trommel die Haut seines Mädchens
und saß davor mit irrem Lachen.
Er malte mit den Händen verrückte Takte darauf, entfachend
die Flammenlocken
der Nacht, die schreiend ihr Haupt aufhob und dröhnte
bis fern an gelbe Gestade, wo Gott in Krämpfen der Wollust lag.
Die Sterne fielen herab als tote Vögel.

In den Gassen irrten Tiere mit spiegelnden Augen.
Unter dem Fenster der Platz bestand aus nackten Körpern,
auf die der Regen aufflatternd ein Schwarm hungriger Vögel schlug.
Er sprang hinab in den Trog furchtbarer Qual-Lust.
Sein entzündetes Blut hob er in den kahlen Himmel aus Kalk,
und der rote Schein seiner Sonne bespie die Szene mit dem
Blute Christi.
Wie süß das Erlernen irrer Gebärden der Lust ist!
Und das Morden im Geist besudelt die weißen Nächte nicht.
Wehe dem jungen Fleisch, irrend in den parodierenden Rhythmen
einer Jazzband!
Wer aber hielt ihn, den Stürzenden? als er schritt durch die
matten Hallen aus Glas,
die der Orgasmus wölbte über dem toten Herzen!
Manchmal kommt dann ein fremdes Mädchen, vielleicht hält sie
ihn bei der feuchten Hand
oder streicht über das struppige Haar ihm.

Es ist anzunehmen, daß sie nicht von Gott gesandt ist.

Inge Hertel
REIFEPRÜFUNG

Mich laß ich fallen in Bogen und Bausch
ehe die Hirsche mich forkeln:
so unterwegs voller Rogen und Rausch
belieben selbst Götter zu torkeln.

Des Nachts sind alle Gräber feucht
und deine Träume nicht minder –
was ist es, das dich zu mir scheucht
von mal zu mal geschwinder?

Rülps mir Moral doch nebst Kummer und Harm
gezielter zwischen die Brüste –
ein elendes bißchen Gewissens-Gendarm
kennt nichts, was ich nicht wüßte.

Mein Junge, die Seele rettest du nicht
im bürgerlichen Getümmel:
sei lieb und tu deine Mannespflicht
unter verschorftem Himmel.

Ror Wolf
DIE PFLEGE DER GESELLIGKEIT

meine herrn, um einmal auszuschweifen,
will ich die gelegenheit ergreifen,

und ich pfeife hier im speisesaal
einmal ordentlich auf die moral,

sagt die witwe zu dem netten fetten
attaché, im rauch der zigaretten.

meine damen, sagt sie, meine herrn:
heute abend kommen wir zum kern.

weil: nach einem üppigen verzehr,
da empfiehlt sich der geschlechtsverkehr,

sorgenlos beim sitzen auf den stühlen
werden wir uns ins vergnügen wühlen,

oder gar auf den gedeckten tischen,
und zwar ohne sie erst abzuwischen.

freundlich legt sie sich auf ihren bauch,
wie gesagt: im zigarettenrauch.

alle herren, die gerade saßen,
springen jubelnd auf und sie erfassen

ihre gläser: dreimal hoch, madam,
das ist ein vorzügliches programm.

der tenor ruft: bitte sehr, gnä frau,
zeigen sie uns ihren körperbau.

etwas knackt. man hört die witwe lachen.
noch ist nichts genaues auszumachen.

knipsend öffnet sie die puderdose,
und vom tisch tropft etwas bratensoße,

und es tropft auch etwas vom ragout
weich hinunter über ihr dessous,

denn den glockenrock hat sie nach oben
bis zu ihrem hals hinaufgehoben.

dann hört man den knick von einem knie.
meine herren, worauf warten sie?

plötzlich sieht man alle herren hüpfen
und beim hüpfen aus den hosen schlüpfen.

oben unten mitte links und rechts
sieht man viele teile des geschlechts.

ach die herren aus den höchsten kreisen
wollen ihre leidenschaft beweisen

und sie gießen eine flasche henkell
trocken über ihre schönen schenkel.

liebe zeit, sie machen mich ja nass,
sagt die witwe, warum tun sie das?

rasch sind ihre worte fortgeschwommen
mittlerweile hat sie platz genommen.

hoch auf dem direktor, mit den lenden,
sitzt sie und umfaßt ihn mit den händen,

und sie hebt noch eine kleiderschicht.
meine dame, nein, es geht jetzt nicht.

sagt der lord, der den direktor stützt,
denn was nützt es, wenn es gar nichts nützt.

auch der graf ist über alle maßen
ausgelöffelt oder ausgeblasen.

rechts hat sich der dunkle gast ergossen.
links ist der minister fortgeflossen.

der bankier, am ende seiner kraft,
wird von unbekannten fortgeschafft.

schlaff am boden liegt ein aufgeknöpfter
neger nackt, ein ganz und gar erschöpfter.

nur professor doktor winternitz
ruft: madam, gleich bin ich auf dem piz!

herrschaft! ruft er, himmel! meine güte!
gott behüte, sagt sie, ich ermüde.

ist das wirklich alles schon gewesen?
fragt die witwe gähnend den chinesen,

denn mit stäbchen und mit liebesmücken
kann man mich auf keinen fall entzücken.

alles ist verschwommen und verschmiert.
aber sonst ist nicht sehr viel passiert.

---

unterdessen hat mit den komtessen
waldmann schokoladenmus gegessen,

und er hat nur einmal hingeschaut:
meine herren, bitte nicht so laut.

jetzt erhebt er sich von seinem platz,
klopft ans glas und sagt nur einen satz:

waldmann, dieser liebling aller damen,
waldmann sagt: nun gut, in gottes namen.

plötzlich platzt etwas und jeder sieht:
waldmann steht, die schwarze witwe kniet.

mitten in die witwe, tief gebückt,
hat hans waldmann sich hineingedrückt.

und sie zuckt und schäumt und rauscht und haucht
faucht und schwimmt in ihre lust getaucht

keuchend feucht in ihrem trieb und drang
aufgestülpt in ihrem überschwang.

aus den dunklen winkeln aus dem mund
kommt ein schrei so wild und wund so rund.

weiter! schreit sie und dann schreit sie: jetzt!
danach hat sich waldmann hingesetzt.

waldmann schweigt, so wechseln hier die szenen.
seufzend sieht man sich die witwe dehnen.

waldmann ist dann unter sie geglitten
und sie ist auf ihm davon geritten.

auch, sie ritten über sieben tage.
dann war waldmann wieder herr der lage.

meine herrn, die sache ist vorbei.
waldmann schlürft sein vierminutenei.

Jürgen Beckelmann

NEUES DOGMA

Die Schöße schimmeln in den Betten
unter der Knechtschaft der alten Moral.
Doch der Wind, der die Berge herabkommt
rötet das Antlitz der Städte.
Die Diktatur der Liebe gegen Unbekannt
breitet ihre Herrschaft in den Straßen aus
und verkündet das Heilige Dogma
von der befleckten Empfängnis.
An den Anschlagtafeln leuchtet der Aufruhr
– Schlagt drei Sekunden Orgasmus in Stein!
Das Monument ist öffentlich zu zeigen.
Augenverdreher werden gerichtlich verführt
vom begabtesten Weib, das bekannt ist.

Reiner Kunze
HOLZ-KANTATE
AUSSCHNITT

chor:
Heut singen wir wieder
die Freß- und Sauff- und Venus-Lieder
von Arno Holz!

frauen:
Holz hatte zum feuer kein holz,
doch in den sinnen feuer!

männer:
Holz war ein mann!

frauen:
Nicht von euerem holz!
Wie wär ein scheit von jenem holz uns teuer!

...

solistin:
Ach, was nützt ein schön gedicht,
wenn der reim bleibt offen!
Schöne verse wollen nicht
auf den reim nur hoffen;

denn dem manne steht's anheim,
kühn den lippendoppelreim
ins gedicht zu fügen
und ihm zu erliegen.

Seine finger, zärtlich rührig,
sind die lieblichste der lyrik,
reimen sie zwei strophen rund
sieben silben unterm mund.

Haut-und-blicke-assonanzen,
aug-in-auge-resonanzen,
rhythmen, schamlos frei, entblößen
zeilen, die nur männer lesen

und der jüngling scheu skandiert.
Jede silbe inspiriert
zu versteckten reimen.
Lust, davon zu träumen!

Schließlich – ach, und dieser wär's,
stabreim oder knüppelvers,
der, wenn nur die strophe glückt,
das gedicht zutiefst entzückt.

Doch was nützt ein schön gedicht,
wenn der reim bleibt offen.
Schöne verse wollen nicht
auf den reim nur hoffen.

Peter O. Chotjewitz

WIE ICH WAR

ich kam mir vor wie verkleidet
mein Bauch lappte
meine Ohren standen seit meiner Kindheit ab
der Nacken war feist und fett
auf Hüften Brust und Rücken hatten
sich irgendwelche Röllchen angesetzt
ich trug Slips von meiner Frau
wenn ich ausging
aber die Rüschen vorm Hals
zierten mich nicht
man drehte sich andauernd nach mir um
so kannte ich mich gar nicht

mein Kopf summte
mein Herz zierte ein grundloses Lächeln
bedingt durch die Welt meiner Augen
der Ohren der Nase der Finger der Lippen der
Eichel Erinnerung zu beiden Seiten des Gaumens
mein Glied schrumpfte herzlich
so würde ich mich heute nicht mehr ausdrücken
aber damals als ich das Gedicht schrieb
war es meine feste Überzeugung

ich fühlte mich nicht
wie ich bin.

Yaak Karsunke

RÜGE FÜR TOM WESSELMANN

DER DIE GREAT AMERICAN NUDE NO. 27 GEMALT HAT

mit bh-& slipweiß hast du
sie banderoliert porträtiert

anstatt ihr sieben&zwanzig
große amerikanische nackte
nr.n zu verpassen
hast du
sie gemalt

:das war keine kunst Tommie

Arno Reinfrank

DER LIEBESRITT

Es war ein heißer Tag, gefüllt von dem Verlangen,
daß sich die Liebste lustverheißend mir enthüllt
und freudig eilt, die Liebesrosse vorzuspannen
zu einem Reitspiel, das die Stunden füllt.

Im Flug hat sie das Liebeslager vorbereitet,
zum Sattel sich und mir die Kissen aufgebaut.
Ich warte liegend, bis sie sich entkleidet
und weide mich am Anblick ihrer Rosenhaut.

Sie weiß mein Wortgeschmeichel gut zurückzugeben,
bewundert lobend meinen blanken Deckhengstleib
und sieht mein Spielzeug seinen Kopf erheben
und schwellen für den tollen Zeitvertreib.

Um zu erreichen, daß mein Etwas auch gebührend gleitet,
legt sie ihm einen weichen Salbenmantel an,
ein Werk, das ihm die größte Lust bereitet,
bis er den Wettlauf kaum erwarten kann.

Nun endlich kann der Ritt beginnen,
sie hält sich fest an meinem prallen Sattelknauf
und setzt mit hohem tanzgeübten Beineschwingen
als leichte Reiterin sich kichernd auf.

Geschickt schiebt sie den langgestreckten Riesen
zu dem für ihn erwartungsvollen Tor.
Mit Schenkeldruck wird ihm der Weg gewiesen
und sanft ritzt mich der goldne Wollustspor.

Wie eine junge Königin spreizt sie die Beine,
ihr stolzes Brüstepaar verbreitet helles Licht.
Ein Rausch, wie Duft von schwerem rotem Weine
steigt beiden uns ins Angesicht.

Das erste Wegstück halten wir uns an den Händen
und manchmal zieh ich nahe sie heran,
daß an den braungetönten knospenspröden Enden
der beiden Brüste ich sie küssen kann.

Doch aus dem Traben wird bald wildes Galoppieren,
es flitzt die Liebesgerte glühend auf der Hinterhand.
Die Reiterin weiß ihre Zügel straff zu führen
und bäumt den Hengst zu himmelhohem Stand.

Es gilt, die letzte Hürde jetzt zu überwinden,
längst sind die dunklen Sattelpolster feucht durchweicht
und wiehernd lasse ich mich von der Liebsten schinden,
die mit dem letzten Sprung mein jähes Ziel erreicht.

Noch läßt Erschöpfung regungslos uns ruhen,
doch tief verborgen glimmt die neue Lust schon mit.
Es klingt ein Goldton singend an den Sporenschuhen:
wir satteln heimlich schon zum nächsten Ritt.

Arno Reinfrank
DAS PURPURFLÖTEN-SPIEL

Von mir, wie von der Kunst der Liebeszauberin befohlen,
seh ich die schönste aller Flötenspielerinnen gehn.
Vom Reh hat sie die Grazie ihres Schritts gestohlen,
die Zwitscherlippen läßt sie lächelnd offenstehn.

Sie hält die Schenkel eng, man muß sie auseinanderzwängen,
bevor der kleine Blumenhof sich mit der Rose zeigt.
Ihr Haar ist kurz und wird nicht kitzelnd auf mich niederhängen,
wenn küssend sie den Mund zu meiner Flöte neigt.

Ich bitte sie, mit mir den Nebelabend zu verbringen,
an ihrer Seite schwillt erwartungsvoll mein Etwas an.
Der nahe Meerschaumleib läßt ihn nach oben springen,
daß meine Hose ihn kaum in sich halten kann.

Und dann, als wir uns beide gegenseitig ausgezogen
und nach dem Veilchenbade sich die Schöne zu mir setzt,
spannt sich zum Brechen schier mein rosenhölzner Sinnenbogen,
als ihre runde Katzenzunge meine Purpurflöte netzt.

Die schlanken, zarten Fingerbambussprossen
umspannen wie ein Goldreif fest das Rieseninstrument.
Von diesem Meisterinnengriff fest eingeschlossen
spür ich, wie auf dem Pferdeauge heißer Speichel brennt.

Die Reiher hören auf, die Silberfedern sich zurechtzulegen
und blicken neugierig herab von ihrem dunklen Teppichgrund.
Südsturm beginnt durch meinen nackten Leib zu fegen –
die Spielerin setzt sich die Flöte an den kleinen Mund.

Mit Schmatzen läßt sie ihre Lippen auf und nieder gleiten,
derweil sie ihren Blumenkelch mir mundgerecht entgegenhält.
Verlangend sehe ich sie ihre hohe Schenkelkuppel weiten
und atme Duft des Taugeperls, das glitzernd niederfällt.

Jetzt ziehe ich ihr rosa Hügelpärchen auf mich nieder,
damit vom Zugenschlag auch ihre Wollustharfe klingt.
Wir treiben dieses Sinnenspielen unermüdlich immer wieder,
bis uns der Götterphallos der Erschöpfung tief durchdringt.

Herbert Rosendorfer
SONETT AN SMEČKAL

Leg', Smečkal, dein reseden Beinkleid ab.
Laß deiner Socken Inhalt dir entlocken,
Entferne auch den Halter deiner Socken,
Der jeder Socke Halt und Spannung gab.

Des Beins ich unverhüllten Anblick hab',
Wenn du von dir wirfst ohne alles Stocken
Das malvenfarbne Unterbeinkleid. Lab'
Mich damit, reibe meine Stirn mir trocken.

Denn dann, wenn du des Hemdes dich entkleidest,
Wenn du dein seiden Leibchen von dir schiebst,
Wenn auch dein Busen frei wird von dem Mieder,

Wenn auch die letzte Hülle du vermeidest,
Dann peitsch' ich, weil ich weiß, daß du es liebst,
Durch lange Gänge dich mit weißem Flieder.

Volker von Törne

Dies ist der letzte Vers, den ich dir schreib
Wieviele Nächte lagst du mir zur Seite?
Bleib bei mir auch an diesem Abend heute
Daß meine Haut ich sanft an deiner reib.

Daß wir noch einmal unsrer Herzen Glut
Anfachen mit dem Atem unsrer Lungen
Und Mund an Mund verschmelzen unsre Zungen
Und auf den Lippen mischt sich unser Blut

Noch einmal bin ich ganz in deiner Hand
Noch einmal will ich, wenn die Nacht beginnt
Auf dich und deine Liebe ganz vertrauen

Schlaf ein. Ich drehe mein Gesicht zur Wand
Und meine Augen sind von Tränen blind
Laß dir von andern nun Sonette bauen

Christoph Meckel

Sie hielt mich bis zuletzt mit Worten hin.
Erst als ich reiste, lag sie mir zurecht.
Und ich bei ihr. Einmal nur. Immerhin
hab ich von ihr gekostet, und nicht schlecht
(und sie von mir; am Ende wars ihr recht).

Wenn ich dran denke: nächtlich unter mir
dein helles Fleisch, das ich verführen, küssen
geniessen, wälzen, schieben, atmen kann
die Schenkel offen, und dazwischen tief
feucht dunkel ruhelos dein Angebot
und mein Begehr, und beider Sättigung
dein Hand und Mund, und Haut und Haare und
was immer Lust macht; deine Brüste hingen
wie Trauben warm und schwer in meinen Mund
wie Trauben warm und schwer, wenn ich dran denke.

Das waren gute Nächte. Du entsinnst dich
des langen Frühjahrs gern und ich begreif nicht
dass dies ein Ende haben muss; dein Atem
ist noch in meinem Mund, und dein Gesicht
kommt wie der Mond in meiner Nacht hervor,
ich hör den Wind, der die Gardinen schlug
die Abende Anis in jenem Land
wenn ich dran denke, und dass du wie einst
hell, schön, begehrlich, doch abwesend bist –
shut up. Ein andres Bett und andre Leiber.

Helga M. Novak
LIEBE

und die Haare in deinen Achselhöhlen
die schmecken nach Salz und Schweiß
du – mein Geliebter – und bloß du
du brennst in den Spalten
flaches Glitzern läuft deine Arme entlang

ein Pferd versank im Flußsand
die Stuten standen herum und wieherten
betrübte Augen – zuletzt fiel die Nässe
in seine apfelgroßen Nüstern
so lange roch es nach den Pferdeweibern

ich rieche dich und ich will dich
wenn ich dich ansehe bestehst du
aus lauter Sonnen
und du scheinst die sauberste
Anschaffung der Erde zu sein

Renate Rasp
LIEBE

Den
dessen Anblick
einen so quält
daß man hinten
kotzt ihm
statt der Zunge
Scheiße in den
Mund preßt
wo es nur
geht rausspritzt
sich neue
Öffnungen schlägt
offen ist
platzt –
eine Fontäne
aus Schmutz
ein Gestank –
den
sollte man nicht
loslassen!

Renate Rasp
HÄSCHEN IN DER GRUBE VI

Männer
sagte er sind
einfach besser
weil ein Mann
eben weiß
was für einen
Mann gut ist
als sie auf
ihm hockte und
sich abmühte
daß es endlich
bei ihm käme
schon ganz rot
im Gesicht
und heiser
da legte sie
noch einen Schein
drauf.

Wolf Biermann

VON MIR UND MEINER DICKEN IN DEN FICHTEN

Bloß paar schnelle Sprünge weg vom Wege
Legte ich ihr weißes Fleisch ins Gras
Mittagsonne brannte durch die Fichten
Als ich sie mit meinem Maße maß
Käfer krochen unter uns, es brachen
Heere Ameisen froh in uns ein
Etwa zwischen Bauch und Bauch zu baden
Oder irren zwischen Bein und Bein

Horden Mücken soffen sich von Sinnen
Stachen mich, weil ich ja oben schwamm
Bis ein Wolkenbruch, ein schneller greller
Uns in seine guten Arme nahm
Traubenschwere Wassertropfen fielen
Faul herab auf unsre heiße Haut
und der wundermilde Guß von oben
Hat den großen Tod uns nicht versaut

Als ich endlich flach lag auf dem Rücken
Kippten meine Augen müde hoch
Einen Düsenjäger sah ich schweben
Durch ein aufgebauschtes Wolkenloch
Schwebte hin, schrieb einen sanften Bogen
Bis hinunter in das hohe Blau
Wieder brach die Sonne durch die Fichten
Und wir dampften im Nachmittagstau

Wolf Biermann

EINSCHLAF- UND AUFWACHLIED

Schlaf ein, mein Lieb, sonst ist die Nacht
vorbei und hat uns nichts gebracht
als wirre irre Fragen.
Gib mir dein' Arm und noch ein' Kuß,
ich muß ja durch den Schlafefluß
und will dich rüber tragen.

Wach auf, mein Lieb, du schläfst ja noch!
Komm aus den dunklen Träumen hoch
und freu dich an uns beiden!
Die Sonne hat längst dein Gesicht
gestreichelt, und du merkst das nicht
– das mag ich an dir leiden.

Gerald Bisinger
BITTERSÜSSES CHANSON

zugeeignet
sehr vielen Frauen der
Bundesrepublik Deutschland
& dem weltberühmten
Marquis de Sade

Meine Frau das Suppenhuhn
koch im Topf sich selber mit
ja was soll sie andres tun
da sie noch nicht Witwe ist
Mutter nur den Mann betrauert
nimmer in die Kneipe fegt
wenn sie säubert wenn sie strickt
Kinder wirft und Karten legt

Meine Frau das Suppenhuhn
legt sich hin und läßt sichs tun
und sie nimmt auch keine Pille
dieses ist ihr Christenwille
sie hat Mitleid nicht mit sich
warum also sollte ich

(noch ein Gläschen dann aufs Klo
schöner fickt sichs anderswo
billiger bleibt es zuhaus
doch die Suppe ist ein Graus)

Meine Frau das Suppenhuhn
sitzt zuhaus und schminkt sich nun
vor dem Spiegel weiß sie nicht
ihrem Kopf fehlt das Gesicht

(wollen wir ins Kino gehn
wortlos in die Leinwand sehn
Helden Dirnen und Verräter
Muselmanen Attentäter)

Meine Frau das Suppenhuhn
weiß dann gut was andre tun
gibt sich friedlich hin dem Schmaus
weiß nichts von der grauen Laus
frißt sich aus und selber auf
oh mein armes Herz verschnauf

Meine Frau das Suppenhuhn
kocht im Topf sich selber mit
ja was soll sie andres tun
wenn er in ein Vötzchen glitt
mit dem ihres keinen Schritt
halten kann so bunt und wellig
sie hält sich für gottgefällig
und der Welt sie hofft nur eines
Witwe werden und des Reimes
wegen auch entsprechend alt
ihrer Kinder Vollgewalt

Robert Gernhardt
ERMUNTERUNG

Hallo, süße Kleine,
komm mit mir ins Reine!

Hier im Reinen ist es schön,
viel schöner, als im Schmutz zu stehn.

Hier gibt es lauter reine Sachen,
die können wir jetzt schmutzig machen.

Schmutz kann man nicht beschmutzen,
laß uns die Reinheit nutzen,

Sie derart zu verdrecken,
das Bettchen und die Decken,

die Laken und die Kissen,
daß alle Leute wissen:

Wir haben alles vollgesaut
und sind jetzt Bräutigam und Braut.

F. W. Bernstein

AUS DEM SCHMATZKÄSTLEIN DES SCHWEINISCHEN HAUSFREUNDES

VON DEN EROGENEN ZONEN

Es werden aus unserem Körperbau
kaum noch die Doktoren schlau.
Vielen ist als Sitz der Lust
nur die Brieftasche bewußt.
Wenn die von den Lüsten wüßten,
alle Punkte, Stellen, Tricks –
doch Doktoren wissen nix.
Nur der Dichter packt noch die
menschliche Anatomie;
findet sich zurecht in vielen
dichterischen Doktorspielen,
sucht und sucht mit heißen Ohren,
wo er sonst gar nix verloren.
Findet auch ganz im geheimen
eine böse Lust beim Reimen;
und so fügt er eine geile
Zeile an die nächste Zeile,
und das wird – man ahnt es schon –
Körperbauspekulation.

Meistens macht die Suche Sinn:
sie bringt hohen Lustgewinn.
Lyrik forscht nach wundervollen
Teilen, die wir haben sollen;
ganz besonders die speziellen
libidinös besetzten Stellen
nimmt der Dichter wahr, und zwar
lustbetont mit Haut und Haar.
Prahlen wird er mit den schmalen,
dicken, haarigen und kahlen,
idealen und realen,
illegalen, cerebralen,
coolen und sentimentalen,

total tollen Regionen,
wo die Fleischeslüste wohnen.
Dieses Streben nach dem Glück
ist an sich ein starkes Stück,
ja vom Standpunkt der Moral
ist es Schweinkram und Skandal –
Ist dem Dichter ganz egal.
Siehe, er verkündet allen
Menschen noch mehr Wohlgefallen
an den Knöcheln, Knien und Kehlen,
auch der Kopf, der darf nicht fehlen,
ganz zu schweigen von Gefühlen,
die beim Wühlen in den Pfühlen ...

Schluß jetzt! Aus! Kurz und knapp:
Da geht's ab:

I

Von den siebzehn Körperteilen
nenne ich zuerst die geilen:
Daumen, Gaumen, Busen, Mund,
Nabel, Schniebel, Wadel, und
da war doch noch so ein Teil,
den vergeß ich immer, weil,
es hat einen wüsten Namen,
einen häßlichen, infamen.
Es heißt ähnlich wie das Ding,
das meist gar nicht mehr abging –
gleich fällt mir der Name ein:
's wird wohl die Brustwarze sein.

II

Zwischen Knie und Sockenrand
ist erotisch ödes Land.
Schön ist zwar die Wade,
doch sie bringt's nicht. Schade.

III

Viele Freuden bringt der Fuß,
den man vorher waschen muß.
Auch der Stiefelfetischist
liebt den Fuß nicht, wie er ist;
hat ihn gern im Schuh –
und Du?

IV

Dinge wie das Unterhemd
sind eigentlich körperfremd,
doch tut selbst ein alter Hut
oft erotisch noch sehr gut;
magst ihn in besonders heißen
Nächten in die Krempe beißen;
kannst ihn küssen, kannst ihn knüllen,
ihn mit Lust und Liebe füllen –
Herz mein Herz, was willst Du mehr?
Etwa noch Geschlechtsverkehr?

V

Mancher Herr hat solche Stellen,
die bei der Berührung schwellen;
Beulen, die am Kopf entstehn,
sind nur selten erogen.

Andre Teile wieder schrumpeln,
wenn zwei aufeinanderpumpeln.
Beispielsweise das Plumeau
und das Diskussionsniveau.

Was auch zusammenschrumpfen tut,
grade in der höchsten Glut:
das ist das Brikett
und die Zigarett.

VI

Erogen ganz ohne Frage
ist die Stereoanlage.
Den, der dran rummachen darf,
macht sie fickerig und scharf.

VII

Manche sagen jetzt, es fehle
auf der Liste noch die Seele.
Seele, Seele fehlt nicht, weil:
Seele ist total echt geil.

Uve Schmidt

HINGESTEMMT AUFS OFENFELL

für Hubert Gersch und seine Adelsfräuleins

Sanduhr hat den Tag verschütt
Tanne birst im eisern Herd
streck mich gradso auf den Pelz
da die Magd den Tiegel schmehrt.

Totes Vieh im Rauch versengt
Märzen übern Stiefel schäumt
unter dürrem Nesselhemd
mir die Laus im Nabel räumt

Und die Fliege schmeißt am Käs
Molke in der Bütte dickt
seh der Magd auf ihren Ursch
hätt ihr gern hineingeblickt.

Rück den Sattel unters Ohr
schnurr und schnief und blähe leis
kehr den Buckel zu der Glut
steck die Nase in den Schweiß

der da dampft vom roten Arm
und im Nacken rinnt so blank
steht der Zopf ihr fett am Hals
wünsch sie läufig auf der Bank

hingestemmt aufs Ofenfell
schlüg die Schürz ihr ins Gesicht
spornte sie für das par force
bis mir schier der Leisten bricht.

Da sie Krapfen siedet doch
und ich müßt zu ihr hinauf
freut die Nacht nur Maus und Katz
richt ich nur mein Bengel auf.

Rolf Dieter Brinkmann
MEIN FUCKING HERZ

ist die meiste Zeit
weg. Die Adressen
dem Telefonbuch entnommen
stimmen, stimmen nicht.
Eine Frühjahrkollektion
neuer Geschlechtsteile.
Massagen. Die alte Kur.
Spritzen in die Brüste.

O, Madam
wie ich leide, o.
Immer verlieren wir uns wieder.
Immer von neuem verlieren wir uns wieder.
O, Madam
wie ich
leide, o.

Das Zerbrechen
das Aufrechtgehen
es läuft auf dasselbe hinaus.
Mit Heftklammern zusammengehalten

mein fucking Herz

für Sie, für Sie, für Sie, verschrumpelt
und geschrumpft
das Ding, schnell
weggesteckt.

Rolf Dieter Brinkmann
LIEDCHEN

O
fick mich
fick mich
schnell

und er
fickte sie
fickte sie
schnell

hinter
einem Busch?
Es gab keinen
Busch. Schien

der Mond?
Es gab kein
Licht. Die
Birne war

kaputt.

Johannes Schenk
PUFFHUND

Ein Puffhund aus Porzellan kostet 200 Mark,
das ist der Verdienst
einer Nutte zur Gründerzeit:
den sie hatte im Monat von 80 Männern.
Der Puffhund lebt lang mit goldener Kette
im Fenster der Dame, die pufflos
ohne Puffmutter ihren Hundeschwanz
zum Beschauen nach draußen zeigt.

Die Dame wartet auf einen Porzellanschwanz,
mit ihrem Puffhund, der anzeigte früher
in Amsterdam im Butzenfenster:
Hier wohnt eine Nutte;
der anzeigte mit der Schnauze nach draußen
oder nach drinnen,
ob sie gerade zerrieben wird oder allein
ihre Brüste streichelt mit fünf Fingern.

Und die Heiligen der Straßenecken, die Emmas
die Susis mit dem Finger in Klausens Hosenstall
sind freundlich.
Nudi trug ihren letzten Hund zum Trödler.
Nudi, arbeitslos, zu alt
ging einen Kaffee trinken zu zehn Pfennig.
So hatte sie noch vier Mark neunzig.
Fünf kriegte sie für den Hund.

Guntram Vesper

JAJA ACH ACH

Jaja das erste Erlebnis ergab sich
Achtundfünfzig ergab sichs
da war dieser Kleinbahnbahnhof hack ich
hatte das noch nie gesehen das straffe Höschen
fiel unter die Bank da lag sie:
eine Metzgerstochter mit großen Plänen am Sonntagnachmittag ihre
Beine waren mir zu dick aber
Augen geradeaus immer es galt
Erfahrung zu machen mir gings um Klarheit
wochentags hat sie Fleisch verkauft das hätte
mich vielleicht pervertiert vielleicht
was von mir stieß da unten durch dieses Gewirr
ich kann mich genau erinnern neben ihren Kopf war ein
Hakenkreuz in die Bohle geschnitten ein Zeichen was sonst
eine Leichtigkeit das ging wie von selbst das
waren noch Zeiten
einfach draufgelegt und reingestochen und abgelassen
chronologisch frank und frei ganz ohne Angst wenn ich
da an heute denke ach ach

Eckhard Henscheid
CHARLOTTENS BRIEF

Werter Werther,
Denkst Du noch des Camembert, der
Unsre Liebe sanktionierte,
Während ich Dich deflorierte –
Wart einmal: beziehungsweise
Du mich. Ach, du Scheiße,
Beinahe hätt ich's vergessen
(so geht's halt den Topmätressen)
Dir zu sagen, wie ich Dich
Liebe ganz herztausiglich!
Du, mein kleiner Gardeoberst,
Du mein Scheißer! Warte, ob erst
Albert aus dem Hause fort –
Nein, er hockt auf dem Abort –
Trotzdem wag ich diesen Brief!
Ja, der Camembert hat tief
Mir damals das Herz durchbohrt.
Glaub's mir, Werther, jedes Wort
Dieses Klopstock, den wir lasen,
Und du tät'st so artig blasen,
Ging mir an die Eier mein –
Stop! Die Eier sind ja Dein
Ein und Alles – Hen kai pan,
Wie Du's ausdrückst, werter Mann.
Kurz, wie man's auch dreht und wendet –
Albert scheint am Klo verendet –
Ich bin Din und Du bist min!
Ach, ich möcht' nach Westberlin!
Sightseeing mit Dir, das wär's,
Unter des Berliner Bärs
Tatzenpratzen Dich zu knutschen,
Schnell in' Grunewald zu rutschen –
Ach, wie wird mir Wetzlar öde,
»Lar« fürwahr – und dann die blöde
Hühnerfickerei des Pfarrers

Hiebel Jochen, dieses Schmarrers,
Der mich ständig hacken will,
Und ich halt auch schon brav still,
Bis Du wiederkömmst, mein Sauschwanz,
Bleib ich ewig treu und Dein ganz;
Spitz wie Wetzlarer Karotte
Wartet Dein – mmmh Bussi!

Lotte.

Angelika Mechtel

An einem Sonntagmorgen bewege ich
mich zwischen Freitod und
Beischlaf eins so
vergnüglich wie das andere
lese ich die Reportage
Bombenmaßarbeit Bericht aus
Khe Sanh und entscheide mich
für Selbstbefriedigung.

Menschlichkeit auf
dem Bildschirm in der Zeit vom
Hauptgericht zur Nachspeise
schwimmen Bomben in einer Kette
auf hügliges Urwaldgelände zu so
gewinnt das Öffnen meiner
Schenkel an zärtlicher
Sterilität das
nennst du Orangenlust Gefühlen
beiße ich die Köpfe ab und
stelle mir das Grün des Urwalds vor

Ulrich Raschke

GUMMISCHUTZ

wenn man als junggeselle
ein- und aufgemöbelt
schutz sucht hinter
einer aufgerauhten oberfläche
einer warzenhaut oder
zackig sich versteckt
wenn man hahn im korb ist
weil der kamm schwillt
unter aufreizendem vorsatz
weil sich nichts verrichten läßt
mit zartem glacéglied
und einer schlafmütze
auf der eichel

Ulrich Raschke
KINDERFEST

wenn die schwellkörbe leer sind
und das sackhüpfen unterbunden wird
und das quetschkuchenessen noch entkernt werden muß
und die blinde kuh eine kuh ist
und der eierlauf von erbsen gewonnen wird
und die prinzessin auf einem schirm sitzt
und man aus der vorhaut fahren will
dann liegt ein rollmops auf dem bauch

ein handwerk erlernen
den hochsitz behaupten
die eier rühren
ins feld stechen
den teig quellen lassen
die eichel häuten

das korn reiben
zum ständchen blasen
das hirschhorn salzen
die grillen vertreiben
das brötchen kneten
den einender ausstopfen
die salzstange versteigern

Axel Maria Marquardt
ZWAR – ABER

I
Untergang des Abendlands!
Menschheit tanzt den Todestanz!
Mit diesen Sensationen
will ich Sie verschonen.

Feuerland ist abgebrannt!
Packeis bis zum Elbestrand!
Diese Neuigkeiten
muß ich gleich verbreiten.

II
Herr Triepfer mag zwei Dinge sehr:
Sowohl Geschlecht als auch Verkehr.

Zwei Dinge mag Herr Triepfer nicht:
Sublimation und Triebverzicht.

Hugo Dittberner
AU MANN

An der Bushaltestelle am Kanal
auf der Bank
wo sie im Scheinwerferlicht vorbeirasender Autos
immer ihren Kopf mit ihren kalten Lippen
auf meinen Schoß legte
bevor der letzte Bus kam
 – Hunde streunten schnüffelnd und knurrend umher
 ab und zu fielen Steine ins Wasser und
 irgendwo klangen schnelle Schritte
 es war spät windig unheimlich
 kühl und wie im Fernsehen
 nur draußen –
haben wir immer gescherzt
sie sagte: wäre ich doch
beim Apfelessen geblieben
ich sagte: AU MANN
obwohl sie ein Mädchen war.

Katrine von Hutten

EIN JUBELRUF AUS DEM GEBÜSCH

I

mit diesem realen und scharfen jubel
zwischen den beinen randvoll wie ein ei
gleichermaßen gezuckert und gesalzen
ein jubel mit haaren zu berg
der jakob und juli und jemine heißt
und jawohl mein herr jawohl

II

ein jubelruf aus dem gebüsch
jetzt ruinier ich mich
das mädchen auf der decke
wahnsinnig hin und her
die finger auf der kleinen piste
jetzt stehen ihre brüste auf
sie kriegt den mund nicht zu

III

am anfang kommt ein ganz eigenes gefühl auf
wie ein fesselballon wenn er steigt
oder als wäre ich ein segelflugzeug
und gleichzeitig der wind
oder ein rennauto und der fahrer und das gaspedal
es ist ein glänzendes gefühl

Ulla Hahn
OPER

Im zweiten Akt wo denn sonst
von Tristan und Isolde zog
ich dir die Schuh aus und dann
was Not tat. Ich flog

dir das Hosenbein rauf auf
klang der Akkord und so fort
erhob sich Applaus unterm
Bauch gerieten wir wort

los ins Spiel schlugen
mit Engelszungen scharfe
Töne an. Trugen

auf Lippenspitzen uns weich
durchs Nadelöhr ins Himmelreich.

Uli Becker

PERRY RHODAN HATTE DOCH RECHT

1. Eines schönen Tages im Badezimmer . . .
Das fängt natürlich ganz harmlos an
Wie solche Sachen meistens anfangen:
Wir stehen unter der Dusche, splitterfasernackt
Und flutschen uns das Stück Seife hin und her
Das stimmt uns ein
Auf den gemütlichen Teil des Abends
Eine Matratze materialisiert sich vor unseren Augen
Der Plattenspieler läuft, und einer singt:
»Laß uns die Nacht zusamm' verbringen
Ich brauch dich jetzt mehr denn je
Laß uns die Nacht zusamm' verbringen, komm«

2. Und so . . .
Man muß es einfach kommen sehen bei ihr
Um es wirklich zu glauben
Die Art, wie ihr kleines rosa Zäpfchen vibriert
Wenn sie ihren Tarzanschrei rausjubelt:
Oft kopiert – niemals erreicht!
Mit traumhafter Leichtigkeit bedient sie
Ein paar Knöpfe und Schalter
Legt den großen Haupthebel um
Und 100 000 Volt jagen durch jede Faser meines Leibes
Ich klebe an ihr, zuckend wie der Mann vom E-Werk
An der Hochspannungsleitung
Da oben zwischen Himmel und Erde

Es dauert eine Ewigkeit
Bis sie ihm endlich den Saft abdrehen
Dann klatscht er runter
Wie 'n Sack mit 'ner Leiche drin
Platt auf den Rücken: Wer drückt ihm die Augen zu?

3. Wenig später . . .
In der Pause essen wir Vollmilchnußschokolade

Und führen eines unserer legendären Bettgespräche
Wie drei außerirdische Charaktere
In einem billigen Science-Fiction-Heftchen:
»Ich möchte wirklich gerne wissen
Wer dir das eingeredet hat!
Ich finde sie immer wieder köstlich
Erinnern mich an zwei Pfirsichhälften aus der Dose
Mit 'ner Puschkinkirsche drauf
Aber meinetwegen bitteschön
Laß dir Silikon reinspritzen, bis sie schwarz werden
Dann kriegste sooolche Möpse
(›Garantiert zwölf Zentimeter mehr über Nacht!
Dankschreiben aus aller Welt‹)
Ich sage nur Raquel Welch!
Die muß sich in den besten Szenen doubeln lassen
Weil Silikonbusen nicht wippen –
Außerdem verrutscht das Zeug
Bei mechanischer Belastung«

Doch da klingelt's auch schon zum nächsten Akt
Der Wonnemonat Mai bleckt die Zähne
Die Balkontür steht weit offen
Und es vermählen sich die zarten Düfte
Von Blüten und Liebe

4. Die Stunden verfliegen . . .
Ihre Silhouette steht weich wie 'n King Kong von Steiff
Gegen den mondhellen Hinterhof
Als sie uns 'ne andere Platte auflegt:
»Wildes Dingen
Du machst mein Herz singen
Du machst alles dufte«

Schließen wir doch unseren schäbigen kleinen
Individualfrieden mit der Welt
(»Du & ich, Baby! Was juckt uns das alles?«)
Zwei Menschen aus der Gosse
Greifen nach den Sternen

Im selben Augenblick
Spüre ich sie auf meinem Bauch
Ihre Brustwarzen, so fest und empfindlich
Wie der Zünder einer volkseigenen Tellermine
Im trügerischen Sand des Todesstreifens:
Die leiseste Berührung, und sie geht hoch
Und dann können mich die Schäferhunde
Vom Stacheldraht lecken

5. Und deshalb . . .
Ich stehe auf, gehe an meinen Schreibtisch:
»Heute beginnt der Tag mit einem Knutschfleck«
Schreibe ich auf ein Blatt Umweltschutzpapier
Und ich brauche nicht lange zu überlegen
Weitergehen kann es nur so:
»Und er endet mit der Zärtlichkeit
Aufeinanderprallender Güterzüge«

Hartmann von Moisenhayn
WIDMUNGSBLÄTTER

I
jägerlied
für uhland

kein' bessre lust in dieser zeit
als in die maid zu dringen
wo drossel prickt und habicht freit
will ich die maid bespringen

o säß die maid im wipfel grün
tät wie 'ne drossel pricken
dann spräng ich wie ein horn hoch hin
tät sie von unten ficken

II
der entsterzte
für eichendorff

wohlgerüstet war ich kommen
siegessteif doch wie zum schmerz
hat man mir mein' sterz genommen
wer kann sterzeln ohne sterz?

so vorm augenfick – geschlagen
stürzt ich sterzlos vor ihr hin
hatt' kein herz nun ihr zu sagen
daß ich ein entsterzter bin

III
die sticht schon
für grillparzer

mit dem gestraffeten glied kannst du wichsen und bumsen und orgeln
aber ersticket wie sein's auch dein gemächte die hur?

IV

die sexte stunde

für droste-hülshoff

im roten saal beim kerzenlicht
wenn alle pimmel sprühen funken
und gar vom tittenficken trunken
wenn jeder finger mösen bricht
und eicheln in gestrafftem munde
wenn gruppensex in mode kimmt –
das ist sie nicht die sexte stunde
die genitalius bestimmt

doch wenn so tag als lust versank
dann wirst du schon ein plätzchen wissen
vielleicht in deines sofas kissen
vielleicht auf deiner gartenbank:
dann wichs aus halb verstandner waise
aus halb erschlafftem pimmel guß
verrinnt's um dich und leise leise
berührt dich genitalius

V

knebel

für lenau

du harter knebel füllest mir
das tal aus einem guß
den venusberg mein lustrevier
mit einem samenschuß

nimm fort nun deine schlaffe pracht
die ehmals blaue glans
nimm fort was mich so traurig macht
den müden matten schwanz

VI

den römischen prunnen

für c. f. meyer

aufsteift der schwanz und zuckend schießt
er in der rubinmuschel mund
die sich ergebend überfließt
in ihres letzten grundes rund
der schweif schwillt an er wird zu reich
vermählt sich wallend ihrer glut
ein jeder nimmt und gibt zugleich
und strömt und ruht

VII

ecce porno

für nietzsche

ja! nun weiß ich daß mein wille
unersättlich in die nille
zielt und ich versteife mich
löcher sind's in die ich passe
samen die zurück ich lasse
pimmel bin ich sicherlich.

NACHWEISE

I

Wittenweiler, Heinrich (Anfang des 15. Jh.s): Aus Eduard Fuchs, *Illustrierte Sittengeschichte vom Mittelalter bis zur Gegenwart,* Bd. 1: Renaissance, München 1909.

Unbekannter Verfasser (ca. 1500): »Der weiße Rosendorn«. Aus *Gesamtabenteuer,* Bd. 3, Stuttgart, Tübingen 1850, hrsg. v. F. H. von der Hagen. Ich folge der etwas modernisierten Schreibweise von Eduard Fuchs: *Illustrierte Sittengeschichte. Ergänzungsband Renaissance,* München o. J.

Folz, Hans (ca. 1450–1515): Aus *Die Meisterlieder des Hans Folz,* hrsg. v. A. L. Mayer, Berlin 1908.

Celtis, Conrad (1459–1508): Aus *Lateinische Gedichte deutscher Humanisten,* ausgewählt, übersetzt u. erläutert von Harry C. Schnur, Reclam Verlag, Stuttgart 1967.

Das Liederbuch des Arnt von Aich, Köln um 1510, Neuausgabe: Kassel 1927, hrsg. v. H. J. Moser u. E. Bernoulli.

Murner, Thomas (1475–1537): Aus Eduard Fuchs: *Illustrierte Sittengeschichte. Renaissance,* München o. J.

Unbekannter Verfasser: »Eine Ehescheidung« (ca. 1529). Aus *Der Amethyst,* hrsg. v. F. Blei, 1906.

Sachs, Hans (1494–1576): Aus *Venusgärtlein oder Frauenspiegel.* In: *Werke,* hrsg. v. A. v. Keller und E. Götze, 1870–1908.

Johannes Secundus (1511–1536): Aus *Lateinische Gedichte deutscher Humanisten,* s. Celtis.

Peter Schöffers Liederbuch, Mainz 1513.

Stigel, Johann (1515–1562): Aus *Lateinische Gedichte deutscher Humanisten,* s. Celtis.

Lauterbach, Johann (1531–1593): Aus *Epigrammatum Libri VI,* Frankfurt/M. 1562, übersetzt v. F. J. Reinholz.

Fischart, Johann (1546–1590): Aus *Sämtliche Dichtungen,* hrsg. v. H. Kurz, 3. Teil, Leipzig 1867.

Glockenthon, Jochen (2. Hälfte des 16. Jh.s): Aus *J. Freys Gartengesellschaft,* hrsg. v. J. Bolte, Tübingen 1896; das Gedicht entstand 1588.

Metzger, Ambrosius (1573–1632): Aus *J. Freys Gartengesellschaft,* s. Glockenthon.

II

Weckherlin, Georg Rudolf (1584 bis 1653): Aus *Gaistliche und Weltliche Gedichte,* Amsterdam 1648.

Rollos, Peter (ca. 1624): Aus *Epochen der deutschen Lyrik 1600–1700,* hrsg. v. Christian Wagenknecht, München 1969. Ob der hier abgedruckte Text, der unter einem Kupferstich von Rollos steht, auch von Rollos stammt, kann nicht nachgewiesen werden.

Logau, Friedrich v. (1604–1655): Aus *Sinngedichte. Aufs neue überarbeitet, mit drei Büchern und einer Zugabe vermehrt und mit Anmerkungen be-*

gleitet von C. W. Ramler, Leipzig 1791.

Fleming, Paul (1609–1640): Aus *Bibliothek deutscher Dichter des 17. Jahrhunderts,* Bd. 3, Leipzig 1822. Und *Deutsche Gedichte,* hrsg. v. J. M. Lappenberg, Stuttgart 1865.

Hofmannswaldau, Christian Hofmann v. (1617–1679): Aus *Herrn von Hoffmannswaldau und andrer Deutschen auserlesener und bißher ungedruckter Gedichte,* 7 Bände (1695–1727), Nachdruck: Tübingen 1961 ff. (im Folgenden kurz *Neukirchsche Sammlung*). Bd. 1, Leipzig, 2. Aufl. von 1697 (»An Albanie«, »Er ist ...«, »Er schauet ...«). Die anderen Gedichte aus: *Deutsche Übersetzungen und Gedichte,* Breslau 1679–1682.

Greflinger, Georg (1620–1677): Aus *Seladons Weltliche Lieder. Nechst einem Anhang Schimpff- und Ernsthaffter Gedichte,* Frankfurt 1651.

Mühlpfort, Heinrich (1639–1681): Aus *Poetische Gedichte,* Breslau 1687.

Abschatz, Hans Assman v. (1646 bis 1699): Aus *Neukirchsche Sammlung,* Bd. 1 v. 1697. Die Autorschaft von Abschatz nehmen Capua u. Philippson in ihrer Neuausgabe der *Neukirchschen Sammlung* (Bd. 1, Tübingen 1961, S. XXIX) an, doch sie bleibt zweifelhaft.

Weise, Christian (1641–1708): Aus *Überflüßige Gedanken der grünenden Jugend,* Amsterdam 1668 bis 1674.

Besser, Johann v. (1654–1729): Aus *Neukirchsche Sammlung,* Bd. 1 v. 1697. Die vier letzten Texte stammen aus dem Spiel *Der Scheren-Schleifer,* das am 7. 1. 1690 am Berliner Hof aufgeführt wurde.

Unbekannter Verfasser (Mitte des 17. Jh.s): Aus Eduard Fuchs, *Illustrierte Sittengeschichte vom Mittelalter bis zur Gegenwart.* Bd. IIb: Die galante Zeit. Ergänzungsband, München 1909.

Neukirch, Benjamin (1665–1729): Aus *Neukirchsche Sammlung,* Bd. 1, Leipzig 1695.

Arnold, Gottfried (1666–1714): Aus *Das Geheimniß der göttlichen Sophia oder Weißheit, Beschrieben und Besungen,* Leipzig 1700.

Des Schlesischen Helicons auserlesene Gedichte Oder Etlicher vortrefflicher Schlesier biß anhero ohnbekannte Poetriche Galanterien, o. O. 1700.

Corvinus, Gottlieb Sigmund (1677 bis 1746): Aus *Das Lustwäldchen,* hrsg. v. F. Blei, 1907.

Hölmann, Christian (1677–1744): Aus *Neukirchsche Sammlung,* Bd. 4, Glückstadt 1704.

Riederer, Johann Friedrich (1678 bis 1743): Aus *Leichen-Hochzeit – Vermischt und Geistliche Gedichte,* Nürnberg 1711.

Menantes [Pseudonym für Christian Friedrich Hunold (1680–1721)]: Aus *Galante Poetik,* Hamburg 1706.

Celander [Pseudonym, hinter dem man allgemein einen J. G. Gressel vermutet; Fedor von Zobeltitz sieht in Celander einen Theologen namens Woltereck (1686–1735)]: Aus *Der verliebte Studente,* o. O. 1709; *Celanders Verliebte – Galante – Sinn – Vermischte und Grabgedichte,* Hamburg, Leipzig 1716; *Celanders und Hochgesangs Sammlung allerhand Sinn-reiche Gedichte,* o. O. 1721.

Günther, Johann Christian (1695 bis 1723): Aus *Sammlung von J. C. G's aus Schlesien, theils noch nie gedruck-*

ten, theils schon herausgegebenen, Deutschen und Lateinischen Gedichten, 4 Bde., 1724–1735.

Stoppe, Daniel (1697–1747): Aus *Erste Sammlung von Daniel Stoppens Teutschen Gedichten,* Frankfurt/M., Leipzig 1728.

Deliciae Poeticae Oder Poetische Ergötzlichkeiten für alle Menschen, o. O. 1728.

Le Pansif: Aus *Poetische Grillen bey Müßigen Stunden gefangen,* Erfurt 1729.

III

Dreyer, Johann Matthias (1717 bis 1768): Aus *Schöne Spielwerke beim Punsch, Wein, Bischof und Crambambuli,* Hamburg 1763.

Rost, Johann Christoph (1717–1765): Aus *Vermischte Gedichte,* o. O. 1769.

Gleim, Johann Wilhelm Ludwig (1719–1803): Aus *Gedichte,* hrsg. v. J. Stenzel, Stuttgart 1969.

Kästner, Abraham Gotthelf (1719 bis 1800): Aus *Neueste großentheils noch ungedruckte Sinngedichte und Einfälle,* Gießen 1781.

Uz, Johann Peter (1720–1796): Aus *Sämtliche Werke,* Bd. 2, Karlsruhe 1818.

Klopstock, Friedrich Gottlieb (1724 bis 1803): Aus *Werke,* hrsg. v. R. Boxberger, Berlin o. J.

Lessing, Gotthold Ephraim (1729 bis 1781): Aus *Sämtliche Schriften,* hrsg. v. K. Lachmann, Berlin 1839; »Dorilis« aus *Neue Gedichte nach dem Leben und im Geschmack des Grécourt von den besten Dichtern Deutschlands,* Paris 1795.

Wieland, Christoph Martin (1733 bis 1813): Dieses Gedicht wird ihm lediglich zugeschrieben, u. a. nach Paul Englischs *Geschichte der erotischen Literatur,* Stuttgart 1927.

Schubart, Christian Friedrich Daniel (1739–1791): Aus *Sämtliche Gedichte,* 3 Bde., Frankfurt/M. 1825.

Koromandels nebenstündiger Zeitvertreib in Teutschen Gedichten, Danzig, Leipzig 1747.

Scheffner, Johann Georg (1736 bis 1820): Aus *Gedichte im Geschmacke des Grécourt.* Frankfurt/M., Leipzig 1771 u. ö.

IV

Bürger, Gottfried August (1747 bis 1794): Aus *Nuditäten,* Padua 1797 (»Collin und Juliette«); aus *Die Opale,* Bd. 2, hrsg. v. F. Blei, Leipzig 1907 (»An Georg Christoph Lichtenberg«).

Phantasien in drei priapischen Oden. Voß, Johann Heinrich (1751 bis 1826); Stolberg, Friedrich Leopold (1750–1819): Verlag der Nymphenburger Drucke Bd. X, München ca. 1924; zuerst anonym 1800.

Goethe, Johann Wolfgang v. (1749 bis 1832): Aus *Sämtliche Gedichte, Dritter Teil,* München 1861.

Blumauer, Aloys (1755–1798): Aus *Gedichte,* 3. Teil, Königsberg 1812; »Trostgedicht für die Kleinen« aus *Erotische oder auserlesene Liebes-Gedichte von Blumauer und anderen der berühmtesten Dichter unserer Zeit,* Frankfurt/M., Leipzig [1793].

Büschel, Johann Gabriel Bernhard (1758–1813): Aus *Nuditäten,* Padua

1797, (»Erinnerung« und »An die Venus«); aus *Kanthariden,* Rom 1788, stammen »Die Wunderwerke«.

Schiller, Friedrich v. (1759–1805): Aus *Werke,* Bd. 1, München 1860.

Novalis (1772–1801): Aus *Werke,* München 1869.

Schlegel, Friedrich v. (1772–1829): Aus *Zehn Sonette,* o. O. u. J. [1880]. Nachweisbar in zwei anderen Drucken von 1925 (München) und 1926 (Weimar).

V

Brentano, Clemens (1778–1842): Aus *Werke,* Bd. 1, München 1868.

Rückert, Friedrich (1788–1866): Aus *Gedichte, Auswahl des Verfassers,* Frankfurt/M. 1841.

Grillparzer, Franz (1791–1872): Aus *Werke,* hrsg. v. R. Franz, Leipzig o. J. [1903]. – Das Gedicht ist gerichtet an die jugendliche Sängerin Henriette Teimer, nachmals Gattin des Opernsängers Franz Forti; der Dichter sah sie in der Rolle des Pagen in Mozarts »Hochzeit des Figaro«.

Platen, August Graf v. (1796–1835): Aus *Gesammelte Werke,* Stuttgart, Augsburg 1856. Es handelt sich um die etwa 1830 entstandenen Sonette Nr. 84 und 85.

Müller, Carl, gen. Saumüller (1796 bis 1873): Aus *Gedichte, Aufsätze und Lieder,* Stuttgart 1824.

Heine, Heinrich (1797–1856): Aus *Werke und Briefe,* Berlin 1861.

Mörike, Eduard (1804–1875): Aus *Gedichte,* Frankfurt/M. 1968.

Grün, Anastasius [Pseudonym für Anton Graf v. Auersperg (1806 bis 1876)]: Aus *Gesammelte Werke,* Bd. 1, Berlin 1877.

Busch, Wilhelm (1882–1908): Aus *Kneipzeitungen – Gedichte und Sinnsprüche von Wilhelm Busch.* München 1921.

Langbehn, Julius (1851–1907): Aus *Vierzig Lieder von einem Deutschen,* Dresden 1891. (Bekannt geworden durch *Rembrandt als Erzieher,* 1890.)

Grünwald-Zerkowitz, Sidonie (1852 bis 1907): Aus *Gretchen von heute,* Wien 1890. (Bekannt geworden durch sozialkritische Frauenbücher.

Conradi, Hermann (1862–1890): Aus *Lieder eines Sünders,* Leipzig 1887. (Radikaler Naturalist; bekannt geworden durch den Roman *Adam Mensch,* 1889.)

VI

Dehmel, Richard (1863–1920): Aus *Aber die Liebe,* 1893.

Holz, Arno (1863–1929): Aus *Dafnis. Lyrisches Portrait aus dem 17. Jahrhundert,* München 1904. Nach *Werke,* Bd. 5: *Das Buch der Zeit, Daphnis. Kunsttheoretische Schriften,* Luchterhand Verlag, Neuwied, Berlin–Spandau 1962.

Huch, Ricarda (1864–1947): Aus *Neue Gedichte,* Insel Verlag, Leipzig 1907.

Wedekind, Frank (1864–1918): Aus *Prosa, Dramen, Verse,* Bd. 1, Langen-Müller Verlag, München 1954 (»Die Hunde«, »Das Lied vom gehorsamen Mägdelein« u. »Morgenstimmung«); zuerst in *Die vier Jah-*

reszeiten, 1905. *Gesammelte Werke,* Bd. 1, München 1919–21 (»Ilse«).

Bierbaum, Otto Julius (1865–1910): Aus Paul Englischs *Anthologie der erotischen Literatur aller Zeiten,* Bd. 1. Die Verse wurden in einem nachgelassenen Notizbuch Bierbaums gefunden. Die Verfasserschaft ist nicht restlos geklärt.

Dauthendey, Max (1867–1918): Aus *Die geflügelte Erde,* Albert Langen Verlag, München 1910.

Thoma, Ludwig (1867–1921): Aus *Gesammelte Werke,* Bd. 6, Piper & Co. Verlag, München 1968.

George, Stefan (1868–1933): Aus *Werke in zwei Bänden,* Bd. 1, Klett-Cotta, Stuttgart; »Von einer Begegnung« zuerst in *Hymnen,* 1890; »Gebete« in *Der siebente Ring,* 1907.

Kraus, Karl (1874–1936): Aus *Worte in Versen,* Bd. 7, Suhrkamp Verlag, Frankfurt/M.

Stramm, August (1874–1915): Aus *Das Werk,* hrsg. v. R. Radrizzani, Limes Verlag, Wiesbaden 1963.

Rilke, Rainer Maria (1875–1926): Aus *Sämtliche Werke,* Bd. 2, Insel Verlag, Wiesbaden 1957; entstanden im Spätherbst 1915.

Däubler, Theodor (1876–1934): Aus *Dichtungen und Schriften,* hrsg. v. F. Kemp, Kösel Verlag, München 1956; zuerst enthalten in *Der sternhelle Weg,* 1915.

Lasker-Schüler, Else (1876–1945): Aus *Gesammelte Werke in drei Bänden,* Bd. 1, *Gedichte 1902–1943,* hrsg. v. F. Kemp, Kösel Verlag, München 1961; zuerst in *Styx,* 1902.

Schröder, Rudolf Alexander (1878 bis 1962): Aus *An Belinde,* Insel Verlag, Leipzig 1902.

Lautensack, Heinrich (1881–1919): Zuerst in *Erotische Votivtafeln,* Bd. 6 der Reihe *Der Venuswagen,* Berlin 1919.

Ringelnatz, Joachim (1883–1934): Aus *Und auf einmal steht es neben dir, Gesammelte Gedichte,* Henssel Verlag, Berlin 1969 (15. Aufl.); zuerst enthalten in *Turngedichte,* Berlin o. J. [1920]. »Pipi«: Gästebucheintrag von Ringelnatz; mitgeteilt von Hans Leip.

Stadler, Ernst (1883–1914): Aus *Der Aufbruch,* Erstausgabe 1914.

Brod, Max (1884–1968): Aus *Die Opale,* Bd. 2, hrsg. v. F. Blei, Leipzig 1907. Rechte bei Ilse Esther Hoffe, Tel Aviv.

Boldt, Paul (1885–1921): Aus *Junge Pferde! Junge Pferde!,* Leipzig 1914.

Gürtler, Danny [Pseudonym für Walter Emil Diller (geb. 1885)]: Aus *Hetärenlieder,* Mannheim o. J. (Privatdruck). Fast alle Werke des Autors erschienen ohne Verlagsangabe. Rechtsnachfolger unbekannt.

Benn, Gottfried (1886–1956): Aus *Sämtliche Werke.* Stuttgarter Ausgabe. Gedichte 1, Klett-Cotta Verlag, Stuttgart 1986.

Ehrenstein, Albert (1886–1950): »Morgengebet«, »Jung Wikings Holmgang«, »Die weiße Zeit« nach *Mein Lied. Gedichte 1900–1921,* Berlin 1931.

Heym, Georg (1887–1912): Aus *Dichtungen und Schriften.* Gesamtausgabe, hrsg. v. K. L. Schneider, Bd. 1: Lyrik, München 1964.

Lichtenstein, Alfred (1889–1914): Aus *Gesammelte Gedichte,* hrsg. v. Klaus Kanzog, Zürich 1962.

Klabund [Pseudonym für Alfred Henschke (1890–1928)]: Aus *Der himmlische Vagant,* Verlag Kiepenheuer & Witsch, Köln 1968; Erstausgabe Wien 1930.

Tucholsky, Kurt (1890–1935): Aus *Gesammelte Werke,* Rowohlt Verlag GmbH, Reinbek 1960; Bd. 1, S. 509, 595, 660; entstanden 1919/20.

Leip, Hans (1893–1983): »Erfüllung« (1913) Erstveröffentlichung in *Dein Leib ist mein Gedicht,* 1970; die beiden anderen Gedichte waren 1927 bzw. 1929 in Almanachen abgedruckt.

Mehring, Walter (1896–1981): Aus *Jedermann sein eigner Fußball,* Nr. 1, Berlin, Leipzig 1919.

Brecht, Bertolt (1898–1956): Aus *Gedichte,* Bde. 2, 6 u. 8, Suhrkamp Verlag, Frankfurt/M. 1960–1965; *Gedichte über die Liebe,* ausgewählt v. W. Hecht, Suhrkamp Verlag, Frankfurt/M. 1984 (»Sauna und Beischlaf«, »Liebeslied« und »Wahre Ballade . . .«). »Induktive Liebe« aus den *Nachgetragenen Gedichten* (1935/37).

Eggebrecht, Jürgen (1898–1982): Erstveröffentlichung in *Dein Leib ist mein Gedicht,* 1970.

Hausmann, Manfred (1898–1986): Aus *Der golddurchwirkte Schleier. Gedichte um Aphrodite,* S. Fischer Verlag, Frankfurt/M. 1969.

Kästner, Erich (1899–1974): Zuerst in *Herz auf Taille,* 1928 (»Moralische Anatomie«); sowie aus *Gesang zwischen den Stühlen, Gedichte,* Atrium Verlag, Zürich 1985.

VII

Wolffheim, Hans (1904–1973): Erstveröffentlichung in *Dein Leib ist mein Gedicht,* 1970.

Grasshoff, Fritz (geb. 1913): Aus *Die große Halunkenpostille, Songs, Balladen, Moritaten,* München 1963 (»Liebesgeständnis eines Apachen«, Rechte beim Autor; aus *Grasshoffs unverblümtes Lieder- und Lästerbuch,* Köln 1964 (»Frühlingserwachen«).

Krolow, Karl (geb. 1915): Erstveröffentlichung (entstanden 1956, 1964) in *Dein Leib ist mein Gedicht,* 1970.

Artmann, Hans Carl (geb 1921): Aus *Aus meiner Botanisiertrommel. Balladen und Naturgedichte,* Residenz Verlag, Salzburg 1975.

Fried, Erich (1921–1988): Aus *Zeitfragen,* Carl Hanser Verlag, München 1969 (»Mene mene tekel«); »Doppelwunschtraum« Erstveröffentlichung in *Dein Leib ist mein Gedicht,* 1970; *Die Beine der größeren Lügen. Einundfünfzig Gedichte,* Klaus Wagenbach Verlag, Berlin 1969 (Quartheft 35) (»Schwein des Anstoßes«; »Ehrliche Überzeugungen«).

Heißenbüttel, Helmut (geb. 1921): Aus *Textbuch 4,* Freiburg/Brsg., Olten 1964.

Marti, Kurt (geb. 1921): Erstveröffentlichung in *Dein Leib ist mein Gedicht,* 1970.

Jandl, Ernst (geb. 1925): Aus *Laut und Luise,* Freiburg/Brsg., Olten 1966 (»Doppelchor«). Die beiden anderen Texte: Erstveröffentlichung in *Dein Leib ist mein Gedicht,* 1970.

Bachmann, Ingeborg (1926–1973): Aus *Anrufung des Großen Bären,* R. Piper & Co. Verlag, München 1956.

Grass, Günter (geb. 1927): Aus *Ausgefragt,* Hermann Luchterhand Verlag, Neuwied 1967.

Wühr, Paul (geb. 1927): Aus *Grüß Gott ihr Mütter,* Hanser Verlag, München 1976.

Koltz, Anise (geb. 1928): Aus *Den Tag vergraben,* Bechtle Verlag, München 1969.

Enzensberger, Hans Magnus (geb. 1929): Aus *Zehn Lieder für Ingrid Caven,* in: *Die Gedichte,* Suhrkamp Verlag, Frankfurt 1983.

Atabay, Cyrus (geb. 1929): Erstveröffentlichung in *Dein Leib ist mein Gedicht,* 1970.

Bolliger, Max (geb. 1929): Erstveröffentlichung in *Dein Leib ist mein Gedicht,* 1970.

Fritz, Walter Helmut (geb. 1929): Aus *Die Zuverlässigkeit der Unruhe,* Hoffmann und Campe Verlag, Hamburg 1966.

Hädecke, Wolfgang (geb. 1929): Aus *Leuchtspur im Schnee,* Carl Hanser Verlag, München 1963.

Kunert, Günter (geb. 1929): Erstveröffentlichung in *Dein Leib ist mein Gedicht,* 1970.

Rühmkorf, Peter (geb. 1929): Aus *Heiße Lyrik,* Wiesbaden 1956. (»Es ist der gleiche Betrug ...«); *Außer der Liebe nichts. Liebesgedichte.* Rowohlt Verlag, Reinbek 1986 (»Tagelied«).

Bienek, Horst (1930–1990): Erstveröffentlichung in *Dein Leib ist mein Gedicht,* 1970. Veränderte Fassung von 1988.

Okopenko, Andreas (geb. 1930): Erstveröffentlichungen in *Dein Leib ist mein Gedicht,* 1970.

Rühm, Gerhard (geb. 1930): Aus *thusnelda-romanzen. Ein Zyklus,* Stierstadt/Ts. 1968.

Sigel, Kurt (geb. 1931): Aus *Knigge verkehrt,* Frankfurt/M. 1970 (»Spaß«); aus *Feuer, de Maa brennt ...,* Frankfurt/M. 1968 (»Liedche ...«).

Herburger, Günter (geb. 1932): Zuerst abgedruckt in *Konkret,* 15/1968.

Mader, Helmut (1932–1977): Aus *Lippenstift für die Seele,* Limes Verlag, Wiesbaden 1955.

Hertel, Inge (geb. 1932): Zuerst abgedruckt in *Die Horen* 75/1969.

Wolf, Ror (geb. 1932): Aus *hans waldmanns abenteuer. Sämtliche Moritaten von Raoul Tranchirer mit Collagen des Verfassers,* Haffmans Verlag, Zürich 1985.

Beckelmann, Jürgen (geb. 1933): Aus *Der Wanderwolf,* München 1959.

Kunze, Reiner (geb. 1933): Erstveröffentlichung in *Dein Leib ist mein Gedicht,* 1970.

Chotjewitz, Peter O. (geb. 1934): Erstveröffentlichung in *Dein Leib ist mein Gedicht,* 1970.

Karsunke, Yaak (geb. 1934): Aus *reden & ausreden,* Klaus Wagenbach Verlag, Berlin 1969.

Reinfrank, Arno (geb. 1934): Erstveröffentlichung in *Dein Leib ist mein Gedicht,* 1970.

Rosendorfer, Herbert (geb. 1934): Aus *Über das Küssen der Erde,* Zürich 1971.

Törne, Volker v. (1934–1980): Aus *Kopfüberhals, Achtundvierzig Gedichte.* Mit Graphiken von Natascha Ungeheuer, Klaus Wagenbach Verlag, Berlin 1979.

Meckel, Christoph (geb. 1935): Erstveröffentlichungen in *Dein Leib ist mein Gedicht,* 1970.

Novak, Helga M. (geb. 1935): Aus *Colloquium mit vier Häuten,* Hermann Luchterhand Verlag, Neuwied 1967.

Rasp, Renate (geb. 1935): Aus *Eine Rennstrecke,* Verlag Kiepenheuer & Witsch, Köln 1969.

Biermann, Wolf (geb. 1936): Aus *Mit Marx- und Engelszungen,* Klaus Wagenbach Verlag, Berlin 1968 (Quartheft 31) (»Von mir und meiner Dicken ...«); *Dorn im Ohr. Das lästige Liedermacher-Buch,* hrsg. v. B. Lassahn, Zürich 1982 (»Einschlaf- und Aufwachlied«).

Bisinger, Gerald (geb. 1936): Erstveröffentlichung in *Dein Leib ist mein Gedicht,* 1970.

Gernhardt, Robert (geb. 1937): Aus *Körper in Cafés,* Haffmans Verlag, Zürich 1987.

Bernstein, F. W. (geb. 1938): Aus *Lockruf der Liebe,* Haffmans Verlag, Zürich 1988.

Schmidt, Uve (geb. 1939): Aus *Schöne Gegend mit Figuren, Gedichte und Prosa,* Neuwied 1965.

Brinkmann, Rolf Dieter (1940–1975): Aus *Die Piloten. Neue Gedichte,* Verlag Kiepenheuer & Witsch, Köln 1968.

Schenk, Johannes (geb. 1941): Aus *Zwiebeln und Präsidenten,* Klaus Wagenbach Verlag, Berlin 1969 (Quartheft 33).

Vesper, Guntram (geb. 1941): Erstveröffentlichung in *Dein Leib ist mein Gedicht,* 1970.

Henscheid, Eckhard (geb. 1941): Aus *Unser Goethe.* Ein Lesebuch, hrsg. v. E. Henscheid/F. W. Bernstein, Zürich 1982.

Mechtel, Angelika (geb. 1943): Erstveröffentlichung in *Dein Leib ist mein Gedicht,* 1970.

Raschke, Ulrich (geb. 1943): Erstveröffentlichung in *Dein Leib ist mein Gedicht,* 1970.

Marquardt, Axel Maria (geb. 1943): Aus *Standbein Spielbein,* Haffmans Verlag, Zürich 1989.

Dittberner, Hugo (geb. 1944): Aus Derselbe/Jens Wilke, *Donnervogel,* Göttingen/Kassel 1973.

Hutten, Katrine v. (geb. 1944): Erstveröffentlichung in *Dein Leib ist mein Gedicht,* 1970.

Hahn, Ulla (geb. 1946): Aus *Spielende.* Gedichte, Deutsche Verlags-Anstalt, Stuttgart 1983.

Becker, Uli (geb. 1953): Aus *Meine Fresse!,* Haffmans Verlag, Zürich 1990.

Moisenhayn, Hartmann v. (geb. 1958): Erstveröffentlichung in *Dein Leib ist mein Gedicht,* 1970, und hier.

Herausgeber und Verlag
danken allen Autoren, Verlagen,
Agenturen und sonstigen Rechtsinhabern
für die Erteilung der
Abdrucksgenehmigung

ALPHABETISCHES VERZEICHNIS DER GEDICHTANFÄNGE UND *-ÜBERSCHRIFTEN*

ALPHABETISCHES VERZEICHNIS DER DICHTER

HANNS KNEIFEL
Angriff aus dem All
Raumpatrouille ORION I

Planet außer Kurs
Raumpatrouille ORION II

Die Hüter des Gesetzes
Raumpatrouille ORION III

Deserteure
Raumpatrouille ORION IV

Kampf um die Sonne
Raumpatrouille ORION V

Die Raumfalle
Raumpatrouille ORION VI

Invasion
Raumpatrouille ORION VII

Das brennende Labyrinth
Science-Fiction-Roman

CONNY LENS
Die Sonnenbrillenfrau
Ein Steeler-Straße-Krimi

Ottos Hobby
Ein Steeler-Straße-Krimi

Casablanca ist weit
Ein Steeler-Straße-Krimi

AXEL MARQUARDT
Sämtliche Werke
Band 1: Die frühe Prosa

Standbein Spielbein
Gedichte

GERHARD MENSCHING
Der Bauch der schönen Schwarzen
Kriminalroman

E.T.A. Hoffmanns letzte Erzählung
Roman

Die Insel der sprechenden Tiere
Eine Ferienabenteuergeschichte. Mit sprechenden Bildern von Nikolaus Heidelbach

Löwe in Aspik
Ein lustvoller Roman

Rotkäppchen und der Schwan
Drei erotische Humoresken

Die violetten Briefe
Drei kriminelle Novellen

KLAUS MODICK
Moos
Die nachgelassenen Blätter des Botanikers Lukas Ohlburg

MONTY PYTHON
Das Leben Brians
Drehbuch mit Fotos und zusätzlichen Szenen. Deutsch von Michel Bodmer

WOLF v. NIEBELSCHÜTZ
Auch ich in Arkadien
Respektlose Epistel an die Freunde. Mit einer Nachbemerkung von Ilse v. Niebelschütz und sieben arkadischen Bildern von Irene v. Treskow

Der Blaue Kammerherr
Galanter Roman in 4 Bänden:
1. Der Botschafter der Republik
2. Der Reichsgraf zu Weißenstein
3. Der Herzog von Scheria
4. Die Bürgerin Valente

Die Kinder der Finsternis
Roman

FLANN O'BRIEN
Durst und andere dringende Dinge
Geschichten und Stücke.
Deutsch von Harry Rowohlt

In Schwimmen-zwei-Vögel oder Sweeny auf den Bäumen
Roman. Vollständig neu übersetzt von Helmut Mennicken und Harry Rowohlt

Trost und Rat
Geschichten und Gedanken. Ausgesucht und übersetzt von Harry Rowohlt

DOROTHY PARKER
Close Harmony oder Die liebe Familie
Schauspiel

Die Geschlechter
New Yorker Geschichten

Ladies im Hotel
Schauspiel

Eine starke Blondine
New Yorker Geschichten

Griechisches Feuer
13 historische Skizzen

Julia, oder die Gemälde
Scenen aus dem Novecento

Das Leptothe=Herz
16 Erklärungen zur Lage der Literaturen

Nobodaddy's Kinder
Aus dem Leben eines Fauns – Brand's Haide – Schwarze Spiegel

Stürenburg-Geschichten
12 Erzählungen

Zweite Zürcher Kassette
Das essayistische Werk zur deutschen Literatur

UVE SCHMIDT
Die Russen kommen
Roman

KARLA SCHNEIDER
Der Knabenkrautgarten
Liebes- und Abenteuergeschichten

MARGIT SCHREINER
Mein erster Neger
Afrikanische Erinnerungen

Die Rosen des Heiligen Benedikt
Liebes- und Haßgeschichten

WOLFGANG SCHWEIGER
Eine Sache unter Freunden
Krimi

FRITZ SENN
Nichts gegen Joyce
Joyce versus Nothing.
Aufsätze 1959–1983

VLADIMIR SOROKIN
Die Schlange
Roman

CHRISTOF STÄHLIN
Der Dandy
Monologe und Erzählungen.
Mit Handzeichnungen von Dorothee v. Harsdorf

RAINER STEPHAN
Der Bayerisch-Österreichische Krieg 1987
Ein Bericht

AL STRONG
Whisky Weiber Pokerface
Drei wüste wilde Westernstories

ACHIM SZYMANSKI
Halt durch, Steffi!
Ein bewegender Schicksalsroman

HELLA-DORE TIETJEN
...und sie verpfuschten mir mein Leben
Eine Abrechnung

REINHARD UMBACH
Das große Buch der Bauernregeln
Handreichungen zur Zeit.
Mit Bildern von Carsten Hildebrandt

JOSEPH v.WESTPHALEN
Moderne Zeiten I & II
Blätter zur Pflege der Urteilskraft

Warum ich Monarchist geworden bin
Zwei Dutzend Entrüstungen

Warum ich Terrorist geworden bin
Ein Pamphlet

Warum ich trotzdem Seitensprünge mache
Fünfundzwanzig neue Entrüstungen

HARALD WIESER
Von Masken und Menschen I
Portraits und Polemiken

Von Masken und Menschen II
Essays und Affairen

ROR WOLF
Das nächste Spiel ist immer das schwerste
Alte und neue Fußballspiele

Hans Waldmanns Abenteuer
Sämtliche Moritaten von Raoul Tranchirer.
Mit Collagen des Verfassers

Raoul Tranchirers Mitteilungen an Ratlose
Ein Ratschläger

UWE WOLFF
Der Ewige Deutsche
Eine Geschichte aus jugendbewegten Zeiten

HANS WOLLSCHLÄGER

Herzgewächse oder Der Fall Adams
Fragmentarische Biographik in unzufälligen Makulaturblättern. Erstes Buch

In diesen geistfernen Zeiten
Konzertante Noten zur Lage der Dichter und Denker für deren Volk

»Tiere sehen dich an« oder Das Potential Mengele
Essay

Von Sternen und Schnuppen
Bei Gelegenheit einiger Bücher. Rezensionen und Zensuren

DIETER E. ZIMMER

Die Elektrifizierung der Sprache
Über Sprechen, Schreiben, Computer, Gehirne und Geist

Experimente des Lebens
Wilde Kinder, Zwillinge, Kibbuzniks und andere aufschlußreiche Wesen

Redens Arten
Über Trends und Tollheiten im neudeutschen Sprachgebrauch

So kommt der Mensch zur Sprache
Über Spracherwerb, Sprachentstehung, Sprache & Denken

2,50 €

Bv